心灵之镜

张振中小说选集

张振中　著

华龄出版社

HUALING PRESS

责任编辑：董　巍
责任印刷：李未圻

图书在版编目（CIP）数据

心灵之镜：张振中小说选集／张振中著．－－北京：
华龄出版社，2019.12
ISBN 978－7－5169－1547－9

Ⅰ．①心…　Ⅱ．①张…　Ⅲ．①短篇小说—小说集—中
国—当代　Ⅳ．①I247.7

中国版本图书馆 CIP 数据核字（2020）第 005767 号

书　名：心灵之镜：张振中小说选集
作　者：张振中 著

....

出　版　人：胡福君
出版发行：华龄出版社
地　　　址：北京市东城区安定门外大街甲 57 号　邮编：100011
电　　　话：010—58122241　　　　传真：010—84049572
网　　　址：http://www.hualingpress.com

....

印　　　刷：三河市华东印刷有限公司
版　　　次：2020 年 5 月第 1 版　　2020 年 5 月第 1 次印刷
开　　　本：710×1000　1/16　　　　印张：17
字　　　数：175 千字
定　　　价：75.00 元

....

序

我们伟大祖国已进入新时代，2020年是我国全面实现小康社会不平凡的一年。这是我们党提出的实现两个一百年奋斗目标的第一个胜利，是中华儿女百千代人的夙愿，是开天辟地以来的大喜事、宏伟壮举。在这大好形势下，笔者编辑出版这部《心灵之镜——张振中小说选集》，献给伟大祖国。

本书是继2017年11月中国文联出版社出版《心灵之歌——张振中诗歌选集》、2018—2020年中国文联出版社办理出版《心灵之径——张振中散文选集》之后，出版的又一部选集。这三部书构成张振中的"心灵"系列文学著作，即《心灵三部曲》。《心灵之镜》是笔者五十多年来在文学领域跋涉、探索的记录，也是笔者孜孜不倦、秉笔耕耘的成果，使笔者的文学梦想得到实现。《心灵之镜》编选的六篇文章，是笔者五十年来用小说体裁创作的作品。有反映二十世纪七十年代广大农民以战天斗地、不怕牺牲、愚公移山的精神，开山劈石，筑路修桥，建设社会主义的劳动场面、英雄气概。有记录我国第一个教师节党政部门开会庆典，人民教师热烈拥护、欢欣的喜庆气氛及热闹活动。有反映某个时期、某个地方改革开放的探索、举措，地方领导和平常百姓的思想、心态、情绪、活动。也记录了二十世纪极左思潮流行时期，以集体的美名，侵占、伤害个人财产利益的事情，当事人申诉行政部门落实党的政策，要求集体退还自己财产，维护正当利益的心情愿望、行动、做法。有记述农村基层干部响应党的富民奔小康政策，带领农民致富的故事。每一篇文章，都反映了某一个时期的社会面貌，人民生活状态、思想情趣。

　　恩格斯曾说过，他把阅读小说当作读历史教科书。伟大作家托尔斯泰说："小说是反映社会的一面镜子。"大师的智慧使我开窍，把这部选集命名为《心灵之镜》。本书是笔者以五十年来不断进步、提升的思想观念、道德伦理水平，记录下诸多年代的社会面貌、活动和人民劳动、生存的状况。它们映照着丰富多彩、发展变化的时光岁月、历史风貌和乡俗民情。笔者期望《心灵之镜》为读者提供一幅生动形象的当代社会画卷。

张振中

2019 年 12 月 16 日

目 录
CONTENTS

我的教师节

一

　　"好消息，县上筹备教师节，叫老师们热热闹闹地过个节！"我把一路上想好的话，一进屋就告诉给妻子。县上筹备教师节的消息，是前几个小时我在宣传部开整党会时得到的。由于自己的激动联想了许多，攒了一肚子的词儿，想向妻子倾倒，好在一起欢乐欢乐、高兴高兴。"嘿，那才好呢！"正在屋子准备午饭的妻子说。显然，我兴奋的表情和说的动人消息感染了她。我从手提包里取出薄薄的两张十六开大的白纸，说："孩儿他妈，给你看！"妻子接过去捧在胸前，一字一句地念："教师节简报！第一期。巴岚县第一届教师节筹备领导小组办公室编。"她兴奋地说："嘿，还成立了领导小组。"妻子喜形于色，被这新鲜的消息陶醉了。她为了表达自己的高兴心情，还向在她身边的女儿、小儿子念着、讲着。她又念："本报讯，八月十七日，县委县政府在政府办公大楼三楼会议室，召开了第一次筹备会议，研究了有关问题。决定九月十日，由县委县政府主持召开城关镇教师节庆祝大会。"妻子把身子一弯，脸贴着小儿子的脸说:"还要召开庆祝大会!"她用手指指着纸说:"城关镇——就是城小、县中、进校,好几个学校的教师,都参加。"女儿问:"我们中学生去吗?"妻子说:"学生不去,全城的机关干部、学生家长参加!"我把手提包挂在墙上,自己倒了热水。我一边洗脸擦汗,一边听着她娘母三个的谈论。妻子给两个孩子讲,县上为叫全县教师过好第一个教师节,决定做十件实事。在教师节之前,把经过五月份考核合格、六六年前高中毕业、教龄在十年以上领了中师文凭的教师,给予中专待遇,从七月份算起。妻子向两个孩子说:"我也和你爸爸一样了,每月有十五元的山区知识分子补贴了,还要给我浮动一级工资,每月又加六元,共加二十一元。"小儿子说:"妈,啥叫浮动一级工资?"妻子说:"我不是在青龙沟小学教书吗?在乡下学校教书,多给加一级工资。你爸在县上电大班教书,是在县城,就没有。乡下苦些吗。你想想,妈妈每天来回跑二十里山路,苦吗?"小儿子点点头。女儿插嘴问:"妈,那不是你和爸爸的工资一样多了?"妻子说:"比他少几元钱。他是大学毕业的,本来就高嘛。"妻子又照着简报给孩子们讲:"在教师节前,叫城小的一部分教师,住进'园丁楼',你们看见过吗?就是大街中段文教局大楼旁边的那座快要修起的楼,是全县最漂亮的一座,琥珀色的瓷砖,金黄色的门窗。还有,县上的、乡上的、书记、县长、乡长,都要到学校给老师们问好,看望老师。还要在全县的广播上,宣传那些教书教得好的老师,还要给二十五年教龄的老师发纪念证。"小儿子问:"给你发吗?"妻子说:"我没有,才教了十六年,够二十五年后就发,县医院的医生,还要给教了三十年书的老教师检查身体,看有没有病。"她还给孩子们说,县上决定,在九月十日前,把国家给老师们调整的工资,从元月份算起,发给教师。每个老师,都要增加好多好多的钱。两个孩子听到自己的妈妈要补二百多元，高兴地又是拍手又是跳，扯妈妈的胳臂亲妈妈的手。我也被她们三个的高兴劲儿感染了，心里充满了甜蜜，有说不尽的愉快和幸福。我的内心在高声地呼喊着："变了，这下教师可好了，几年的时间呀，变化可大了，教书有教头儿了！我们这些教书的人啊，可像个真正的人了！"

二

整整一个下午，我处于激动之中。脑海里千头万绪，想得很多、很远。坐下来看书，心神总是收不拢来，看不进去。想着我十几年来的教学生涯，小学、中学的学校工作、生活。酸、甜、苦、辣，曲折、艰难、风霜、雨雪，坎坷、逆境，被嘲笑、批斗、受讽刺、攻击……一张张天真稚嫩的脸，一双双聪明精灵的眼睛，一批批毕业的学生，一节节生动的讲课，一次次热火朝天的劳动……一种种，一件件，一幕幕地出现在眼前，浮现在脑海中。还是那样的清晰，那样的有声有色，那样的逗惹人，那样的亲切，那样的近，就像正在进行着。直到晚上，我坐着，我看书，我吃饭，我躺着，时时刻刻，在屋里也好，在屋外也罢，一个问题，始终停留在我的脑海中："我现在还算不算教师？我，能不能过教师节？第一个教师节，一个不平常的节日！"

我睡在床上，翻来覆去地想着，思考着这个问题，我自己做出了明确的回答："我是教师，应当过教师节！虽然我现在是党校的理论教员，在党校领工资，虽然属县组织部管，被领导，被人们认为是行政干部，虽然党校的其他六七个人是行政干部，但我确实是人民教师！因为，我从一九六七年大学毕业以来，一直在中小学教书，一直教到一九八三年。后来，调到县文教局教研室搞中学语文教研工作。去年夏天，党校工作要转向正规化教育，向教育上要教师。教育局又把我当作支援力量，给了党校。从此，这被人们认为，我改了行，成了行政干部。实际上，一到党校，我就开始筹备巴岚县党政管理干部专修科的电大班教学工作。我被县委任为电大班班主任。九月一日正式开学，又开始了我一生的新的教育事业——高等教育。"

　　记得去年八月份一天晚上，我穿着银灰色的绦丝衬衣，踏着橘黄色的灯光，从街上热闹处经过。遇到往日在虎岭乡卫生院工作过的院长刘仁福。他身边还站了一位白发苍苍的老头子。我认识这位人，但他不认识我。刘仁福问我："张老师，这么晚了，你到哪里去？"我说："我到党校去。"他又问："你没有在虎岭中学教书了？"我说："没有了，去年调到县教研室，刚一年，现在又派我去办电大。电大班设在党校。"听我这么一说，刘仁福身旁的这位老头子，仔仔细细地察看着我。刘仁福呵呵呵地一阵笑，说："你不简单啊，教小学、教中学，现在又教大学！"白发老头子更为注目地打量着我。这时，一股骄傲的自豪感涌满我的全身，一身上下有用不尽的力量。我像饮了一杯甜蜜醇馨的美酒一样满足悦意。我甩着膀子，踏着坚定的步子，朝党校走去。我心里明白："白发老头之所以双目注视我，是因为他的大儿子孙长春——粮食局的副局长，他的女儿孙长芳——县广播站的编辑兼播音员，前几天都接到了电大录取通知书，就要在我的手中读书了。"他仔细地打量着我——巴岚县第一个办大学的老师。去年电大班开学前后，电大班的教师、二十位学员、开学的情况，成为这巴山深处、山青水秀小山城、家家户户、各行各业谈论的主题。每当我走到大街上，走到人多广众的地方，

都会引来许多双目光，许多人的窃窃私语、背后指点！多少次我陶
醉在"电大班的老师"这一崇高的荣誉之中。我爱着电大班的教学，
负责着一班二十个学员的思想政治工作。我是第一学期《写作》课
的辅导教师，是第二学期《当代文学》的辅导教师。评讲、布置作
业、批改作业、考试测验……第一学期，经过补考个个学员及格。
上半年，流动了四个自学视听生，还剩十六个学员。第二学期，人
人各门功课及格，全班人均每门课八十三点七分，还有两个学员
《中国经济地理》课得一百分。现在又顺利地开始了第三学期。所有
这些事实不都充分说明我是在搞教育、当老师吗？怎能说我是搞行
政呢？这个全中国有史以来的第一个教师节，县上应该叫我过。我
翻来覆去地想着、分析着，得出了一个肯定的判断——县上会把我
当教师看待，会通知我参加庆祝大会的。我还想到，县上召开的教
师节庆祝会，还会叫我发言。因为我是一个特别的代表——代表我
县高等教育单位电大班。我躺在床上，打着庆祝会上发言的腹稿：
"各位领导、各位老师、各位干部、各位家长……"对，这个头开的
好，因为会是县委县政府召开的，主席台上一定坐着县上的领导。
把"各位领导"的称呼放在前，这是我代表教师对县上领导的尊敬。
"各位老师"放在第二位，因为主席台上坐的有中小学教师代表，会
场的前面，坐着城关镇的中小学幼儿园教师。今天又是为教师开的
会，放在第二位，也就是放在"各位干部、各位家长"的称呼之前，
是十分恰当的。因为是县上组织干部居民为提高教师社会地位，为
他们开庆祝会，披红戴花。这是大会的主题，要突出教师。"今天是
我们教师的节日！"对，这句话作为发言正文的第一句，是再合适不
过了！它又朴实，又亲切，能简明扼要地说明今天是不寻常的日子。
它也饱含着教师的骄傲、自豪感！接着又是个精彩句："县委县政府

代表我们的党，代表全县人民，今天在这里举行教师节庆祝大会，我们表示衷心感谢！"这句话不等讲完，台下将会发出哗哗哗的暴风雨般的掌声！这句话，它表达了教师们对县上领导和城关区干部、居民的感激之情，又是对县领导和干部居民尊重教师的行动的赞扬。我还想到，我讲这些话，是即席讲，不要讲稿，完全是感情的自然流露，没有一丝一毫的雕琢粉饰。我又立即想好了第三句："今天，不但在我们的这个县城，在全县各乡，而且在各省市、各地区，还有北京、上海、天津，都在召开教师节庆祝大会。这是我们党对知识、对教育高度重视的具体表现，是党的十一届三中全会以来中央的又一壮举，是中国大地上出现的又一奇迹！"太好了。得劲得很，这么好的言词，能充分表达我对"教师节"重大意义的评价。我陶醉在自己"精彩的诗一般"的发言词中了！第二段讲什么呢？第二段该讲点理论、马列主义的原理，要讲点唯物辩证法，用历史唯物主义的观点讲教育。讲教师的劳动，教育是生产力，教育事业在社会主义革命和建设中的作用、地位、重大意义，为教师正名，批判"四人帮"攻击教师的反动观点。第三段，讲在近几年来，党和政府对教师的关怀，教师地位的提高，经济生活水平的提高，举出一些实际的例子来说明，如接连不断给教师提工资，安排子女就业，家属农转非，解决住房问题，入党问题，选为县代会代表，出席省地县先进模范会，上光荣榜，到西安、北京，参观、疗养……接下来讲什么呢？三句话不离本行，讲点电大班的情况。我们县上唯一的高等教育单位，大多数人不了解情况，讲讲学员的思想面貌、学习情况，大学生活的特点，和学员们重新获得学习机会，接受高等教育的思想反映、行动表现……从而鼓励人们热爱学习，热爱科学。最后，再表示一下自己的决心。思考完这些之后，我决定明后天抽时间把这个腹稿写出来，变成书面的东西，再多读几遍，然后用一两个字，代表每段的意思，作为提纲，抄在两指宽的纸条上。讲话时，作为对思路的提示，完全不要讲稿。不要讲稿，发言不受约束，又自然，又大方，既能抒发感情，又能阐述精辟的理论，既有阴阳顿挫的语调，又有激昂雄壮的韵律；既是涓涓细流般的谈家常，又是昂扬奋进的演说词。这样，才能显出我的水平、才华！令人羡慕敬佩，给人们心目中树立起师表的形象。想着想着，我进入了梦乡。这一晚上，我几次从梦中笑醒。

三

第二天，一直到第三天、第四天，我又多了一个忧愁：县上不会把我当教师对待，不会请我过教师节！因为我是党校的干部，电大班是党校的附设班。党校的副校长，党校还有一个理论教员，前两年都是乡上的书记。他们过去都是行政领导干部，未教过书。党校还有两个职工，一个是出纳，一个是会计兼图书管理员，他们也是前几年从乡上调来的。这么多的行政干部，谁会承认他们是教师、教育工作者？也不会有哪一个领导，单独把我看作教师。要是把党校其他人当教师看，他们还不一定愿意戴这顶桂冠。我想去问一问县宣传部，或者组织部，或者县教育委员会，我算不算教师，党校算不算教育单位？又经过多次思考、分析，我决定还是等几天吧，看县教师节筹备小组怎样安排，说不定到教师节跟前，县上会对我们关心、慰问的。我又想，如果我主动去问，要求领导把我当教师对待，这是不是争名利荣誉？岂不是自私自利？讲个人得失？叫他人讥笑？在这种疑虑中，又过了几天。

　　这天下午，我来到办公室打电话，给县百货公司打。前几天，我从宣传部回来，经过街上，遇见乡党李顺清。她说："听说教师节给你们教师优待彩电，你们买吧？"我惊诧地说："优待彩电？""你还不知道？还优待富强粉，你们没买？"我说："富强粉？没有买，明后天来买。我们不买彩电，没攒到钱，你们买吗？要的话，我们给你买。"她的儿子说："就是想买。"李顺清说："我们要十四英寸的。"我说："十四英寸的，有我们乡党叶县长家的大？""就是那么大！"我说："好，我给你们买。多少钱？""原价一千三百多元，教师买，优惠百分之五，少要六七十元。"我想，我们这些教书的，手中没有实物，平常帮不到乡党们的忙，借我们的名义，帮忙买彩电可以。我说："我给你们问问，你们准备钱，不过买的时候，你们也去人，看着买，我不识货。"乡党嘱付给我这件事，已经几天了，再不给买，误了时间就买不到了。我摇着电话，叫总机给我接县百司。我一边摇着电话机，一边问坐在办公室的图书管理员小司："小司，你听说来没有？教师节百司给教师优惠卖给彩电？"小司说："有这回事，每个教师还拿两张优惠券，买书优惠百分之十的书钱，每人可以买五斤面粉、五盒金丝猴香烟，少要百分之五的钱。"我说："我们想给一个乡党帮忙买一台彩电，不知百司有没有。"她说："彩电紧张得很，不好买，你问问看。"电话铃响了，我拿起话筒："喂，你是百司吗？"话筒里响着微弱不清的声音："是的。""听说你们在教师节前，优惠卖给教师彩电，有这回事吗？""是的。""有几部彩电？我买一部。"听筒内说："两部，中学和小学的两个老师已买走了，只剩下黑白的了。"我问："多少钱？""四百多元。""优惠钱吗？""电视机不优惠。"小司大声对我说："你问问，有没有录音机。"我又问："你们有录音机吗？""没有。"我又问："你们还优

惠卖给什么商品?""洗衣机、自行车。优惠百分之五的钱。"我说:
"好,好好,就是这,谢谢!"我对小司说:"百司没有录音机。"为
了慎重起见,我亲自上乡党李顺清家里,给他说明帮买彩电的事。

<h1 style="text-align:center">四</h1>

　　从小司的话中,我才知道过教师节给教师发优惠券,能买书、
买糖。我并不是为了省钱,而是为了叫上级承认我是教师。因为我
教了将近二十年的书了,至今还是当教师。国家现在给教师提高社
会地位,这首届教师节得叫我过。这是政治荣誉,这是我应当享受
的权利。对我来说,过节受优惠是当之无愧的。可是,这优惠券由
谁发?由谁来关心过问我这个教师?我得到街上,到县政府内去问
一问。

　　我提上手提包,准备上街去。党校和进校——县教师进修学校
院子连院子,要从进校经过。走到进校院子,我突然想到了,先问
问进校文辉程老师,看他了解教师节的安排情况吗。我上了职工宿
舍二楼。这位灰白头发、黑红脸膛、满脸微细皱纹的老教师,笑呵
呵地接待了我。我一边喝着他递给我的青茶,一边问:"教师节快到
了,对你们教师是怎样安排的?"他把一张十六开的红纸递给我,红
纸上面还放着几张大小不一的小纸条。他说:"红纸是慰问信,慰问
教师的。还有一张电影票,九月十日教师节的时候看电影。有一张
新华书店送的购书优惠券。一张在百司买白糖、香烟的券证。"我一
张张地看着,和他说的一样。我问:"这些是哪里发的?"文老师说:
"文教局发的,县委县政府筹备教师节的事,机构设在文教局的。"
我说:"我的工作调到党校了,还不是在办教育?按说也应该享受教

师的待遇？"他肯定地说："应该算教师，你直接到文教局去要优惠券。"我说："我去要，合情理吗？算不算谋私？"他大声说："那是应该的事，应该问一问。问了，谁也不会给你找麻烦。过一会，县委张书记、文教局长要来看我们，说是下午五点。"他看了一下手表说："快了，还有二十多分钟。"我吃惊地问："今天？就是过一会儿的五点？"他说："是的，马上就来。"我说："给你们打了电话的？提前通知了？"他说："电话通知的。"他又说："请你帮个忙，教师节开大会，他们叫我发言，你给我写个发言稿。"我问："你是进校的代表？"他回答："嗯，文教局昨天打电话安排的。汪校长还替我说了话的，推托任务，局里不答应，叫我一定要发言。"我说："叫你发言，有几个理由。第一，你们单位是个特殊的单位——县教师进修学校，必须有一个代表讲话；第二，你是个老教师，教龄长，有多少年了？"他说："三十三年。"我说："你看，新中国成立之初就开始教书。一直在巴岚县教？"他说："一直在本县教，没有出过县，没有搞过其他工作，一直是教书。"我说："发言稿你个人写吧！"我心里想："简直是笑话，太可笑了，你是多年的语文教师，叫我给你写发言稿呢？"他说："哎，我请你，真的。这个忙你一定帮，这是个很慎重的事。早上局里又来了一道电话，叫我发言，要求把稿子写起，拿到文教局审阅。"我说："我比你年轻得多，你是个老汉家了，我写出的文章，怎能反映出你的心情？"他说："我知道你的底细，你写得好些。当真，一定给我帮忙。"盛情难却呀，我看他果有诚心，就只好如他的愿。

　　我从文老师屋里回家后，妻子从十里路外的青龙学校放学回来了。米饭是我前一个多小时蒸到锅里的，现在已经熟了。就是没有炒菜。三个孩子还没有放学回来。我就装了多半脸盆的小白菜，拿到大院子的水龙头下洗。我侧过脸向进校大门一望：嗨，这不是县委张书记吗？他高大魁梧的身躯，方头大脸，穿着白的良衬衫，派力士裤子，好一派中年领导者的风度。紧跟着是红光满面的中等个子、四十岁的县常委、宣传部长王尚风。第三个人，是四十二岁的文教局副局长汤逊。最后一个是宣传部的小姚。县委县政府的领导果然来看望进校的教师来了！我想：他们会不会来看望我们党校的职工呢？我们也是搞教育的，我们这里有电大班。我本身就是多年搞教育的教师。进校党校院子连院子，他们既已来到进校，一就两便，还不是要来看望我们的。等我洗完了菜，我又做出了相反的判断：他们根本不会到党校来慰问我们的教职员工。因为县委、县政府历来是把党校看作行政单位的。他们怎么会看望行政人员呢？果然，他们没有来。

吃过晚饭，我来到进校汪校长家。他们正在吃饭，汪校长两口子热情地招呼我。我坐在沙发上。校长的爱人给我泡了一碗绿茶，汪校长陪我坐下。我客气地说："汪老师，你还是吃饭。我喝茶就是。"汪校长说："我吃完了。"汪校长爱人又就着饭桌吃饭。我说："刚才县上领导来看望你们学校教师，你们在一起座谈了些啥？"汪校长的爱人问我："到你们党校去了吗？"我说："没有。"汪校长爱人说："你们也是教师呀！"汪校长说："他们哪算教师！"他点燃了烟，说："领导来同我们坐了坐，问了问学校的情况，有些啥要求、希望。"我说："你们怎么招待的？"汪校长说："清茶一杯，君子之交淡如水！"我说："对，用清茶招待很好。"进校会计小黄说："看望教师还是形式。"我说："形式是为内容服务的。一定的内容，必须要一定的形式。看一下与不看大不一样。过去，你搞得再好，一月又一月，一年又一年无人过问。这次总算是领导关心教育，来看望教师了嘛。"汪校长说:"形式还是要,没有一定的形式不行。"从汪校长家拜访完之后,后来,我又听进校的另一个同志说,就是这天,县上还给送了一百元钱,叫进校买成纪念品,送给每个教师,他们只有六个人,每人平均十几元。个个都高兴。这个同志还说,就在这一天,文教局也把调整后的工资送来了。教师增加工资,是从八五年元月份开始的。一般的人,都是补二百多元。巴岚中学光给教师补工资拨款就一万六千元。我问他:"现在人们对教师是啥看法?"这个同志说:"啥看法?都说,这下教师好了,人人工资增加了几百。"

五

今天星期六,九月七日,离九月十日的教师节,中间只隔两天,可是,县上对我们党校是否过教师节毫无消息、反应。看样子,靠等待,靠县上主动来关心是不行了,这得靠自己争取,得发挥自己的主观能动性。要是自己争取主动,找上级按政策办事,还会来得及。不然,坐失良机,中国的首届教师节白白地放过,没过到,那将是十分遗憾的事。如果我们要求了,没过到,不后悔,那是客观造成的。今天是星期六,明天是星期天,各单位又不上班。如果等到九月九日星期一再要求,怕跑路都来不及了。还是不能失去星期六下午这个良机。我立即到办公室,给宣传部打电话。接电话的是小雷,她是才参加工作的姑娘,是管图书的,拿不了事。她说:"王部长不在部里,罗副部长下乡去了,星期一才能回来。"糟糕,问宣传部算是不行了。对,问组织部,党校归组织部管。我摇电话要到了组织部号码,对着话筒说:"你是李部长吗?我想问你一件事。我们党校，不是要办成正规学校吗？我们也是教育单位。我们这里又办着电大班，本身就是搞教学嘛。我们应算是教师。外后天就是教师节，我们县上是怎么安排的，我们一点也不知道。按规定，党校归组织部管，所以我们只有问你们。"听筒里说："我们还没听说，教师节的事是宣传部管着呢，过一会我去给你问。"我放下话筒，走回自己宿舍。

我坐在办公桌边自问：我做得该不过分吧？该不该找他们？我又想起了地委干部教育委员会上半年发的文件，里面说到，各县应成立电大辅导站，重大问题由县干部教育委员会研究。电大教育，属该县高等教育事业，电大辅导站隶属县文教局……各电大班要配备好班主任，和各科辅导教师。这就是根据，这就是政策，我找他们没有错。我从放电大文件的资料箱子里，取出了这份文件，又逐字逐句地读了一遍。将有关句子、段落，用红笔划了出来。我拿上文件，去找他们。大红铅印字的题头"×××地委文件"，上面盖着鲜红的圆章，这是最有说服力的。我打算先到文教局问问情况。文教局在大街中段。未等进文教局门，我远远看见了组织部部长张新，他还是干部教育委员会的领导成员，是县上主管电大工作的负责人。问他，是最合适不过的。我说："张部长，我正要找你。教师节到了，我们党校是搞教育的，办的又有电大班。不知道县上咋安排的，也该叫我们过个节。你看，这是地委文件，上面说得清清楚楚，电大班属该县高等教育事业，隶属文教局领导。"张部长接过文件，翻了翻，说："这是五月份地委召开的一个会，有各县组织部长、文教局长参加，是个座谈会纪要，我没有参加。"我说："我教了将近二十年的书了，现在虽然调到了党校，但还是在搞教育。也应该叫我们过个节嘛。我并不是闹着要给我调工资，补一百多元钱。我是想，搞教育的人，过一个自己的节日，这是政治荣誉嘛。"他说："打个电话问问地区。"我心里在琢磨，你说的是推话，模棱两可，是你打电话问一问呢，还是叫我打个电话问一问？地区组织部、宣传部、教育委员会，我都不了解。我见他不重视，搞搪塞，我就没再对他抱多大希望了。彼此告了别。我踏着水磨石阶梯，走进文教局大楼。

　　我踏进教育股，有几个教师围着办公桌。我说："你们都在忙大事？"教育局办公室的李成勋开玩笑说："哎，教授来了，请坐。"我说："李股长没讽刺人吧！"伏在桌上造表格的中年老师，是城郊乡文教专干，他正在李成勋的指导下造全乡教师调资表。我用眼瞟了几格。有的教师每月增加工资十四元。有的增加十八元，也有加二十元的，还有二十多元的。不过，超二十元的，只发二十元，八六年以后，再照实数字发。其他围着的教师喜形于色。我指着表格中"杨翠仙"的名字问："不是说前两月发了中专毕业证的教师，从七月份起也给十五元的知识分子山区生活费补贴吗？在乡下学校教书的，还浮动一级工资？怎么杨翠仙的表中没有呢？"没等文教专干开言，李成勋就答复了："有这回事，不过这一月还不行。财政局没有钱给的。这次给教师调工资，从元月份补起，是国务院下的命令，一级压一级，必须在教师节前把工资送到教师手。谁挡关，就追查谁的责任，处理谁。县财政局没钱，向县税务局贷的款。像杨翠仙这些同志的补贴款，以后是要给的。"我说："股长，你们都要过教师节了，我也是教师呀，对我有啥优待？"李成勋又半开玩笑半嘲讽地说："你是县团级管部长局长的人，是大干部，还算啥子教师？"他是指电大班有些学员是部长、局长级。我说："我今天是真正地来问你，我们算不算教师，能不能过教师节，不是开玩笑。你看，我有文件，有案可查！"我把文件拿出来，翻到画红线的一页。

我说："这是地委文件，红堂堂的圆托托盖着，说得清清楚楚。我们归文教局管，是教师！"李成勋说："本来我们县要成立电大辅导站，它是属于文教局的一个股。下设电大班。可是我们文教局没有答应这件事。县上就把电大班委托给党校办。你们党校是行政单位，不是教育单位。"我说："文件上说得一清二楚，电大，是县上的高等教育事业，是隶属文教局管，电大辅导站，是和文教局平级的单位，业务上是属文教局领导。我们咋能不是教师呢？过教师节，是个荣誉，我们当然要请求县上承认。"这时，文教局的招生专干邓老师接过我的文件，一字一句地看。他对李成勋说："照这个文件，他们是属于教育单位。"这一伙人，叽叽喳喳出了教育股，到另一个股办事去了。屋内只剩下我一个人。我要求办的事，还没有结论。优惠券还不知在哪领。我准备到他们的总务办公室问问。

办公室里，文教局副局长汤逊和文书徐向荣正在办公。我说："你们二位正在忙？我是来请求你们，要过教师节！"汤逊说："你是不是想回教育上来？"我说："我在教育上干了十几年，还是蛮有感情的。"徐向荣睁大圆眼问："你想不想回教育？"我说："我们电大本身就是属文教局管。我要求你们九月十日召开教师节庆祝会，能让我参加。"汤逊说："你参加会，欢迎！"我说："你们对教师有些啥优惠，能不能给我发一份？"徐向荣说："你是教育上的老教师。可以，送给你一份。"她开了抽屉，给了我一张购书券，一张糖烟券。我说："你们今天星期日还办公？"徐向荣说："筹备教师节，忙死人了！"我说："不是县委、县政府在筹备吗？"徐向荣说："他们一切都叫我们办，连一个人都不派，全由我们文教局的人筹办。"我说："不过，文教局也属县政府的机构。"

我见没人管我们的事，都是搪塞，没有必要再找这个那个了。

就像人家说的"开会你去就是"，至于把你当不当教师，无人过问。既然县上不重视我们，再找也是闲的。我只好回家。

六

教师节的庆祝会是在县电影院召开的。我来到会场，在倒数第三排中间的一个位子上坐下。整个会厅里，人坐得密压压的。会场的秩序不太好，过道的人来来往往。除喇叭声音外，还有人们嗡嗡嗡的说话声。主席台的上方挂着大红布横额，上面贴着大字："巴岚县首届教师节庆祝大会。"主席台上就位的是县上的领导：县委书记、县长、人大常委会主任、武装部长。会议由县长主持。我仔细望了望台上发言的人。她中等个子，深蓝色的西服，乌黑的卷发。从庄重而和谐的面庞上，我认出来了，她是城关小学的中年女教师刘长凤。宣传部的通讯干事老李，拿着照相机，这面站站，那边蹲蹲，为她拍照。在一霎那的镁光曝照中，突显出这位人民教师的师表形象。主席台的台前、左右，树着一面面彩旗。彩旗增添了会场的浓烈气氛。主席台上的紫红色的幕帷正中，挂着大幅的首届教师节会徽；一柱红烛燃烧着，吐出明亮的火焰，金光熠熠，照亮四方。红烛下，是"1985"几个艺术数字。城区的教师和各乡的教师代表，坐在会场的前几排，紧挨着是少先队员。各机关单位的干部和城关的学生家长，坐在会场的中间和后面。

幼儿园教师代表讲话之后，县长对着麦克风宣布："下面由县教师进修学校教师代表文辉程讲话。"文辉程站在讲桌后，取下眼镜，开始了发言："各位领导，各位老师……"台下轰的一声笑了。大家见他是五十多岁的老头子，又是本地人，怎么说起普通话来了。人们还笑他普通话说的不标准。文辉程的发言稿是我写的。我想听听他讲得效果怎么样。可是喇叭声音太小，人们的私下交谈声闹轰轰的。我仄着耳，专心专意地听，才听出来一句："全国人大常委会法定每年九月十日为教师节，这是全党全国人民彻底否定'文革'之后的成果……"又听不清了。我又屏着气听。"教育是生产力，教师是工人阶级的一部分。教育担负着为'四化'培养大批合格人才的重任。"他在念"重任"两个字时，声音又高又洪亮。我又听清了一句："我们教好书，就是建设四化的具体表现。"接着，他又讲了教育是"文革"的重灾区，拖了我国科学技术的后腿，耽误了一代人的学习。他讲得有声有色，有板有眼，感情真挚，庄重激昂，富有很强的鼓动性。之后，中学生代表发了言。城小的一位少先队员在讲桌前致了一个队礼，然后朗诵《献给老师们的诗》。城小的副校长，一位五十几岁的女教师，代表城关镇教师，宣读了给全县教师的《倡议书》。

年轻的王县长高声宣布："现在，我们全体机关干部、学生家长，热烈欢送老师们退场。"掌声像暴风雨般响彻整个大厅。

锣鼓响了！彩旗飘动了。一位少年挥动鼓锤，有节奏地擂着胸前的大鼓。几个打小鼓的和敲锣打钹的少年，合着大鼓声的节奏，奏出洪亮激越、动人心弦的乐章。锣鼓队走出了大门。紧跟着是几十面彩旗。由几十个少先队员高举着。接着，是四路纵队的腰鼓队。一个个全是红领巾、白衬衫。后面又走来四路纵队的小女孩。她们头戴红花，身穿花裙，手拿小彩锣。彩锣上系着小铜铃。我夹在人群中，挤到离过道不远的地方，看这些文艺队伍。我看见了，教师们走过来了。那不是，城小的教师，小黄在里面，还有小钟；噢，还有幼儿园的谭老师……对了，小刘，老刘老师，秦校长，全是中学的；巴岚中学的教师都来了。诶，那位是谁？矮矮的个子，方头大脸，戴着眼镜，我怎么从未见过？他们都过来了，尽是我的熟人。我又意识到，他们走到我面前，看见我，将要问："张老师也来了！"或者说："你不算教师吧？"我将多不好意思。我过不到教师节，那不是损失？他们会嘲笑我的。我赶紧走开了，离他们远远的，免得他们看见我。

我赶紧从人缝中挤过去，先教师们走出了电影院。

参会的机关干部把教师们送出电影院，散队了，各散四方。教师没有散队，依然排着四路，跟着少年儿童的文艺队，行进在大街上。

我走到青年门市部前。突然有人拍我的肩膀。我回过头一看，是县委张书记，他笑嘻嘻地说："你们党校的，也算教师！"我说："是呀，应当算教师嘛！今天教师节这么隆重，开得很好，可是我很遗憾，首届教师节没过到，还是你们的责任。"年轻的王县长笑眯眯地过来了。他说："明年给你补上。"我说："太遗憾了。首届，多有意义！"宣传部长王尚风说："明年一定补上。"张书记说："我们现在就向你赔礼道歉。"我说："谢谢，谢谢！"这时，我才看明白了。主席台上的几位领导都走过来了。他们跟在教师队伍后面，在继续欢送教师。锣鼓打得很响亮，很动听。腰鼓队敲起来了，跳起来了，敲得很有节奏，跳得很整齐。

由小女孩组成的彩锣队也扭起来了。她们很有规律地穿插着、变换着队形。她们又扭又跳，手中的彩锣飞舞，发出一串串朗朗的铜铃声。

文艺队和教师队前进在县城的大街上。大街两边站满观看的群众。每过一个机关门口，哗哗叭叭地电光鞭炮，震天价响。小小山城，沉浸在隆重欢快的节日之中了。

我紧紧地跟着文艺队看热闹。当我经过乡党李顺清的缝纫铁棚时，他们两口子把我喊住了。李顺清笑着问我："你也开会来了？"他爱人老田也热情地问我："你们算不算教师？该是算吧？"我一本正经地说："算，不但是教师，还是我们县办大学的教师。刚才，县委书记、县长还向我赔礼道歉，说明年一定叫我过好教师节。"在他们两口朗朗的笑声中，我又朝前走去！

当文艺队走到文教局大楼前，锣鼓敲得更欢了，左邻右舍的鞭炮声更大了。电光闪闪，青烟滚滚。腰鼓队打得更精彩，彩锣舞扭得更动人。他们敲着跳着，一直送教师们进了文教局。文教局又要开座谈会，招待老师们。

我望着老师们的身影，一种向往羡慕的心情涌上心头。教了近二十年书的我，现在只能有观望的权利。不知不觉的，一种酸楚的心绪紧紧地缚住了我。我的眼湿了，视线模糊了。

七

我正在放录音，听《法律概论》，房门突然被推开了。身穿黑毛呢制服的文辉程进来了。他笑呵呵的，自己挪了把藤椅，坐在我的对面。他从口袋里掏出一把葵花籽，又把一个拳头大的梨子放在桌上，叫我吃。他说："我发言了，我个人觉得还好。你那天开会去了吗？"我说："你的发言，我听了。"他说："怎么样？"我说："还好。"他说："我发言之后，几个人都说不错。他们问我，你怎么不用本地话讲，还用普通话。我说，我教了几十年的语文课，语文教师要带头说普通话。我说得虽然不好，但是我要坚持，和上课一样，都用普通话讲。"我点点头，说："对，推广普通话，语文教师的责任。"我捏了两颗放在桌上的葵花籽，一嗑，挺香的。我叫起来了："嗨，还是五香味葵花籽。哪个人手艺真高，炒得又香，又没有焦色糊味。"他笑而不答，说："你写的'确定教师节，这是彻底否定文革之后的成果'，我讲到这一句时，还有意顿了顿，抬高了头。说起'文革'的灾难，我是说不完的。挨批斗，受迫害，把我害苦了。"我说："是的，'文革'把你整狠了。你一辈子也忘不了。"他说："你给我写的'我今年五十七岁，还想在教育上干十年'，这句话我改了一下。我虚岁五十七，实际只有五十六。我改为如果身体健康许可的话，我再干十年，五十六岁，差不多。文教局的人审稿时不叫我改。说讲了对大家是个鼓励嘛。我没有听他们的，还是改了。"我心里在想，这个老头子才怪呢，还怕人家将来确实叫他再干十年。他说："教师节前一天，宣传部、县工会、县政协联合举办了茶话会，邀请我们教龄三十年以上的教师参加，还有各学校的领导列席。这次茶话会，糖果丰盛得很，各种各样的。在文教局的座谈会上，县人大常委会主任还表扬了我的发言，说我讲得好。他同我是老庚，今年虚龄都是五十七岁。"我见文辉程谈兴很高，他显然是来感谢我，感谢给他写了一份能充分表达心情的发言稿。他心欢意乐，笑容满面，年轻了一大截。显然，文辉程过了个教师节，过得很满意。我嫌他耽误我的宝贵时间，影响我的听课。我又按动了录音机的电键，电大主讲老师洪亮宽厚的讲课声又传出来了。文辉程又说话了："他们有人动员我入党，我想了的，我不想入。再过几年，我就退休了，我从五九年开始申请入党，二十多年了，没有入上，算了。不入党，照样为党干事，照样教书。"我说："你的想法，有一定的道理，快要退休了。"他说："不过，我不赞成有的人的说法，入了党，对党的贡献大些。我想不通他这句话，我不入党，贡献就不大？"我说："很显然，这句话有片面性，不对。入了党，过组织生活，学习的多些，受的教育多些，有利于思想觉悟的提高，促进自己搞好工作。但是，不一定所有入了党的人，贡献都大；没入党的人，贡献不大。"他一边滔滔不绝地谈心事，一边喝水。他不停地提着白陶瓷壶的把，嘴巴含着壶嘴喝。我陪他谈了足足一个小时。文辉程与我原来在同一个教育系统教书，常在一起开会，阅试卷。显然，他今天把小他十六岁的我当作最要好的朋友坦露心怀，说了心底话。

八

这是教师节之后的一天下午，我们吃过了晚饭。刚放下碗筷，又提起了我过教师节的话题。我说："我当然是教师，我要求他们把我当教师对待。"妻子说："你是教师，人们都把你喊张老师，没人喊你张部长，张局长嘛。"我说："实际上，有些人，包括县上有的领导人，他们就是把我当教师看待。我没什么权力，没什么实惠，人家瞧不起我们，认为我们没什么了不起。所以，我们多次要求调动你的工作，从百里多外的学校，调到县城附近的某一小学，但是不行。他们还是把你放在偏远的深山沟的小学。如果我是什么部长，什么局长，我要求照顾一下，未必办不到。不论是城关小学，或是城郊小学，每学期都调几个教师进去。调进去的，是不是能力比你强，觉悟比你高？有的连一二年级都教不下来，是简师毕业。人家都有粗腿抱，有靠山。"我说到这里，妻子也有些义愤了。她说："正因为我们是教师，无职无权，按道理能办到的事，可就是办不到。不合原则的事，人家就能办到。因为我们不会爬，不会舔屁股，只是走正路，求知识，钻业务。"我说："平常，人家把我当个烂教师，不理我。今天国家给我权利，给我荣誉，却又不承认我是教师了。教师节的前几天，我吃不好，睡不好，想了几天几夜。这是国家和人民给我的荣誉，我找领导，是对的，不是什么为私利。领导不承认、不重视，那是他们认识的问题。如果我自己不找，不发挥个人应有的能动性，错了良机，将后悔一辈子。因此，我就找了文教局，找了组织部，还找了县教育委员会的负责人之一张新。当时在街上，张新笑着对我说过节还不是那回事，给你个优惠券，买五斤减价白糖。我掏七角伍的价钱，可以在曾家乡买二十斤。"妻子打断了我的话："他们完全不理解你的心情，你要求他们承认是教师，他们以为你是为了买几斤减价糖、几盒烟。而你是为了在庆祝会上讲几句话，得到应有的政治权利，享受到应有的地位。他们以自己的见识度别人之心，只有那么个认识水平。说实在的，他们即使一分钱不要，送给你十条金丝猴的烟，你都不得要。我们不是为了几个钱。"我说："我找了几处，几个领导，他们都说，你参加会欢迎，开会时你去就是了，都是一推了之。我看清了，他们不重视。没法，偏远山区嘛，人们的学习情况、认识能力，只有这个样子，客观事物不以自己的意志为转移嘛！我也就想通了，不生气了。"妻子一边收拾桌上的碗筷，一边说："你莫生气，也不是他们有意刁难你，是他们不认识。上级也没有提前给他们讲清楚。不怪他们。我也把有些人看透了。不爱学习。要是都像你一样，整天看报纸、钻理论，学时事政策，那自然会主动找上门来，叫某某某老师过好节。算了，我们也不后悔，我们个人应说的话说了，应跑的路跑了，行了。"我说："我找了他们，使他们认识到，我不是马马虎虎，平平常常的人；要是不找他们，他们反会认为我没水平，脓包。我找他们是有道理的。符合政策。正是因为我找了宣传部长、组织部长、文教局长，他们才会给我赔礼道歉……"妻子立即接言："如果你不找，这件事就无声无息，没有任何人过问。"我立即说："是的是的。"我接着说："孩儿他妈，虽然县上没有叫我过上首届教师节，但实际上，我过了一个欢欢乐乐、实实在在的教师节。"妻子放下手里的活路，站在饭桌旁，睁大眼睛，疑惑不解地问："是吗?"我指着沙发说："你坐下，我讲给你听。"

九

我坐在妻子的旁边，开始讲我过的教师节。教师节那天，我眼看着文艺队把教师们送到文教局。心事重重，闷闷不乐地往回走。过了小河的石拱桥，上了工商行政局大楼前的陡坡，迎面走来两个小伙子。其中有一个说："张老师，我们听完录音课，到处找你都找不见。全班同学又叫我俩到街上去找你。"我抬头一看，说话的是我们电大班的班长孙长春，还有一个是生活委员彭昌平。孙长春满脸笑容，穿着白涤丝衬衣，笔挺的蓝哗叽裤，青春焕发。彭昌平黑瘦的脸上架着一副眼镜，黑黑的胡茬，穿着苹果绿的衬衣，淡灰色的西装裤。我说："找我有啥事?"孙长春说："今天是教师节，全班同学凑了点钱，办了两桌菜，叫我们的班主任老师过个快乐的节日。这是同学们对你的一份敬意。"我说："要不得，要不得，这……这就不对了……学员们学习这么紧张，时间宝贵，怎能费这些心?"不等我说完，彭昌平就架起我的膀子，往坎上院子里拉。他说："张老师就别客气了，同学们等了一个多钟头了。我们请吴存哲（也是电大学生，青寨乡的干部）的爱人给做的。走，就在他家。"我走到青寨乡政府大院，吴存哲家门口站了一大群人。嗬，全是班上的学员。夏静、孙长芳、赵红三个女同志也在这里。大家热情地招呼我，像众星拱月般地把我拥向屋里。班上党支部书记杨明端了一个小藤椅，放在堂屋的上方。他招呼我："张老师，坐到这里。"我招呼大家一同坐下来。这是一个套间屋。前半间是堂屋，作会客用，后半间是卧室。堂屋的左侧墙壁上贴着"福、禄、寿、喜"的四个条幅画：四个花篮四个花瓶里装着牡丹、玫瑰、芍药、春兰、腊梅、芙蓉、金菊各种各色的花卉。四个盘子里盛着晶莹剔透、珍珠玛瑙般的樱桃、葡萄、鲜桃、杏子、石榴、香蕉、枇杷。我身旁是一张办公桌，上面放着一个玻璃板，内面压着一张十六开雪白的纸。我站起来仔细一看，是省电大给吴存哲的录取通知书。上面是铅印的字，空格里写着钢笔字：

吴存哲同学：

　　　经考核，你被我校录取，希你接到通知后，到巴岚县党校党政管理专修科教学班报道。

一九八四年八月二十日

学员们在屋里屋外说笑着、玩着。

宴席摆了两桌子。能喝白酒的在里屋席上，喝水果酒的在堂屋的席上。除主人家吴存哲端菜以外，十五个学员和我，刚好两席人。我在堂屋一席上。最先上的三个菜是油炸花生米撒白糖、油炸虾片、凉拌麂子肉。麂子像鹿一样，是深山中常见动物。孙长春举起筷子，说："来，吃这个。"他用筷子指了指凉拌麂子肉。张永一边吃着，一边说，这个肉不是切的，是煮熟了用手撕的，一丝一丝的紫红色的肉丝，柔软鲜嫩。经红油辣子、葱花大蒜、油盐酱醋浇拌，吃起来肥而不腻，香而不厌，别具风味。我吃了一口之后，高兴地说："这才是真正的山珍！"二道菜又上来了：一盘由一片一片雪白肥嫩的小方块做成的菜。"这是啥菜？""甜的，黏黏的。""糍粑、糯米糍粑！""做得好！做得好！"大家一边吃，一边赞赏着。桌上的菜盘子由三角形变成了正方形，现在又变成了梅花形。吴存哲从灶屋到堂屋，由堂屋到里屋，忙出忙进，给大家上菜拿酒。又是一盘鸡蛋皮子，蛋皮金黄金黄的，辣椒丝鲜红鲜红的，色彩艳丽。现在桌上成了六瓣梅。又上了一盘菜。孙长春说："这盘菜，在饭馆里叫作青椒炒瘦肉。"在粉条炒肥肉的盘子上了之后，又上了一盘新奇菜：颜色白中有黄，黄中有红，白的像鸡蛋清，金黄的像鸡冠花。大家议论纷纷。"这是什么菜？""我从来没见过。""是红香菌。""对了，是红香菌。这是我们山区的特产。"孙长春说："我有一次下乡，看到在一块大岩石下、一堆花栗树杆上，长了几十朵香菌。"杨明说："怎样区分香菌和毒菌？"张永说："银质的筷子能鉴别。"桌上的菜盘菜碗，由三三得九的方阵，变成了碟上放碗，碗上架盘了。孙长春对着新上的西红柿鸡蛋汤高叫着："拿勺子来，拿勺子来！"又是一盘好菜——红烧鸡，大家你给我拈，我给你夹，互相谦让，津津有味地吃着、品着。我们这一桌的酒司令是王强。他不停地催促大家，"喝清！来，斟上！先从张老师这里来！""我们喝的是'康州香槟酒'"。三个女同志，夏静能喝白酒，在里屋一席。孙长芳和赵红跟我们是一席。她们不客气，陪着我们一杯又一杯地饮着。

这时，尚志军和其他三个学员从里屋走出来了。尚志军四十一岁，中等身材，白中透红的四方脸，穿着白绦丝衬衣。他是班上的副班长。从去年上学以来，同我的关系很好，与我又是同龄。这时候，他双手端着一个盘子，前身微倾，站在我的侧边。他说："张老师，你是我们的班主任，今天是教师节，是你的喜庆之日，为了表示我们十六位学生对你的敬意，今天我们师生一起设便宴庆祝。你虽称不上教授，但总是我们的辅导老师，是我们的一班之首。你是知识的传播者。去年第一学期和今年上半年的第二学期，我们每个人每门课都考及格了。这里面有你的心血、功劳。你把我们从知识的此岸渡向彼岸，受到我们的尊敬。按巴岚县的风俗，酒席宴上，菜中的鸡头，被称为凤头，要献给最尊敬的人。"

他的致辞，他的举动，使一席人举目注视，吸引里屋席上的人也走向外屋，围着看他。他那虔诚的态度，发自肺腑的言辞，富有感情的话语，紧紧地吸引着人，扣动了十几颗心。十几双目光集中于他一人身上。整个屋子里静悄悄的，只有他一人的声音。这时的我，坐也不是，站也不是。欲阻止他，觉得不能；想叫他说下去，也觉得不妥。不叫他说，显得我不近人情、不知好歹；叫他说下去呢，觉得受之有愧。我真是为难、尴尬，木呆呆地看着前方，不敢望左右两边的人。只觉得这一分半钟像几个小时一样得长。他口若悬河，讲话有声有色，即使是个木头人，也会被他打动。他还在说："我代表班上十六位同学，将这两个凤冠献给你，以表我们的敬意。"他说到这里，向后退了一步，双手把盘举过头顶说："请张老师享用笑纳！"语落，他恭恭敬敬地把盘子放在我的面前。哗哗哗——一阵暴风雨般的掌声。"好哇——！""高——高——"几个学员把尚志军连拥带抱地推向里屋。

彭昌平佝着腰，端了满满的一盅酒，双手递给我。我推托不接。他说："张老师，你先接到，再听我说。"我见他那诚恳的样子，受到感动，只好接住酒盅。他说："这是我代表我们席上八个同学敬给你的，表示我们的心意。"我说："我不能喝酒。"他说："这是甜酒，度数不高，你喝。"我说："好，预祝你们学习进步！"我用三口喝完了这盅足有一两的酒。尚志军又从里屋出来了，他端了一个同样大的盅子，满满的，递给我。我说："我不能喝了刚才彭昌平代表你们席上已给我敬过了！"尚志军说："没有，我们怎么不知道？"他高声喊："彭昌平，你代表我们席上给张老师敬酒了？我们怎么不知道？"彭昌平说："我只代表我个人！"不容我分说，尚志军说："是呀，他只代表个人，我这盅酒，是代表全班同学敬给你的。"我说："我不能喝了。"尚志军说："只这一杯。""一杯也喝不了。"尚志军说："喝醉了，我背你回去！请——喝！"我接过酒，说："好，我喝，祝愿全班学员本学期取得好成绩，到明年八月，人人拿到红堂堂的毕业证！"

这时，有几个学员向我走来。他们手里端着酒，争着给我敬酒。

王彪双手端着酒盅，捧在我面前："张老师，我是班上文化程度最低的一个，学习吃力。我两学期都能考及格，与你的关怀培养分不开。我向你敬酒，你无论如何要喝。"未等王彪说完，张豪也递过来一杯，说："张老师，我是班上考试成绩最差的一个，你也要喝我敬给你的一杯酒，为我说几句祝愿话。"夏静，这位四十一岁的县妇联主任，电大班党支部委员，也捧着一杯酒说："张老师，我们是老乡，又是同龄人，你得喝我敬的酒。"学员们都围拢来了，争着给我敬酒。我想，我已经喝了几杯了，再也不能喝了。我说："你们的盛情我领了，跟我喝了一样！请学员们多多包涵，多多包涵。"

孙长春走过来，这位县粮食局副局长，电大班班长，把学员们挡住，说："张老师的酒量我知道。他从来不喝白酒，平常甜酒也只喝得到两杯。今天他出于高兴，已经喝过量了，再也不能喝了。不然就要醉。"夏静说："既然张老师不能再喝了，为了我们师生的友谊，我们每人一杯，陪着张老师同饮。""好！""要得——要得——"大家赞同夏静的意见。十七个人，在屋子里自然形成了一个圆圈。一同举杯，一饮而尽。

　　我一口气将上面的情况说给妻子。我问她："你说，我这不是过了一个最愉快最有意义的教师节吗?"妻子慢慢地、深深地点了点头。

陕西省镇坪县党校　张振中

1985 年 9 月写于中国首届教师节

2019 年 12 月 28 日再次校对修改

买户口

一

期富服务大楼，巍然耸立。它造型别致奇特，规模宏大宽绰，是期富县数一数二的建筑。

按古州城而论，它在城外的东北角上；按新建的县城来说，它则在城区内一条主街道上。

这条街道是近几年兴建的。叫新东路。平坦宽阔的路面，笔直笔直的两条平行的石坎。坎上又是平坦开阔的人行道。南北两边的人行道上，等距离地栽植着水杉。枝叶如针，碧绿如玉。树杆挺直、棵棵犹如裹着一身匀称的棕褐色的衣服，真是秀气风流。

街道两边一律是新修的楼房。色彩多样，千姿百态，一派现代城市的气魄。一条又宽又高的水渠与街道垂直而去。它不但没使这条新时代水平的街道失色、败兴，反而增加了多变新鲜的气色、风韵。

期富服务大楼不只是因为地处这条新街道而注目，主要是因其服务周到、广纳四海宾客，条件设备优越而著称。无论是县委、县政府也好，各大企业也好，省、地直属单位也好，只要有会议，都奔它而来。

最近几天，这里又发生着令全县人震惊的事情。汉东县城区经济开发集资转户，也就是用钱买居民户口，在这里办公。

这可是最新鲜、最稀奇的事。

这是一个爆炸性的新闻。它像平地一声雷，震动了全县的山山水水、角角落落。

人们从有线广播里，从电视里，从《永星日报》上，知道了这个消息。

从七月五日下午三点开始，四面八方的人纷纷赶来。人流如潮，车辆如河。街道上、大楼前、后院内，黑压压的人群，一片连一片。车辆声、扩音喇叭的宣传声，人们的议论声，响成一片。像决堤的洪水，像咆哮的江河，喧嚣着，狂啸着……

谢琼也淹没在人海中，这是她第四次来这里。每天都要来一次。

虽然她脸上还隐隐约约地有一层阴沉、昏暗之色，但一双明亮的眼睛闪烁着兴奋的光彩，小巧红润的嘴唇流露出一丝喜悦。她穿行在人群中，锐利的眼光巡视着、捕捉着，灵敏的头脑思索着。

她从人缝中挤过去，站在服务大楼大门口，专心致志地默念着墙上的布告：

> 为了振兴期富县经济，经县委、县政府决定，集资转户，开发城区。凡自愿参加者，办理一定手续，可转为城镇居民户口。
>
> 1. 自愿申请，经当地村委会、乡镇政府审查批准，即可办

理入户手续。

2. 申请转居民户口的，每人交人民币 5000 元，即可办理居民户口。其待遇与一般居民相同。（供应平价粮、可招工，等。）

3. 办户手续。先……

谢琼对这张布告，不知看了多少遍了。甚至从头至尾可以背得下来。她已知道办手续的过程、方法。即先在大楼面对街道的一楼西边的窗口，递交申请书，交村、乡镇政府的介绍信，户口迁移证。经审查合格，交 15 元手续费，就可领到许可证，领几份表，取得交款资格。然后再到一楼东面的大厅交款。再凭交款单到户口办理处登记居民户口。这是县公安局的有关人员办理，这一步是关键。这个办公室是设在服务大楼后院的西楼下。有了居民户口证，再到另一窗口办城镇入籍手续。每人再交 200 元的城镇建设费。

买户口的第二天，谢琼遇到了两个中学同学。她们也是来买居民户口的。

她跟着她俩看怎么办手续。从开头办起，接着第二步、第三步……直到办好。

昨天，她跟在一个五十多岁的老干部后面，悄悄地看着他行动。递申请，大把大把地数钱，在人堆里拥挤、猛钻，在窗口上办了户口，入城关镇户籍，上粮油供应本。

她为自己的行动暗笑。好像那个干部就是自己的父亲，在为自己这个女儿买户口。她在背后鼓劲、撑腰、照看、保镖……老干部布满汗珠的脸，绽出了舒坦的笑。

"呀——"旁边传来了一阵清脆的少女的笑声。

"姑父，你给谁买的户口？"

一个穿着艳丽时尚的少女，跳到老干部面前。

"给你姑和顺娃买的。"

"太好了，顺娃哥有了居民户口，可以招工。姑父，你真好！我谢谢你了！"

脆生生、甜丝丝的少女声。

"你谢我？"老干部瞪着圆大的眼睛。

"你给我办了件大好事，咋能不谢呢？嘿嘿……"少女带着笑声，飘然离去。

少女的一举一动，她看得清清楚楚。少女爽朗的笑语，才使她从甜蜜的梦中苏醒。

这时，谢琼才发现自己脸上、脖颈上，汗浸浸的、黏黏的。因为每走一处，都要从人群里用劲挤过去，十分费劲。

现在，她又抱着新鲜、好奇的心理，朝东走，来到交费处的门前。又不知不觉地走进大厅。

嗨呀，好大的一个大厅，宽敞、明亮。雪白的墙壁，华丽豪奢的吊灯，水磨石的地板，板栗色的办公桌，摆成了一条线，围了个大圆弧，全是收费的。

大厅正中，竖立着一块大牌，金黄的底色，上面写着鲜红的大字：汉东县工商银行。显然，这些钱交给工商银行储存。

谢琼看到，十几个银行干部职员，一个个穿戴时髦，谈笑风生，满面春风。他们业务娴熟，态度和蔼，耐心负责，语言动听。其诚意真是感动人。

这时，一位年轻的职员向她走来。他亮着一双友善的眼光，亲切地说："小姐，请到这边交钱，这边人少些！"

她像触了电一样地震惊，不自觉地倒退两步。一抹羞涩的情绪立即烧红了她白嫩的脸，讷讷地说："不不，我是……谢谢，不麻烦……。"

她边说，边朝大门外退，一转身，跑了。她像偷了人东西、被人发现一般地逃走了。

激烈跳动的心，连声音都能听见。许久，许久，平静不下来。她慢吞吞地挪着步子，在人群中走着。又返回服务大楼的大门前。

她心里呼喊着："买居民户口，我多想呀！"

是的，对于谢琼来说，这更为需要。正是因为没有居民户口，她才同相好十来年的朋友分手了。

她内心痛苦、酸涩、郁闷。5200元，一个巨大的数字！对于我一个弱女子，一个给单位打字的临时工来说，是臆想，是做梦。

二

白灼刺眼的太阳偏西了。一抹热烘烘的风从人群的头顶掠过。又是一股，吹拂着人们的头发、衣衫。缓和了人们的烦闷。

小汽车响着清亮而又柔和的喇叭，硬是向人流中蹿。摩托车发出嘟嘟嘟的响声，一个接一个地驶来。整个汉东服务大楼前的人行道上，街道中，大门内外、大院内，停满了小汽车、小面包车、吉普车、摩托车、自行车。在太阳的照射下，车身闪烁着明亮的光。

人越来越多，比中午时更多。

谢琼夹杂在人流中。嘈杂、喧嚷的人声、车声，她已习以为常。灰尘、汗臭、秽气、汽油味，包裹着她，她置若罔闻。

期富县吃尽了胆小怕事、经济迟迟不能跃前的苦头，看到外县、外地、外省飞速发展的势头，县上领导人坐不住了，振奋起来，准备挽起袖子大干一场，以实际行动贯彻党的要求。这开发户口一举，就是他们雄心的佐证。卖户口办公，从每早七点开始，直到晚上十点，全天开门，不休息，不停止。从县领导到各有关部局领导，办事人员轮流上班。这就是期富改革开放的巨大步伐。

谢琼简直不明白，不理解，哪来的这么多人？像是从天上突然降临的，从地里刹那间冒出的？满院子的人，满街道的人，人山人海，川流不息。

这些人当中，有相当一部分是来看热闹、听新闻趣事的；有很大一部分是来听消息、看行情的。他们细心地观察，深入地研究着，反复权衡是买还是不买，是机遇还是圈套。当然，有一半人是真心实意，迫不及待地买户口。哪怕满盘皆输，也孤注一掷，不想让良机失掉。

她更不明白，这些人哪来的这么多钱，几千、几万，大把大把地攥着钱，数着票子……平日里，他们还不是一般的穿戴，一般的吃饭，一般的干活，一般的生活？为什么他们这样富有，这么守财？这么藏而不露？为什么我、我们家这么穷，这么寒碜？简直不可思议。

谢琼看到这些壮观的场面，矛盾着、苦恼着，也为这些少见的新奇现象而兴奋着。她乐意耳闻目赌这些奇观、景致、趣闻。她沉浸、陶醉于这激动人心的氛围中了。

眼前的所见所闻，是谢琼从未见过的场面。她仿佛看见了自己的前途，自己的幸福、未来和希望。这是能看得见、摸得着、捉得到、享受得到的希望和幸福。大半年来，自那个漆黑的、痛苦的、终生难忘的夜晚之后，她的生活也就犹如那个黑洞洞的夜晚一样，苦闷、悲伤、彷徨、寂寥。她的脸上没有笑容，清脆的笑声已成历史，爽朗的说话声已不属自己。她像个未老先衰的孱弱老太婆，在凄惶中看着日出，在泪水中目送日落。那个天真烂漫、无忧无虑的少女离去了，像一朵白云飘得无影无踪了。这几天来，服务大楼的壮举，又给了她新生，一扫往日来孤独、昏暗的情绪。昔日的青春又在向她招手，那离去的少女正向她翩跹走来。

幸福的喜悦又不停地被焦灼、急躁、忧愁所吞没。她那明亮如水的眼睛里还有混浊的光，她那白嫩鲜亮的秀脸还罩着一抹阴影。她想到那四位数款额，想到自己可怜兮兮的月收入 57 元，想想那红土坡下小院落里土墙灰瓦的家，爸爸蜡黄的病容，母亲疲惫奔波的身子，她不寒而栗，满身的神经紧缩着、抽动着。

她从人缝中挤过来，靠在大楼前的水泥电杆上，松弛一下腿脚。旁边两个中年妇女手里提着小皮包，兴致正浓地与两个男人闲聊着。

一位穿着白短袖、黑绸裙的妇女说：

"人家说，长坪区来了个老汉，搭了几百里路的车，身上揣着五万元，买了一大家八个人的户口。"

"山里人有钱。"戴金黄耳坠、手戴金戒指的中年妇女说。

"长坪这些年发财的人多。种西洋参、种黄连、卖木材、点木耳、香菌，富得很。"

手指缝里夹卷烟的中年男子说：

"还是现在的政策好。人们有了钱，有了钱不受困。有钱能买鬼推磨。"

谢琼把左脚向前伸开半步，收回了右脚，把一身重量由右腿移到了左腿。翻了翻上眼皮，拨了一下额头的刘海，表情淡然地听着这几个人的谈话。

金黄耳环的女人说：

"这个政策好，对十八九岁、二十岁的农村姑娘好。买个居民户口，能找个好婆家。现在城镇工作的小伙子找对象，都要找居民户姑娘。"

另一个穿灰短裤的男人说：

"对十八九的小伙子也好。买了户口，能考技校，能招工，参军复员回来可以找工作。"

"有些人户，一家人都在外工作，只剩一个老婆子在农村。买了户口，就不种地了。一家子居民。"穿黑绸裙的妇女说。

"哎哟……"谢琼一声惊叫。

"嗯！……"她狠狠地朝肩背上打了一掌，"好厉害的一个牛蚊子，吸了我这么多血！"

周围的人被她的惊叫震了一跳，看到她手掌中的血和挣扎的牛蚊子，都明白了一切。

"值得，这钱花得值得。"一个魁梧的男人，手里拿着鲜红的户口证，绿塑料皮的粮油本，满面笑容地边走边说：

"我的钱花到明处，不向人求爷爷告奶奶。"

他的有趣、实在的话，道出了人们的心声。人们的脸上现出了赞许、满意的笑容，向他投来敬佩、羡慕的目光。

"老哥，你买了几个人的?"一个脸上长着黑痣的长发青年问这个高个男人。

"三个。我爱人是个残废，我一个儿子，一个女儿。我申请了十年转户，找了多少人，磕了多少头，没一点希望。这次，我谁也不求。钱往外一伸，他光给我办！"

高个男人的一言一行，一举一动，谢琼看得清清楚楚，听得明明白白。

谢琼又听到近处几个人的对话。

一个老婆婆说："不晓得有多少人买了户口？"

一个中年男子说："刚才有个人说，他买的是第 2536 个。"

一个花枝招展的少妇说：

"买得好快啊，今天才是第四天！"

老婆婆又说："满共卖多少？"

"4000 名！"

"4000 名？"

"预计卖二千万元。一笔大收入。期富县还能办点事情呢！"

"4000 名不多，听人说，永星市卖户口收了一亿多元。"

"哎呀，那么多？"

蓦然间，人群骚动、喧哗。

谢琼的背脊离开了水泥电杆，踮起脚来向服务楼大门望去，人们正簇拥着一个花白头发的老人，议论着、说笑着。

"我活了七十几岁，没听说过居民户口还能卖。真是见稀奇，怪事多！"老头子佝偻着腰，拄着拐杖，高喉咙大嗓子地叫着。他戴着一副铜架水晶眼镜，在太阳的照耀下，熠熠发光。镜片里的一双眼睛布满血丝，放出混浊的光，眼圈血红。满面的皱纹象征着他饱经世故、身历沧桑。他一边说，一边向左右、前后的人望了望。他满不再乎地发着怨言。

"啥都在卖？现在卖户口，以后卖官？拿钱买官坐！样样都卖？"

老头子的话，逗得围观的人朗朗大笑。一个戴墨镜的小伙子拍了拍老人的肩膀，说：

"改革开放嘛你还是老脑筋！得开开窍！"

"小子，你少教训我，我吃的盐比你吃的面还多！"老头子用拐杖"笃笃"地杵着地，跺着脚，睁着血红的眼睛，瞪着青年人。

哈哈哈，一片嬉笑声。

谢琼看了看手表，差几分下午七点了。她蹙了蹙眉头，意识到自己来这里已三个钟头了。肚子饿了，腿累了。她想回单位去。

"谢琼！"——一个穿着粉红短袖，翠绿褶叠短裙，长筒肉色袜，白高跟凉皮鞋的少女，跳到她面前。短袖的领口、袖口、衣襟、衣边镶着银星，在太阳的照耀下焕发着璀璨的光辉。珠光宝气中，衬托出一张娇媚动人的脸儿。

"我和狗旦到处找你找不见。把我们跑了一身汗水！"

谢琼侧过头来，嘴角浮出一丝笑意。狗旦站在身边，笑嘻嘻的，圆胖的脸上，一对眼睛眯成了缝，透露出欢乐和友善。他穿着红背心，粗壮圆浑的臂膀油黑发亮，健壮的腰身像油桶。白西式短裤，红塑料拖鞋，活像一头水牛，周身上下全是肉，用不完的力气。

谢琼看着面前这一对青年恋人，全力以赴地寻找朋友，准有一腔热情要向自己馈赠。一时间，一种感激兴奋的心情涌向全身，她恨不得一下子扑向女友范梅梅，紧紧地拥抱住她，痛痛快快地哭一场。

范梅梅呀，范梅梅，你是我患难中的知己，你是我最亲最亲的妹妹。知我者你，痛我者你，助我者你。我一肚子的酸甜苦辣，你全知味。再生再世，变牛做马来填你的情，你的义。你和狗旦四处找我，那不是很明显吗，动员我买户口，与那个薄幸青年重归于好？

聪明的梅梅，眨了眨秀美的睫毛，单刀直入地说：

"买户口，拿上居民证，就能招工，找他王家娃说，看他那个母老虎妈还有啥说的，就跟他结婚！"

"不过，事情并不是那么容易，王超早就重找了，都订婚了！"狗旦一脸的愁容赶走了满面的春风，忧虑地说。

"醋罐子咋的酸来？无论啥事也得轮个先后。"范梅梅对狗旦的说法大不以为然，愤愤不平地说：

"谢琼与他王家娃，才算正宗的恋爱。理在我们这一边。"

"负情也不能全怪王超，他也有为难处，主要是他妈。"狗旦很有见地地分析着。

"王超又没拴在他妈的裤带上，样样听她的。一个男人，应有自己的主见。"范梅梅朝狗旦白了一眼，反驳道："王家娃要是个有主心骨的男子汉，爱情专一，纵是千刀万剐，也不会变心！你少为那软骨头辩护。"

"你又来了，对了，对了……你永远是真理的拥有者……"狗旦一副丧气的样子，甘愿服输地让着梅梅，他不愿让这些刺耳的话再伤害面前这位纯洁善良的女子——谢琼。正是因为他同梅梅有一颗同情、关怀之心，大半年来才把绝大多数的精力用在谢琼身上。

谢琼听着二人的争论，很难判断出谁是谁非。她只觉得有一点，面前这一对恋人是自己最知心、最要好、最难得的朋友。他们在怜悯、关照自己的情愫中，两颗年轻的心更为贴紧了，跳动的频率更合拍了。

　　她喜欢梅梅的热情、泼辣、直率、火爆爆的、说风就是雨的脾气、性格。她也赞赏狗旦的憨厚、粗犷、坦诚、公道的男子气度风格。她曾千次万次地诅咒着王超。他不但给自己带来无边无际的苦恼、悲伤、酸楚，他还使这一对纯洁的青年忧愤、焦灼、不安。就不说你给我留一丝一毫的仁义，你也该给亲如手足兄妹的梅梅、狗旦一点情面？你这个软蛋，害得多少人不得安生呀！

　　谢琼很快整理了一下纷乱的思绪，从痛苦中清醒过来，竭力改变面前的尴尬气氛：

　　"难为两位朋友，火毒的太阳下，酷热的暑天，东奔西跑，为我操心跑路。你们的情意我全知道了，我全领了。只要有万分之一的希望，我还是不准备放弃。关于向家里要钱的事，我还没最后下定决心。对王超，我还想进行最后一次关键的考验……"

　　"谢琼！"范梅梅大叫一声，一下子扑向谢琼，紧紧地拥抱住她，满含热泪，激动着，转动着头，温存地说：

　　"我和狗旦，就是要得你这句话……好姐呢！"

　　狗旦的眼眯得更细了，咧着嘴，站在一边憨笑着，满意地、赞许地，眼睛一丝不眨地望着谢琼。

　　谢琼沉浸在感激、兴奋的感情海洋中了。两颗晶莹的泪珠，从涨满的眼眶中滚出，迅速地流向两颊，滴落下去，在白灼的阳光中，闪烁着光彩……

三

　　落日像一颗血红的大火球，带着万丈金光，带着无穷无尽的热量，从容信步地走向地平线的背后去。在这殷勤辛劳的一天即将告别之时，它还是对人们，对万千景物依依不舍、念念不忘，不愿把天幕降落，将光明收藏。西方的半边天空流飞着千万束金灿灿的光芒，晚霞如炽，如血，把一层层、一片片云朵点燃了，熊熊地燃烧着，跳荡着火焰。

大地沐浴着金辉。远山、近水、村庄、田野、树林、沙滩、大桥、河堤……一律披上了金黄的轻纱。夕阳、晚霞，映照在开阔平缓的汉江水面上，像血、像火、像画。满江的红光，满江的流火。金光闪闪，水波灿灿。

仲夏的黄昏夕照可人，而又凉爽宜人。黄昏的江边吸引着人群。

没有了灼人的阳光，没有了烤人的烘热。河风徐徐，江水清凉。芦苇碧绿，树木婆娑。银鱼飞跃，水鸟展翅。

人们三三两两，结群成伙，来到汉江边，来到河堤的树林下，乘凉、洗澡、避暑、嬉耍、闲聊……尽情地享受、欢度一天中的最佳时刻。

谢琼独自一人，站在河堤的槐林里，身子靠在一株槐树树杆上。手里玩弄着一叶纤长的青草，打上结、散开，散开、再打上结。她悄然无声地平视着河滩、江水，看着一辆又一辆的手扶拖拉机吐着青烟，装白沙，装鹅卵石，奔驰在河滩上。看着一个个赤膊露体的人们吵闹、嬉戏在河水中，或浮或沉、或漂或没。

尤其是，那一对对青年男女，裸着光滑、柔软、健美的身体，穿着游泳衣兜、裤衩，手挽着手，踮着脚，恋情脉脉，娇声滴滴地走向江水中，更是吸引她。

她多羡慕这些人无忧无虑的生活，她多想脱了衣裳，跳到碧波

41

荡漾的江心中去，耍个痛快、玩个痛快。让滔滔江水洗刷掉一身的郁闷，一腔的苦衷……

"问君能有几多愁？恰似一江春水向东流！"她心里吟诵着。

槐林里的知了，叫个不停。它们并不因酷暑闷热的中午过去而懈怠自己的工作。它们的表现，为仲夏增添许多独特的情趣、气氛。

谢琼清晰地记得，十多年前这里是她和王超，以及小朋友，小同学们玩耍的好场所。王超在这里为她大显身手，出尽风头。捉知了、逮小鸟，做游戏捉特务……她常常开怀大笑，笑得前俯后仰，涕泪双流。天真烂漫的童年，活泼愉快的少年在这里流连忘返。从青春萌动之时，王超一次又一次地陪伴着她。春天，在这里踏青，黄昏在这里散步，月夜在这里约会……

太阳早已隐退了，暮色渐渐降临。河水里的人们纷纷向岸上走来。远远的青山变得朦胧、遥远。江水退去了如火如炽的红艳，闪烁着白晃晃的波光。从河心吹来的凉风，撩拨着谢琼的头发，抚摸着她白净细嫩的脸，舞动着她薄如蝉翼的鹅黄色的短袖、衣裙。唯有这轻风凉意才最可人，最知人，最亲切。

她自己也感到恍惚，到这里来，是纳凉、是散闷、是赴约？反正，是吃过晚饭，不知不觉地走到这里来的。

下午七点，谢琼在期富服务大楼与梅梅、狗旦告别之后，回到清江大桥边的单位——期富县交通局。

酷热的天气，让人吃不下，坐不住，躺不下。她抓了两把米，放了一棵小白菜，熬了小半锅菜粥，在泡菜坛里捞了两根豇豆酸菜，胡乱地喝了两个半碗。这是她夏日里最可口的饭菜。也唯有这些才能伴她度过难熬的夏季。

她思绪混乱。头脑里意识模糊，杂乱无章。没有头绪，没有条理，朦朦胧胧。但是，她总觉得有一点是明确的——对王超寄着一线希望。

她思考着、设计着、规划着，筹款、买户口；找王超，托人说情，与情人重归于好。

这时，在槐林的上空，轻柔地传来委婉流畅的歌声，和着凉爽的河风，撩拨着她纷乱的心。像甘霖春雨，浸润着她耳膜的土壤：

啊——爱河，
我曾在你的怀抱中生活，
我曾在你的波涛中浴沫，
年轻、幸福、欢乐、陶醉，
是你的内涵、魅力和气魄。

怎料你突然干涸，
河床枯竭龟裂。
我这可怜的小鱼，
频扇双腮，
待毙的身子躺着。

每夜的梦中，
我见到了雪消冰化，
我听到了春雷震动山岳。
祥云氤氲骤降红雨，
洪波激流又涨满了爱河。

可怜的小鱼得救，

那小鱼就是我，就是我……

歌声突然停止，她惋惜、遗憾。

多美的歌啊，我钟爱的《爱河曲》。这歌像一条小溪，流进自己的心底，流入自己的意识。倾泄了不尽的愁绪，向往着爱情的复活。

她现在突然意识到，下午怎么会有那么大的勇气，竟向梅梅、狗旦表态，对王超再寄希望，做最后一次的争取。她为自己的决策暗暗叫好、庆幸！

她站累了。槐林的地面是个斜坡，上面长着青草。青草厚层层、毛茸茸的。她就地而坐。尽是松软、舒坦的感觉。

她多疾恨那个可恼的漆黑的冬夜，那一幕一幕的情景历历在目，撕人心肺。多半年来的悲痛、苦闷，都是从那个渊薮中涌出。

那是去年寒冬腊月的一天夜晚。

一个多月未见过面的王超突然闯进谢琼的宿舍。

谢琼带着惊喜、热烈、兴奋的心情，满含热泪地接待这位恋人。在昏黄的灯光中，她上上下下打量这位潇洒的男青年。好怀疑自己的眼睛，不相信自己的意识。她退后两步，揉了揉水灵灵的大眼睛，清了清神志，又细细致致地看了看挺立在面前的人，他确实有一个月没来了。她天天盼，夜夜盼，仍是无影无踪，无声无息。只有空荡荡的宿舍给她做了失望的回答。她一次又一次地抹着眼泪，一回又一回地饮着泪水，一夜又一夜地失眠。她一次又一次地默默问着，他确定要绝情分手？她又一次一次地否定着。随着时间一天一天的流逝，前者的肯定越来越多，后者的否定越来越少。

现在，他不是来了吗？高高大大的人，站在自己的面前。旧梦重温，恋情仍密。怎能责怪他绝情、分手？不、不、不，绝对不会的。王超，我是了解的。从小学，到初中，我们一起玩耍，一起上学，一起生活，亲如手足。从头到脚，彼此都清楚、明白。

"坐呀，王超，好冷的天，"谢琼高兴地招呼着。

王超双脚未动，仍站在原地，上身只是微微抖动了一下。

"快坐到火炉边，你怎么不坐呢？"谢琼上前拉住他的胳膊，往火炉边拽。

"我是……"王超仍是动劲不大，只是吞吞吐吐地，欲言又止。

"你是怎么了，王超？先坐下，烤一烤，暖和暖和。"谢琼强拉王超，把他按在炉边的凳子上。又说：

"我给你泡一杯红糖生姜开水，驱驱寒气。"

王超低着头，畏畏缩缩地佝偻着身子，坐在火炉边。火红的炉火，照出他一脸的消沉、抑郁。

"你不舒服，病了？这么萎靡不振的？有啥不愉快的事吗？"谢琼热情地将玻璃杯递给他，热情地劝导他。

王超阴沉着脸，沉吟着。

"你咋的了？王超！你是哑巴，咋不说话？"

"我是……"王超嗫嚅着。

"你说，痛痛快快地说！"

"我是来向你告……"声音又断了。

"向我怎么？快说！"迫切的、期待的乞求声。

……对方沉默。

"说，快说，向我做啥？"她几乎要暴跳了！

"向你最后告别！"一个低微的、几乎听不清的声音。

"你要远走高飞？"

"我妈不叫我再到你这……"微弱的话又卡住了。

"不叫什么？说清楚啊？"是乞求、是命令。

"不再到你这里来！"这是费了极大努力，从口缝里挤出的声音。

"绝交，分手？"谢琼怒目圆睁，逼视着王超。

……王超不语。

"是不是，绝交、分手？"逼问一句。

"嗯！"王超的头更低了，从鼻孔内哼出一声。

"咚"的一声，谢琼跳到王超面前，双手抓住王超双肩，把他的脸仰起来，朝着自己。谢琼瞪着圆大圆大、喷着火焰的眼睛，逼视着王超。

"你重说！"

……沉默，王超的目光躲避着，躲避着。

谢琼狠劲地晃着王超，猛摇着。

"说呀，重说一遍！"

"我妈不同意咱俩的婚姻。"

谢琼再一次地受惊，周身颤栗着，热血沸腾，涌向大脑，要冲破头顶。她"哈哈哈哈"一阵长笑，说：

"王超，你真会开玩笑，来唬我，考验我。我是真金不怕火炼……"

"不不不，不是开玩笑，我说的是老实话！"王超着急，立即打断谢琼的话，继续说：

"我今晚来是向你道歉，取得你的谅解……"

"啪——"一声响亮的耳光，狠狠地抽在王超的脸上，痛得王超半天回不过神。等了良久，王超才从惶惑中弄清，是谢琼打了他。

"妈呀!"谢琼大叫一声,如疯如狂,捶打着胸脯,跺着脚,撒着泼。在宿舍里横闹、折腾。她嚎啕着、滚翻着,瘫软在冰冷的地面上。她用头撞床头,用手用脚捶打、踹踏着地面。她叫骂着:

"难怪你一月多不到我这里来了,你另有新欢!"

"我不活了,我不活了。"

她又在地面上打着滚。

"没活头了,活不成了!"

王超从惊恐中清醒过来,立即跪在谢琼面前,挽扶着她,从地上往起抱。谢琼叫骂着,发着疯……

王超面有难色,万箭穿心地劝解着谢琼。

"我该死,我不该让你伤心,我是罪魁祸首。你骂吧,你打我吧!"

时间在一分一分中过去,半小时,一小时,两小时,四小时地度过着。这时已进入子夜。

谢琼经过三四个小时的折腾,歇斯底里地发作,已精疲力竭。她神志恍惚,出着长气。苍白的脸无一点生气,嘴唇微启,露着白牙,双眼紧闭,胸脯起伏。

王超坐在冰冷的地面上,抱着情人,用体温暖和着她,抚慰着她。仿佛只有这样,才能使他负疚的心平衡一点……

寒冷的西北风在屋外猛刮着,呼啸着。树梢发出呜咽,树枝在嘎吱声中脆断。猫头鹰在"嚯咕辘辘、嚯咕辘辘"地惨叫着。冬夜是这样的冷酷、恶劣、凄凉……

谢琼从昏迷中苏醒过来,非常冷静、从容。她从王超的怀里挣脱出来,亲昵地、默无声息地将王超从地面上扶起,按他坐到藤椅上。她心平气和地、友善地乞求他。让他讲出近一月来的情况。讲出事情的根本和原委。

王超不得不照实全说出来。

王超的母亲不同意他俩的亲事。嫌谢琼是农村户口，是临时工，没有正式工作。怕将来大人、小孩入不了城镇户口，吃不上居民粮，招不了工。连累儿子，使儿子一辈子受苦……在人面前抬不起头，低人一等。这样的例子很多，跟他们住在一个大院里的陈家就是这样。

王超的父亲是老干部，是某局的领导。王超的母亲是干部家属，县城的老居民户。给儿子找个有工作的媳妇不为难。

王超跟谢琼友好，这不一定非要组成夫妻。今后各自成了家，也不影响以往的友好。还可以继续来往。

……

谢琼坐在短凳上，佝偻着腰、俯着头。双手按在膝盖上，双眼痴呆地望着火炉。她的柔软健美的身子，在颤栗着，她的头脑，麻木着。她犹如失去了意识，她听着对方的侃侃叙述，她把他的每句话、每个字吞咽下肚，深深烙在记忆的石碑上……

人生呀，人生，这样的无情、曲折、残酷……

自己爱着的人，人不接受，不领情。这是命呀，是我这女子命苦，我甘心认了！

谢琼无力地反问：

"往日的海誓山盟，现在又作何解释？"

王超张口结舌，讷讷难言。

"……不是我要这样做，这全是我妈的主意。"

"你是你妈的应声虫，孝子贤孙，你是个无骨头的软蛋。你的脑袋在你身上长着，还是在你妈身上长着？你不要耍弄我，你负心，你背义，明说好了，何必推三诿四？我谢家女子算是瞎了眼，认错了人。以往的事，全当是梦，是一场虚梦……"

谢琼异常坚强、异常镇静地说。

"就是因为我舍不下这个情，我才来向你歉、赔情……"王超很委屈地说。

"谢谢你的仁义！从此咱俩分道扬镳，你走你的阳关道，我过我的独木桥。现在夜深了，我该送客了。"

谢琼猛地站起来，摇了一下头，把乌黑的头发甩向脑后。摊出双手，做出逐客的样了。

王超瞪着畏缩、惊恐的眼睛，负疚重重，双腿像灌满了铅水，无论如何站立不起。双唇嚅动着，像千斤磨盘，难得启开。

"走，你走！"她催促着。

……王超沉吟。

"走，快走！"

王超为难地看着她，满面的忧愁和苦容。

"走呀！"谢琼拽住他的胳膊，狠狠地扯着。因猝不及防，王超被拉了个趔趄。坐的那只藤椅哐当一声被打倒。

谢琼像发疯了一般，力气分外大，将宿舍门哗地一声打开。门扇撞击在墙壁上，发出巨大的响声。她从他身后，双手托在他的腋下，将他狠猛地推出屋外。

一股寒风忽地一声席卷过来，像凉水浇了一身。王超的身子猛烈地一瑟缩。

漆黑的夜晚，寒风怒号。没有月亮，没有星星。两个恋人的心，都如这漆黑的夜晚，没有光明、没有温度。像石头，像铁块一般的冰冷、沉重……

王超满含泪水，颤颤惊惊地侧着身子，挪着步子，半步、半步……在漆黑的夜幕中隐隐约约地消失。

谢琼倚靠在门框上，抽泣着、伤心着。哭嚎声由弱到强，由小变大。她再也止不住了，像决堤的洪水爆发了，狂吼着。

"王超！你不能走啊！"

她踉跄几步，跌跌倒倒地扑向黑暗，捕捉住了那个熟悉的身影。

王超双手抱住了她。她全身投向他的怀里，紧紧地抱着他，依偎着、依偎着，声泪俱下地哭嚎着……

不知远处的雄鸡叫过几遍。寒风中的一对情人，紧拥着，依偎着。东方天空露出鱼肚白。单位大院的大铁门，冷冰冰地挡住了他们。曙光中，那只拳头大的铁锁瞪着眼睛，一脸的不高兴。

她蹲在院墙脚，手扒住墙。让他双脚踩在她的肩膀上。她咬紧牙，狠命地站起来。她作他的人梯，让他爬上院墙。他们终于分了手。

她在风刀霜剑中像痴了一般，呆呆地站在院墙下……

谢琼终于回到了宿舍。她无心睡觉，她突然发现桌上有一张纸。写着密密麻麻的字。"这是王超的绝情书。"谢琼心里断定着。她开了台灯，细看着。

《黑夜的诅咒》

这是个漆黑的夜，没有星光，没有明月。

寒风怒号，
冰冻霜结。

天地没有了生气，
光明被完全吞没。
十多载的钟情，
就在这个黑夜里终结！

再听不到优美的歌声，
再看不见那枝花朵！
没有光彩的时辰，
我将怎么过？怎么活？

这不可抗拒的黑夜，
你我有什么奈何？
在这分手的时刻，
狠狠地诅咒这个黑夜，
渴盼太阳不落！

她接过看了两遍，不需琢磨，一股怒火胸中燃起。心里狠狠地骂着：

"这算是什么？绝交不像绝交，期望不像期望。全是胡诌！胡说八道！尽是骗人的鬼话！既然分手，何必留恋？你要是热爱太阳，何须诅咒黑夜？我又不是一个七八岁的黄毛丫头，任你捉弄？"

"嗞——嗞——"，两把撕了那张纸。揉成团，扔在屋角。

……

"谢琼!"一个清亮的声音打断了她的回忆。她扬起头来,四下里寻找着。空荡荡的树林,寂静无声。背后长长的河堤,巍然屹立,见不到一个人影。她仍坐着未动,看着河滩上的人们在暮色中收拾东西,穿好衣服,三三两两地爬过斜坡,登上堤岸。

四

"谢琼!"又是一声响亮的叫喊。谢琼循着声音,向右侧转过头来。她看到离自己约有十米远的一棵槐树旁,站着一个人。半边身子被铁青色的树杆挡着。

"谢琼!是我。"一个男子的声音。谢琼听了,这声音好熟,她立即反应了过来:"王超。"她惊得差点喊出了口。她敏感的神经和强烈的自尊心,控制住了自己,恢复了平静。她没有答应,平视着波光熠熠的江水。

"谢琼,我在这里等了一个小时了,怕你不高兴,没敢喊你。"王超谦和亲切地说。

"我不认识你,走开!"谢琼愤愤地说。

"我有句话,想给你说。"

"滚,我不听!"

"一句紧要的话,关乎咱俩的婚事!"

"滚开,你少来作弄我!"

"真的,我是真心诚意!"

"少来烦人,你再不走,我给你吃几个草鞋底。"

（注：方言，意思是骂人的话）

"你别发火，听我把话说完。"王超越来越靠近了她。

"你嫌没把我糟蹋够，又来冷气攻心？"

"我一直是爱你的，你把我冤屈了。"王超挨着谢琼坐了下来。

"少来这一套，甜言蜜语，心狠手毒。"谢琼忽地站起，向西走了一丈远，咚地又坐了下去！

自去年腊月那天晚上分手以后，她常咒骂他，责怪他。"负心汉""薄幸人""没良心""狼心狗肺""喜新厌旧""嫌贫爱富"……但是，有时她又为他的处境着想，宽恕他，为他体谅、辩护。他母亲的威严不能不屈服。她只有认一点——自己命不好！

"好大的火，我确定是为了咱俩和好而来。我中午去你单位找了几次不见你，一个小时前我又去交通局找。门卫老汉说你朝河坎边来了。我好不容易才找到了你。"王超轻言细语地说着，又小心翼翼地走向谢琼面前，挨着肩坐在她的旁边。

谢琼没有反应，平板着脸，看着南山起伏的轮廓。许久后，狠狠地吐出一句话：

"有话就说，有屁就放！"

"我是来劝你买户口，有了居民户口，就和城镇待业青年一样，可以招工招干。这样就堵住了我妈的嘴，我们的婚事就成了。"

"你又来欺骗我！谁不知道你跟果酒厂的一个女工定了婚，名子叫晏莉。你个负心汉假装的啥子仁义，闭住你的臭嘴！"

"你只知其一，就不知其二。"王超耐烦地解释着：

"晏莉是果酒厂的正式工人，确定是同我定了婚。但那不是出于我俩人的情愿，都是双方大人的撮合包办。晏莉今年23岁，比我大一岁。从面容上看来，比你老面得多。个子也没你高。人才也不如你。这都是其次，更重要的是她不爱我，她心上爱的有人。"

"是谁？"

"也是果酒厂的。"

"叫啥名子？"

"这没有给你说的必要。"

"是干部？"

"不是，是个农村的副业工。"

"也是农村户口？"

"农村户口，正是因为这，晏莉的父亲棒打鸳鸯散，把一对恋爱了五年的情人硬是拆开了！"

谢琼听这个消息是第一次，感到非常惊喜新奇，与自己的切身利益有关系，急切地问：

"你和晏莉的感情怎么样？"

"不常接触，哪谈得上感情？我妈同晏莉的父亲认识得很早，老熟人。我妈看上晏莉是正式工人，晏莉的父亲看上我是县政府的干部。强迫我和晏莉定婚。你想，谢琼！我爱着你，她爱着那个副业工。各有自己的心上人，两个人即使结了婚，成了家，同床异梦，能幸福吗？婚姻上的苦恼比经济上、生活上困难，痛苦十倍、百倍，痛苦终生。我王超何苦去吃那一锅夹生饭呢？何必去受那份洋罪呢？"

王超像倒核桃一般地说着实情。打动了心如冷灰的谢琼。

弯弯的明亮的月亮挂在树梢，撒下一派银辉。王超发现谢琼的眼睛亮了，清癯的脸有了光泽。她的胸脯起伏，鼓满了少女特有的青春精力。两个人之间的紧张气氛消失了。谢琼思想上一直紧张的防范之弦松驰了。她的身子不自觉地向王超跟前挪了挪。

王超如大梦初醒，仿佛现在才恢复了嗅觉。昔日闻惯了的发香，一阵阵袭来。往日那青春少女的气息，又浓烈地包裹住了自己。整个身心很快地沉入过去馨香的感情海洋中了。

谢琼转动着脑子，仍带怀疑不定的心思，考验着对方。

"晏莉不行，重找一个，不就行了？"

"你说得那么容易？又不是逮狗娃，买猪娃，随便捉一只。人，究竟是讲感情的！"

"鬼晓得你讲感情！"

"我不讲感情，咋找你来了？我恨不得把心剖出来叫你看！"王超抱怨地说，"大半年来，我虽然没到你那里去，没找你玩。可是，你知道吗？我站在大桥头上那棵榕树下，偷偷地望着你们单位的大门，望你望了多少次。看着你中午下班后从大门出来走向大街。目送着你消失在人群中。下午饭后，看着你苗条的身子从大门出来，到河坎边来。每周星期六，我推着车子，躲在人堆中，追随着你，看着你回家。有时，我暗暗地把你送几里路……"

"你吹牛！"谢琼大声地打断对方的话。

"谁说谎话，雷打火烧，就是四个蹄蹄，在地下爬的，谁就不得好死！"

"又在赌虚咒！"

"真的，大桥头那棵榕树下，叫我把皮都抠下了几块，树底下被踏得连草都长不起来。不信，马上去看！"

"吭吭……"谢琼开心地笑了。

"我虽然人离开了你多半年，但我始终是爱你的。我对你痴情难舍。我为离弃了你而懊悔。吃不下饭，睡不好觉，工作无心，做事走神。感到生活寡然无味，百无聊赖。我悲观厌世。我成天在思考、寻求我俩重新合好的途径，设计最佳方案。现在政策放开了，买户口，真是天赐良机，这是上帝的造化。我俩结为百年之好，这真是天意呀！"

倾听着王超如诗如歌的陈述，谢琼心头的疑云顿然消失。多半年来压在心头的大山搬走了。她简直不能相信，面前的人儿，还是一如既往，对自己一片痴情，如此钟爱。她受宠若惊，无限感激。无比兴奋的情愫，使她的双眼含了满满的两泓泉水，烧烫了她光洁如玉的双颊。在明媚的月光下，在斑驳的树影中，她更为妩媚、娇艳、动人。

王超心醉了，完全陶醉于美人的魅力中了。

"不过，我家的经济状况，你是清楚的。"谢琼愁闷地说，"我爸的工资，全家人花销，身体常犯病，就诊买药的。我妈一个妇女家，种田种地，坡上水田，轻的重的都干。能有多少收入？我们姊妹三个，几个上学的。我每月那几个可怜的钱，除过伙食费，只够买自己的穿戴、小零用。哪有积攒的。5200元，可是一个不小的数字。不知道我爸妈同不同意我买户口。凑得到那些钱吗？"

"我挣的钱，每月都被我妈要去了，只给我留点零花的。不过，我可以尽量想办法。"王超对谢琼说。

谢琼又犹心忡忡地说："谁知买的户口，同正式的居民户一样吗？如果招不了工，还是白花钱。"

"政府要取信于民，说话要算数，不敢欺骗百姓。"王超满有把握。他又叮咛谢琼："你要抓紧办理。我母亲正在为我购买各种结婚用品，备办酒席，筹集钱买组合柜。"

"准备结婚？"谢琼惊诧地问，出了一身冷汗。

"别担心，咱们也有咱们的对策。"王超劝导着她。

"结婚日子定了？"

"七月十五日，也就是农历六月十六。"

"今天是七月八日，还有七天。"

"因此，我们得抓紧买户口。"

"买户口截止到七月十五日，正好是你妈给你们定的结婚那一天。我们得赶在你们领结婚证之前。"谢琼精心分析着，做出了准确推断。

王超又告诉谢琼："我妈和晏莉她爸那面的一股力量，还不能低估，够咱们对付的。咱们还得下很大气力。"

"不要紧，我们同晏莉利害一致，同心协力。还有那个副业工配合。有梅梅、狗旦的帮助支持。"谢琼满有信心地说。

河堤上这片槐林，离清江大桥不远。大桥上豪华的路灯，光彩四射，大放异彩。过往行人熙熙攘攘，匆匆忙忙。自行车车流，响着清脆的叮零叮零的响声。一辆又一辆的汽车，放射着强烈的光柱，划破夜空，发出轰隆轰隆的响声。繁闹不息的县城，在此可以略见一斑。商品经济的潮流，把这落后的县城，搅腾活了，把人们教诲勤了。生活的节奏加快了很多。

槐树林里万籁俱寂，一片空旷。月牙从树缝中露出如玉般的形象，把一片一片的树影，投在地面上。草地斜皮像铺着一屋花纹斑驳的地毯。树上的知了，偶尔聒噪一阵。各种草虫鸣叫，唱着不尽的歌。

清江在月光的银辉沐浴下，波平风静，熠熠生辉。时不时地传来打鱼人的撒网声，吆喝呼应声。河水里传来一阵阵青年男女的游泳戏耍声，小孩的笑声……

河风习习，清凉爽快，吹上岸来，掠过槐林。枝叶摇动，发出哗哗的笑声。

谢琼、王超，他们望着明月，沐着凉爽的河风，听着虫鸣蝉叫，看着江边的夜景。交谈着，向往着明天，憧憬着未来。

五

期富县县委常委办公大院。

它的南边是巍然耸立的县政府大楼。它的北面是相距不远的雄伟高大的县委办公大楼。

这座县常委办公大院，比较僻静，是一所小巧玲珑、造型大方新颖的四合院。

月洞大门朝东开着。南西北三面都是两层小楼。雪白的墙壁，橙黄色的瓦。楼上楼下，窗明几净，纤尘不起。给人以明亮、整洁、幽静、雅致的感觉。院内曲径、花坛、小桥、流水、假山、栅栏，布局新巧可人。

各种红的、黄的、紫的花卉竞放异彩，芬芳香馨。各种各样的彩蝶、蜜蜂，翩翩起舞。

正午的太阳悬挂在高空，白灼的阳光照得墙壁、树木鲜亮耀眼。

谢琼穿一身紫色涤丝连衣裙，苗条、雅致、飘逸。她一头的乌发油亮芬香，淡淡而清秀的眉毛下，一双炯炯闪亮的眼睛，吐露着青春活力，显示出少女的魅力。直挺挺的鼻染，小巧红润的嘴唇，娟秀、动人。白净绯红的脸蛋像六月的蜜桃，鲜亮光洁、细腻。

她肩上挂着一个棕色的精致的小提包，衬托得她更为风流、妖媚。

当她站在办公大院门前，心脏怦怦地跳动着。觉得一身潮热。这个神秘的地方，县上最高领导办公的地点，自己能亲临其境，面见县委书记，请他解答问题，实在是有意义的事情。

她跟随两个农民装束的一男一女，从容自然地步进大院。院内阳光耀眼，直晃眼睛。南边屋檐下站着黑压压的一片人。叽叽喳喳，议论纷纭。

她走到一个房间的门口，门框上挂着"办公室"红字的小白牌。屋子很宽敞，坐着十多个人，大多数都是农民。他们喝水、抽烟，闲谈着，两个年轻的工作人员忙着倒水递烟。

她从人缝里朝前走，又是一道门。门框上的小白牌上，几个红字十分鲜艳：县委书记办公室。

啊？县委书记就在这里？谢琼心里又惊又喜。我怎么有这么大的勇气，直接找县委书记问话？她的心脏又咚咚地狂跳起来，全身都感到紧张，不自在。

书记办公室门口拥挤的人更多了。屋内坐着几个人，还站着一伙人，围了个半圆形。

南墙窗下，放着两张黑漆闪亮的写字台。一位眉目清秀、皮肤白净的中年男人，穿着白色圆领汗衫，正笑容可掬地讲话。他一边讲，一边抬起双臂，用手势比划着。他正在给坐在面前的一位灰白头发的妇女讲解着什么。

　　这位妇女不停地点着头。旁边坐的、站的人，听得津津有味，面露笑容。

　　谢琼壮着胆子，进了书记办公室门，站在其他人后面。

　　程书记说："老年人，放心，共产党的政府是为群众服务的，不会欺哄你们，抓紧时间去办。"

　　老婆婆颤颤巍巍地从椅子上站起来，异常感激地点了点头，笑了笑。旁边一个青年妇女扶她朝门外走去。

　　谢琼正要拨开人群，向程书记靠近。突然，门外一片喧哗。

　　"程书记在哪里？我来见识见识这位县太爷。"谢琼回头朝门口一望，一个疯疯颠颠的老头从门口冲了进来。他旁边的人拉他的手，他发着脾气，甩开人家，仍是往屋里冲。

　　他离谢琼近了，谢琼才看清。他戴着铜架眼镜，满头白短发，白胡茬上沾满了口水。穿一件白布衫子，一只袖子搭拉着，右肩膀裸露着。干瘦的胸脯像洗衣搓板，有一半露在白衫的外面。他穿的大裆裤，宽布腰，上沿儿搭在腰带上。拖踏着一双黑布鞋。

　　谢琼立马记起来了，这就是那天下午，在服务大楼前疯疯颠颠的老汉，戴着一副铜架眼镜。

　　他瞪着红圈眼睛，摇晃着脑袋，问："谁是县委书记？县太爷呢？"

　　"老年人有啥事？"书记从椅子上站了起来，向前走了两步，和蔼地问。

　　"你就是程书记？"

　　"我是程斌。"程斌双手扶着老头，坐到椅子上。并说："有话慢慢说，您先坐下！"

屋外的人，都向屋内拥，把小小的屋子快要挤爆了。屋内一片烘热，汗臭，屋顶棚上的吊扇嗡嗡地飞速转着。

"你是头儿，我来问你一句话！"老头子一字一腔地说。

程斌递给他一杯水，他啜了一点，几滴水从嘴角流到下巴，掉在白衫儿上。

他把杯子放在桌上，把手杖放在怀里。歪着头问程斌："这户口能卖吗？"

"能。"程斌面露笑容，从容地说。

"现在卖户口，以后还卖官。有钱的人买官坐？这叫什么世事？啥都卖？世上有的，都可以用钱买？"老头子愤愤地说，仿佛把眼珠都要爆出来了。

"老人家，您平静点，平静点，听我给你说。"程斌的手拍拍老人的手腕，坐在椅子上。又弯了弯腰，拉椅子向老人面前靠了靠。他又说："户口政策放开，目的是集资，快速发展县上经济。不单现在搞户口开发，以后还要搞土地开发，也可以卖。咱县上底子很薄，很穷困。银行的款是不容易贷出来的。经济要发展，没有资金不行。咱们把群众手里多余的闲散资金，集中起来，给县上办几件大事。办工厂，购机器，引进人才、技术，把咱县上的经济搞上去。过去，咱县就是前怕老虎后怕狼，落后了，掉队了。县委领导这一次下了大决心，放开手脚干。出了问题，你们来找我程斌。"

铜架眼镜老汉，扑朔着混浊的眼睛，嘴唇嚅动着，欲言又止。他安静得多了。不疯不躁了。

人们静心静气地听程斌讲话。谢琼听得心里乐滋滋的。

"咱们县上，过去有许多该转户的，条件都符合，就是转不了。现在，只要花点钱，事情就办了。花几个钱，值得，心里舒服。过去转户，还不是要花钱，钱都塞了黑眼窝。"

哈哈哈……全屋人大笑。打断了程斌的谈话。

"是实的，全是实话……"

"县委书记比我们还了解得清楚……"

全屋的气氛活跃了，宽松了。

程斌掏出手帕，擦了擦满脸满脖颈的汗水，捡起桌上的黑纸扇，猛扇着。他又拍了拍老人的手背，说："过去转户，是富了个人，穷了国家。现在买户口，是富了国家，堵了后门。"

哈哈哈……

"好，好，太好了……"

"这样的政策，群众赞成……"

气氛更活跃了。

谢琼从人群里挤过来，靠近程斌。她平静地问："程书记，买的户口，跟城镇原来的居民待遇一样吗？"

"一样！"程斌激动地站起来，解释着。

程斌用安祥慈爱的目光，看着面前这位美丽的姑娘。他为姑娘聪睿的思想而赞赏。他满脸笑容地说："姑娘，你提的这个问题很好，很有代表性。我代表县委，向群众保证，待遇一样。享受居民平价粮油供应，能待业，能招工招干，参军复员县上安排工作。"

"我们怕花了钱招不了工，怕上当。"谢琼坦率地问，想问个实在。

"不会的，政府不欺哄群众。户口开发，只有十天，今天是第五天了。大家抓紧办。机不可失，时不再来。每天，县委几个常委都参加，现场办公。调动了县上几大班子的领导，几十个部局的领导，还有许多办事人员。投入二百多人，吃住在那里，专站办公。这不是一件容易事。过了这个村，可没有那个店了！"程斌很风趣地讲着，还做着协调的手势。

谢琼心里计算着，要是把七月五号下午开始办公计算在内，买户口共计十一天。

"咳，我老汉活了七十几，见了些稀奇事！"铜架眼镜的老人，拄着拐杖，站了起来，佝偻着身子，拨着人群，向外走去！

程斌问了谢琼的姓名。他对这位坦率、直爽的姑娘留下了好印象。

人们议论着，说笑着，一个个退出书记办公室。

谢琼沉重疑惑的心，咯噔一声放下了，落实在了。心里亮堂多了。因为激动，她的眼眶里充满了晶莹的泪水。她那美丽妩媚的脸上漾起了一抹柔和的春风。

六

已是夜里十二点了。王超在宿舍里翻来覆去睡不着。天气闷热，小科室像火鏊子一般。

南墙在烈日的暴晒下，像个散热器一般，有释放不尽的热量。屋内的空气如凝固了一般，没有一丝一毫的风。他再也受不了这种煎熬，翻身跃起。胡乱地擦了一把冷水脸，趿拉着托鞋，出了宿舍。他准备到这座大楼楼顶去，凉快凉快。

这是县政府办公大楼。雄伟、高大，共有五层。房间、会议室有几百套。几十个局委都在这里办公。王超是县政府办公室秘书，经常熬夜写材料。办公室主任在五楼给他配了一间房。平日他都在家里住。今晚他没回去，向母亲撒了谎，说要给李县长赶写材料。实际上，他对家里很烦腻，不愿在家待。为的是避清闲，图清静。

他上到楼顶。楼顶平坦开阔，一阵清凉的风迎面扑来，浑身上下凉爽舒畅。他如释重负，一扫烦闷、燥热、抑郁。他长长地出了口气，挥动双臂，活动活动关节。

他漫步在平坦的水泥地面上。脚下的沙粒滋拉滋拉地响着，他走一走，站住；站住，走一走。手里的烟头在昏暗中闪亮出红光。

青灰的天空上，布满了繁星。闪闪发亮，眨着无数只眼睛。月亮早已没入地平线的背面。大地被笼罩在铅灰色的苍穹中。远山朦胧，黑黝黝的。远处的田园、村庄一片模糊。

繁华热闹的小县城还没有入睡。大大小小无数只灯光闪闪亮亮。汽车仍在街道上、公路上飞驰，射出强烈的光柱，照得墙壁、电杆、路牌白灼耀眼。近处的楼房、庭院、街坊隐约可见。远处的工厂传来轰隆的马达声、机器声。偶尔长啸着尖利清亮的汽笛声，惊醒了肃穆、寂静的夜晚。

王超越来越讨厌母亲，她专横、武断、霸道。他愤恨她包办婚姻，为什么不给他民主、自由。她嫌贫爱富，她是势力眼。她对谢琼太无情、太残忍。

他也痛恨自己，鬼迷心窍，为什么去年腊月做出糊涂事，绝情分手，刺伤了谢琼纯洁的心灵。多半年的时间犹如过了三年，那么漫长……他愁肠百结，抑郁苦闷，精神萎靡。他不但为自己不情愿的定婚而痛苦，还为违心地抛弃钟爱的人而痛苦，为谢琼的痛苦而痛苦。他长时间地内疚、不停地谴责自己：为什么当时那样软弱？为什么当时不反抗？还不是自己思想不坚定？怕吃苦、怕受拖累？我不该伤谢琼的自尊心啊！

多半年来，每当看见谢琼失神恍惚、悲伤抑郁的神态、表情，他都像万箭穿心一样的疼痛。我就是她的痛苦的制造者，罪魁祸首是我。一个好端端、天真活泼、秀美可爱的姑娘，叫我给折磨成了人不像人、鬼不像鬼。她还得强打精神，在清癯憔悴的面上泛出一掬笑容，应付单位的人和事，应付周围及社会上的人和事……

他敬佩谢琼，多半年来，她忍受着极大的内心痛苦，吞咽着悲伤的苦水，经受着一天又一天、一夜又一夜的折磨。她不知是用怎样大的力量抗拒着、支撑着。

……即使将我千刀万剐，也不解她心头的千仇万恨！

这可恼的居民户口，把多少相亲相爱的情人隔断。它比夜空的星河还厉害。我和谢琼就甘做它的牺牲品吗？晏莉和那个副业工也甘为它的牺牲品吗？这道鸿沟何时能够填平？这城与乡差别的厚墙，何时才能推倒？这人与人之间的层次等级何时才能取消？

王超扶着楼顶栏杆，脑海里思索万千、波涛汹涌、起伏不断。

至于和晏莉的定婚，那简直是荒唐、胡闹，毫无爱情可言。两人之间的关系，犹如一堆冷灰，没有一点温热，更没有一点星火……我是了解晏莉的，她当时同我一样，也是做得荒唐，出于对她父亲威逼的屈服，出于对热恋五年情人的不贞……她现在也受到良心的谴责，天天在忏悔、忏悔……要让她同我结婚，犹如是对她的戕杀。

65

这改革的浪头一浪高于一浪，给人们带来各种意想不到的喜悦、希望、幸福。买户口，这犹如一声春雷，驱走了我和心上人的冬九寒天，使人"柳暗花明又一村"！

想到这里，他感到心里亮堂，无限兴奋，喜悦的情绪涌上心头。他决心协助谢琼，逃出那个底谷，跻入高一级的阶层。把失去的爱情挽救回来，还我们的春天，还我们的青春，回味我们甜美的梦……

王超高兴地又点燃了一支烟。县城西南角的化工厂的机器转动声，清晰响亮，更衬托出深夜的幽静。街道上、公路上的车辆少了，人们渐渐安静了。天空的繁星更密更亮了。凉风更加清爽，带着微弱的潮气，吸着这清新的空气，无比惬意、舒畅。多么天真可爱的童年啊！多么美妙幸福的少年啊！那是终生难以忘记的过去……

县城西边。紧挨着县城，有一条宽宽的河流。两边是宽阔的河滩，潮湿的沙。青的、白的、麻的、褐的、黑的大石头，小石头、鹅卵石。河水清亮清亮的，透明无色，清澈见底。河水滔滔，发出哗哗啦啦的欢笑声。它是那样的温柔、娟秀、温存、善良、朴实……东去西往的人们，挑着担子，扛着行李，背着老太婆，拉着小学生的手，过来过去。河中心，水淹没过大人的膝盖，打湿小学生的裤裆……河滩上，一片沙渚，一大片浅水滩……

戴着红领巾的王超，穿着苹果绿的汗衫、黄短裤，赤着脚，在浅水中捉小鱼。

几条小鱼一闪眼，过去了，一闪眼过来了。小王超东追西赶，溅得满身是水。

谢琼扎着两个羊角小辫，红领巾映红了她的小脸。她穿着红花衬衣，花布裤子，两个背带交叉在胸前和背后。她甜甜地叫着、喊着……

"王超，过来，过来，鱼跑过来了!"

"好啊，捉住了，捉住了! 给我鱼，王超!"

"又是一条，噢，噢，几条呢……"

"好啊，谢琼，你看，这是啥?"王超手里捉着一只小螃蟹，笑呵呵地向谢琼炫耀。小螃蟹的几只细脚，蠕动着，两个前甲，像两把钳子，一张一合地动着。

"螃蟹，太好了，前甲可以吃，太好了!"

"给你! 接住!"王超把螃蟹朝谢琼掷来。

"哇，咳哟!"谢琼惨叫着。螃蟹落在谢琼的衣领里，乱抓乱弹着她白嫩的脖颈。

"不怕，不怕，我来取。"王超连蹦带跳地奔上岸，取出螃蟹。脖颈一片红。

王超心痛地摩挲着："不痛，不要紧，不哭、不哭……"

县城的东南角，一座庙宇，叫田家家庙。内面办了初小。是个四合院。东、南、西三面是房舍。北面是青砖院墙。这院墙两头都接着房屋的墙。院墙不是实在的，而是留着十字花的孔。从院内可以看到院外的村庄、田野。从院外，可以看到院墙内的池塘、石雕栅栏、石条阶梯，池塘边的大桂花树，三幢房舍的门窗。

金秋时节。一个星期天。

王超和谢琼，邀了几个小朋友，寻着奇香而来，准备折桂花……

校门紧闭着，挂着铁锁。王超和小朋友们都是张飞穿针——大眼瞪小眼，你望着我，我望着你，不得进去。咋办？

　　从院墙的十字花孔望进去，厚厚地铺着一层橘红色的桂花。厚厚的一层花，像个大圆形，团团围住粗壮的树杆。桂花树，树冠很大很大，从主杆上伸出水桶粗的几根树杈。树杈上又发出嫩枝。碧绿的树叶，又浓又密，像一团浓云，遮住了半个天。一串一串，一层一层橘黄的桂花，开得十分鲜艳、多彩，香气扑鼻，醒脑沁脾……

　　"有了！"小王超眨巴了两下眼睛，指示小朋友们从院墙上翻过去。未等别人反应过来，他猛向院墙边一跑，"腾"地一跃，双手和双脚同时着了院墙。双手伸进十字花孔内，抓住青砖，双脚分别蹬在两个十字花孔内。紧接着，他像上楼梯一般，变换着左右手，变换着左右脚。蹭蹭两下，爬上了院墙顶。

　　"瞧，这不是上来了。"他又脚蹬十字孔，出溜溜、溜到院墙那面的墙根。他把涨红的脸伸在十字孔里，对大门外的谢琼和小朋友们说：

　　"就是这样，翻过来！"

　　话音一落，他又像刚才那样，翻过院墙，跳下来，又站在小朋友们面前。

　　他蹲在院墙下，让谢琼踩在他的双肩上，命令着："爬上去。"

　　谢琼双手抓着院墙，不停地变换着。他慢慢地站起来。

　　"不怕，上去！"他鼓励着她。

　　他又登上院墙的十字花孔，一只手抓着青砖，一只手托着谢琼的脚，给她使劲。谢琼上了院墙。他犹如轻捷的猴子，也跃了上去。

　　他蹲在院墙上，一只手抓着院墙，一只手抓着谢琼的衣领，让谢琼从院墙顶上溜下去。等她的双脚蹬在十字花孔上，他才开始下。他谨慎地保护着她。他们很快地安全落地。

其他的小朋友，也仿照着他们的办法，到了院子内。谢琼站在树下，瞪着惊异的眼睛，看着王超蹭蹭几下，就爬到一丈多高的树杈上去了。

他双臂紧抱树杆，双腿蜷曲着，紧紧钳住树杆。他的双脚紧贴树皮，双腿猛一蹬，腰杆就向上一挺，双臂敏捷地向上一移，前进一尺多高。他爬树速度十分惊人，动作既可笑，又优美。把谢琼笑得肚子痛，弯下腰，直不起来。她喘不过气，涨红了脸，像个猪肝。

"谢琼，接住，这一枝花繁得很！"王超在树顶的一根胳膊粗的枝丫上站立着。紧临他身边的一簇枝叶直晃动。

谢琼已经抱了一大捧桂花了。

其他小朋友有上树的，也有在树下的，他们都攀折了一束束喷香喷香、碧绿金黄的桂花。

"谢琼，把这一小朵花戴上。"王超把一小枝有叶有花的桂花，给谢琼插在发辫上。他退后两步，张着双臂，高叫着：

"太美了，小美人！"

逗得所有的小朋友哈哈大笑。

小谢琼幸福地羞红了脸……

初夏。放学后，星期天，王超和谢琼活跃在田坎上，旱地头。王超上到桑树上，使劲摇着树干、树枝，用脚猛蹬树枝。乌黑乌黑、像大拇指般的桑葚，哗哗叭叭地撒满一地，谢琼捡着、吃着，吃着、捡着，口袋内涨鼓鼓的。一张嘴巴糊得紫乌紫乌的。

冬天，他们在雪地里和同学们堆雪人，打雪仗……

上初中一年级时，少先大队组织春游，到县城北面二十几里外的青山里，看大型水库……他为她折雪白的七里香、刺玫花、兰草花……她把馍馍省下来，分一半给他。

那是王超和谢琼初中毕业的夏天。夕阳西下，晚霞即将退去。她请求他教游泳。

他们踏着落日的余辉，穿行在汉江河边的柳树林里。他们准备离游泳的人群远一点。

"就在这里下河！"王超说。

"再向前面走几步，免得人看见。"

王超依她的，又踩着厚厚的绿草，继续向前走。

"行了，就在这里游！"

"再走几步！"

他们又走。

王超脱了鞋，从头上脱下了白汗衫。他看着一动不动的谢琼，说：

"脱衣服呀！"王超又脱去长裤，现出红三角裤衩。

谢琼静静地注视着他的肌肉发达的臀部、粗壮的股胯。

"快脱衣服呀，总不能连衣裳跳进水里？"王超又催促着。

谢琼慢慢地脱去凉鞋、袜子，扭扭捏捏，羞羞答答地脱去粉红短袖。雪白的背心紧箍着她的胸背。

王超神经质地看到她那隆起的乳房，涨鼓鼓的，充满少女的青春诱惑力。他俩的目光突然撞在一起，又突然躲开，都羞红了脸。

"脱呀，还有呢？"王超提示着。

"那你得把脸转过去！"谢琼不好意思地说。

"好好好，依你的，转过去！"王超向后转，把背给了她。

她站在那里，弯下腰，很难为情地脱去了裙子。

王超悄悄地扭过头来，看了看她。她也看见了他的脸。谢琼羞红了脸，一下子蹲了下去。圆浑的臀部，把花裤衩绷得紧紧的，贴皮贴肉的……

王超在齐夹肢窝的河水中，作着蛙游、仰游、自由式的示范，游得轻松、自如……

谢琼羡慕极了。

王超一只手托着谢琼的下巴。谢琼像青蛙一般，划着一双胳膊，蹬弹着一双腿脚……

江水的波浪涌裹着他俩，掀起一层又一层的涟漪，像一面张望他俩的笑脸……

她有一个好嗓子，歌唱得清亮、动听、婉转。听她唱歌，是一种美的享受。学校每次晚会，她都是主角，是台柱子。没有了她，文艺节目则大为失色。不论是独唱，还是表演舞蹈，她都是佼佼者。全场的观众为她喝采，为她叫好。

特别是那首《青春曲》，是她自己作词，自己谱曲，亲自演唱，给他的印象更深刻：

　　　　青春，青春！
　　　　人生的早晨，
　　　　年青人的春天。
　　　　春天是诗，
　　　　充满奇妙的梦幻！
　　　　年轻的朋友们，

　　　　捉住春光，

　　　　莫负艳阳！

　　　　踏着坚实的大地，

　　　　用汗水和智慧，

　　　　描绘灿烂的明天。

　　她是文学爱好者，非常喜欢读书。有时，她一连几天，不会客，不串友，闭门读书。一读几大本。她还能作诗，写得很有诗情诗意。想象力很强，有少女的诗风。

　　"呜——呜——"

　　"呜——呜——"

　　……

　　一阵紧接一阵尖利刺耳的声音，响彻在长空，惊动了寂寥的深夜。

　　王超从绵长悠远的回忆中惊醒。他意识到，这刺耳的声音，是北城纸场的排气声……每天晚上的两点。

　　王超毫无倦意，一点也不瞌睡，全身心还处于异常兴奋的状态。多半年来，他还没有像今天晚上这样舒坦畅快过。

　　他暗暗下定决心，既然母亲正在为自己的结婚做准备，我也就一不做、二不休，将计就计，唱一出《红楼梦改编》。

　　他狠劲地一掷，把烟蒂甩在楼顶的地板上。夜静了，入睡了，唯有这位痴情的男子，想着大桥边一个院内的少女。

七

　　白灼的太阳悬照当空，正在勤快忠实地工作着。这是它一天中

72

最卖力、最紧张、最忙碌的时刻。它以万丈光芒照得大地格外灿烂明朗，它以无穷无尽的热量，孵化着大千世界的万物，抚育着自己亲切的儿女。飞禽健壮地生长繁衍，花草树木茁壮飞长，禾苗庄稼，蹭蹭蹭地拔节、拓宽、延伸……一派生气盎然的景象。

谢琼戴着太阳帽，身穿鹅黄色涤纱套裙，脚穿白色高跟皮鞋，棕色丝袜，骑着明光闪亮的轻便自行车，飞跑在田野的土道上。

路边的水渠里，哗哗流动着清亮的水，闪烁着鳞鳞波光，清水秀美柔顺，像银带、像轻衫、像少女的披发。田野碧绿，如波平浪静的海洋，延伸到很远很远的山脚下。

稻秧青绿，正在拔节阶段。水田里散发着稻秧的清香，散发着暑蒸热浪。

一只只紫燕时而掠过稻秧上空，时而擦地飞翔扇动着翅膀，剪着尾羽，呢喃着，忙碌着。远处传来一声又一声"咕——，咕——"的秧鸡声。一种青灰色、形似家鸡的飞禽，它的叫声使人产生一种深邃、旷远的怀古之幽情。

谢琼向单位请了半天假，有急事回家去。

她家在县城西北角方向，离城十里路。在黄土坡下的一座村落里。村前一马平川，全是水田，夏收小麦，秋收稻谷，尽是沃土肥壤。

村后全是起伏连绵的黄土坡地。勤劳的村民们，把它梳妆打扮得异常俊美、秀丽，多彩多姿！橘子园、苹果林，成片的水杉。乌黑乌黑的红苕秧子，覆盖着地。玉米秆如竹林，一株一株地挂着硕大的玉米棒，黄的、白的、红的、棕色的胡须，在午时的微风中飘荡，烤烟苗壮旺盛，叶像芭蕉、高过人头。这黄土坡如今也成了产

73

金出银的宝山。

车轮飞转，闪着弧形光晕。谢琼带着一抹凉风，进了村。

村子里一片生气。成群的鹅、鸭在嘎嘎地叫，羊儿咩咩咩，母牛"哞哞"地长声"吆吆"地呼唤牛犊，小牛犊伸长脖子惨凄地叫着母亲。小猪们撒着欢，哼哼唧唧……公鸡引颈啼鸣，母鸡下蛋了咯嗒咯嗒地报功……孩子欢笑，婴儿啼哭，泼妇骂着街，小叔子说着俏皮话，小媳妇打情骂俏……

谢琼一边走着，一边与村里的人打招呼，遇到长辈，称叔叫婶，遇到平辈，称兄叫妹，真是尊老爱幼。大家笑脸相迎，说话亲热。

谢琼到了家，乐坏了一家人。妈妈欢喜，爸爸高兴。弟妹围坐在身边，不停地说着村里的有趣故事。

谢琼的妈妈叫龚新英。她才从地头收工回家。现在正是三伏酷暑天，正是每日中午最热的时候，村里的人天不见亮就起床，到田里，到坡地，趁着凉快干活，一直干到中午十二点多，红日当头，才回家吃饭、午休。

谢琼的爸爸叫谢文海。他每天到城里上班，也在县交通局工作。因农活忙，他请了两天假，在家帮龚新英干活，也刚从地里回来。

妈妈忙着做饭，炒菜，妹妹坐在灶门口烧火。不停地从麦草捆中抽麦草，又一束一束地挽成疙瘩，塞在灶洞里，红艳艳的火光，映红了她娇美的脸。

全家人团聚一起，愉快地吃过了中午饭。自割麦插秧时谢琼回过家以后，她再次回家，已有一月多了。

全家人轻松地坐着，看着电视。荧屏很大，美中不足的是，不是彩色是黑白。

　　谢琼试探了几次，因缺乏勇气，把要说的话又咽到肚子里。她终于鼓足勇气，叫了一声"妈，我有一句话给你说。""说么！"母亲望了她一眼，平淡地回答着，拖着尾音。

　　谢琼知道母亲当家，爸爸每月领的工资，一手交给母亲的。

　　"城里在买户口，买的人多得很，我也想买。"谢琼胆颤心惊地说。

　　"你买就是了，谁挡你？"母亲的话有些生硬了。

　　"这是件大事，我不敢做主，要和大人商量买。一个人的，要5200元，请妈给我支持点钱？"谢琼只有直说了。

　　"我一个女人家，庄稼人，哪来的钱？"

　　"那我就买不成了。"

　　沉吟，沉吟，屋内只有电视机的音乐声。

　　"这是个机会，再过六天，就停止了。这是关乎到我的前途的大事，请妈妈爸爸再支持女儿一次。"谢琼睁着一双乞求的眼睛，望着母亲。

　　"我没得钱，你问你爸爸要！"母亲不大高兴地推诿着。

　　"爸爸是剩闲人（注：方言土语，即不掌管家事的人。），家里的人主要靠你哩！"女儿继续哀求着。

　　"靠我？我一个女人家，样样靠我！我都四十多岁了，天天泥里水里，田里地里的做。就是收几颗粮食，哪来的收入？钱能从天上掉下来？5200元，要了人的命，也拿不出！我们一家人还吃饭吗？穿衣吗？大小人还活命吗？"龚新英像放连珠炮一般，告着过日子的艰难。

　　"妈，给我也买个居民户口。"谢琼的妹妹谢玉也要求着，她正在上高中二年级。

"妈，给我买个居民户口。"谢琼的十岁小弟弟说。

"买、买，都给你们买！"谢琼的妈怒气连天地吼着。妹妹、弟弟被母亲的训斥震慑住了，再不敢出声。龚新英说："你们一点儿也不知道啥，不为大人体谅。你爸爸经常有病，给我搭不上手，就靠我一个人劳动，养活你们几姊妹，多不容易。咱们咋能跟人家有钱人比。你们想向干部家的女子学，咋拿得行？"

谢琼抱着很大的希望，高高兴兴地回来求父母帮助。觉得他们定会支持，没想到被母亲迎头一阵棒喝、训骂，实在是委屈，失望。一切的希望、幸福成了泡影。她越想越觉得自己命苦，越想越绝望。顿时双眼如泉水般涌出汨汨眼泪，低下了头，歪斜着身子，抽咽着，抽咽着，直至忍耐不住，嚎啕大哭了。

"出去哭，别在屋里哭！你妈还没有死呢！"龚新英大声吼叫着。

"嗯——，你这就要不得了嘛！"坐在旁边一直未开言的谢文海站了起来，伸出一只手，将龚新英挡了挡。说："女子有事，向咱们说是对的。困难嘛，谁家没有。"

他又转过身劝导谢琼："你莫哭，不要着急，我们都来想办法。家里的钱凑不够，向别处借！"

"姐姐，别哭，我不要买户口，给你买，叫爸爸想办法。"妹妹亲切地蹲在谢琼身边。

"姐姐，我也不要买，给你买。你别哭了。"弟弟同情大姐，劝导着她。

"谢玉，把你姐拉到睡房休息一会儿。"谢文海对谢玉说。

谢琼的哭声停了，时不时地还"唏唏——"地喘着长气。

谢玉劝说谢琼去休息，谢琼未去。

谢文海又坐在矮椅子上。他在认真地思索考虑着谢琼提出的问题。提起子女的户口问题，他问心有愧，好像欠了儿女们的账。人家有些人，比自己参加工作晚，工龄比自己短。论文凭、论资历、论工作能力，都不如自己，可是人家前几年就转了户。家属、子女的问题都解决了。人家的子女都参加了工作。还在党政事业部门，是好工作。自己还讲究是大专毕业，有近三十年的工龄。就是怪自己老实、本分，不会巴结人，不会见机行事。好的一点是，单位的领导关心，让大女儿到自己的工作单位——县交通局当打字员。虽是临时工，但总算是待了业。她自己挣点钱把自己管了。

买户口的消息谢文海知道得早。近几天，他黑明昼夜在想这个问题。准备动员妻子，给大女儿转户。于是，他现在又开了腔："谢琼要钱买户口，我们可以考虑，还是想办法准备钱。这是个机会，她今年也21岁了，该考虑婚姻了。有了居民户口，寻婆家容易些。假若谢琼是居民户口，是正式职工，王家也不会退亲。咱们女子也不会呕气，女子这多半年够苦恼的了。咱们再困难，还是给她买……以后，咱们有了困难，他们又会来帮助我们。你妈应想开些，看问题要看远些。咱们家里想些办法，卖些粮食，把那头大肥猪卖了。三伏天喂猪容易犯猪热病，懒得操心。一头不够，把那头二号猪也卖了。毛重称二百斤，没问题。再向她舅家借点钱。谢琼自己想点办法，向同学朋友借点。"

龚新英一阵脾气发后，也有些后悔。谁不心痛女儿，谢琼是自己身上掉下来的肉。当娘的唯愿女儿生活好过。这大女儿身体弱，长期当临时工不是办法。买了居民户口，可以招工。找到好婆家，还可以帮助自己这个家。她也想转了。丈夫这样一劝说，心里更亮堂。也就没有啥反对的了。她为难地说：

"几千元钱，五六天时间，咋拿得出来呢？"

"想办法嘛！"谢文海既是肯定，也是鼓励地说。

"爸爸和妈答应了，大姐姐！你甭呕气了！"小弟弟拉了拉谢琼的手，蹦蹦跳跳地说。

"吭——"谢琼高兴地笑了。

谢玉也笑出了声。

八

六月太阳红似火。中午的暑蒸热气，从稻田里一阵又一阵地扑过来。泥土路被太阳晒得滚烫，吐着火焰。

龚新英拉着架子车，戴着一顶草帽。她弓着身子，双手紧握车把。肩膀、腰杆、双腿、双臂都鼓着劲。她大汗淋漓，汗珠大颗大颗地从脸上、头发里，像小溪流般直往下淌，滴在地下，流到脖颈，流到背脊，流到胸前。花的良衬衣的背上、衣襟被汗湿了。灰布裤子被汗水渗湿缠在腿上，衬衣贴着肉皮。一点也不透风，捂得燥热。

谢文海背着车纤绳，走在前头。他右手紧攥着绳子，扯在胸前。左手向后伸直，紧握绳索，向前倾着身子，用劲拉着。沉重的步子向前迈着。他的肩头也不轻松。他尽着最大努力，多使上劲，减轻妻子身上的负荷。

他这时心情很沉重，妻子跟自己二十多个年头，没过过一天轻松日子。轻一下重一下，屋内屋外，都要靠她。她支撑着这个家。

自己身体常不好，力不从心，帮不上大力，亏了她一个人呀！

龚新英拉着车子，虽然很费劲，很累、很苦，但心里舒畅、乐意。她愿意为大女儿做好事。对大女儿和王超的婚事抱着希望。尽一切努力，使他们重归于好。

她想到王超这个孩子，怪心痛、喜欢的。他自八九岁起，就同谢琼一道要得好。他俩的父亲也是好朋友，常来常往。王超很聪明，很懂文明礼貌。把自己"龚姨、龚姨"叫得很亲热。他虽是城里娃，可是爱劳动。常来我们家帮着干活。割麦子、挖红苕、摘花生、接秧苗、插秧。还帮谢琼打猪草、剁猪草、喂猪、洗衣服。到十六七岁的时候，个子一月一个样，不停往上冒。一两年的光景，长成了大小伙。比小时候还清秀、俊气。黑黑的大眼睛，双眼皮，浓黑的眉毛，白净的脸庞，直挺的鼻子，宽宽的额头，好排场的一个小伙子。他爱谢琼，谢琼也爱他。可谁能料到，他妈不同意这门亲事。嫌我们吃农村粮，嫌谢琼没有正式工作……假若谢琼吃的居民粮，不愁招工。他俩成了亲，多好啊！那我也就放心了……还是要想尽办法，给大女子买到居民户口。

龚新英一边拉着重车，一边想着，下定了决心。

前天下午，谢文海一家大小忙碌到深夜。请杀猪匠、借大木筲，找村民小组长借公家的大锅，砌简易灶，烧了两大锅开水。找木橡子支架，请了叔伯房的两个侄儿来帮忙，宰了那头毛重四百多斤的大猪。光深红深红的猪血就接了两瓷盆。把猪放在大木筲的开水中烫，猪太大，在木筲内转不过来，翻不了身。有些地方烫过了，皮烫红了，扯下来了。有些地方烫不上，猪毛刮不下来。费了一个多小时，才算把它烫剥白净。开剖内脏肠肚，要把整个猪挂在高架上。

79

猪很大，三四个小伙抱住，挂了几次才挂上。连剥油、翻洗大肠、小肠、肚子，整个搞了五六个小时。各样搞清楚，已是晚上十二点多了。

这天谢琼也没返回单位去，在家搭手帮忙，烧火、洗菜、做饭。忙了一下午和半个晚上。

第二天清晨，天蒙蒙亮，龚新英把所有的大肉、心肺肝子、肠肚，全部放在架子车上，同谢文海一起，拉到杜家村十字路口卖。十字路口在县城正西面，离城有十里路。肉肥油厚，很容易招来顾客，不到中午十二点，正肉、杂碎全部卖完。往常杀了猪，不管多少，所有的大油全部留下自己吃。这次因等钱用，四十多斤板油、水油全卖了。回来数钱，将近七百元。

昨天下午，又把那头二号大的猪，拉到肉食站活卖了。本来毛重每斤卖一元四角，肉食站却只给一元二。因为这几天卖猪卖肉的人太多，都是急着用钱，多数人是为了买户口。猪多肉多，肉多价贱。又要吃很大的亏。第二头猪又卖了近二百五十元。

昨天晚上，两口子又商量了许久，决定今天卖粮。卖一千斤。前年、去年的陈谷子，堂屋的砖仓里，还是满满的。有三个分仓，共计有一千多斤。睡房的砖仓里，有半仓谷子，有半仓小麦。楼上还有小麦、黄豆等杂粮。估计卖掉一千斤，剩余的粮食，也够全家人吃口粮，猪、牛、鸡、鸭做饲料用一年。

两口子清早起得很早。找麻袋、尼龙编织袋。铲呀、装呀。大袋，小袋。上车，用绳索拴紧。忙活了一早晨。吃过早饭，就上路了。

他们终于把粮拉进了县城，来到了城南角的粮油贸易公司门前。

同卖生猪一样，卖粮的人太多太多，站了半里路长的队。等待验收、过称。

人们坐在树荫下等着，乘着凉。有的人就站在车旁。有的人坐在车上的粮袋上。

谢文海叫龚新英把车停在长队的末尾。他长长地出了口气。掏出皱褶褶的手帕，擦着脸上、脖颈上的汗。他们俩口渴得喉咙要冒烟了。

卖汽水的、卖冰棍、雪糕的，一下子拥到他们面前来，围了一大堆。他们买了两瓶汽水解口渴。

他们站在太阳下，一直被晒了两三个小时。好不容易才过了秤。称了一千零二十七斤。领到了近四百元钱。

期富县搞户口开发的这几天。许多人忙坏了。许多人乐坏了。多少人家在睡梦中笑醒，多少情人巧搭鹊桥。同时，多少头猪受罪、挨刀、掉命。期富县城城内城外的各个粮油购销站生意兴隆，装满了大仓小库，仓库要被挤爆了。

卖粮回来的当天晚上，一家人正在门前的地坝围桌吃饭。谢文海家来了客人。是谢琼的舅舅。叫客人吃饭，他说已吃了夜饭。

谢琼的舅舅说："听到谢琼要买户口，她外婆、她舅母就叫我给送500元钱过来，若是不够，我们再想办法。反正叫女子把户口买下。这是个好机会。她现在是临时工，以后也容易转正。"

谢文海接住了500元钱，眼眶早已湿润了。他连声说好。他想到，龚新英嫁给他二十多年来，龚家不但没有沾到他谢文海的光，他谢文海反倒经常连累龚家。龚家帮忙做农活，帮忙经营他的三个儿女。粮钱紧张时还接济粮钱。龚家为自己的姑娘、女婿操碎了心。

他觉得自己不单有一个慈悲的丈母娘，还有一位贤惠能干的媳妇。

临睡觉的时候，龚新英脸带喜色地说：

"算上屋里原有的五六百块钱，手里已经有了两千五百元了。"

谢文海说："听谢琼说，昨天他的两个好朋友，名叫范梅梅，张狗旦，拿了500元给她了。也是支持她买户口。"

"加上这500块，就有了3000元了。"龚新英说：

"还差两千二。这两千多又从哪来呢？"

"想办法，咱们再借，再跟谢琼商量一下。"谢文海很有信心地说。

奔波、劳累了几天的夫妻俩，总算筹到了一笔现款。他们心里稍微踏实了。觉得自己做了一件很有益处、很有见识的大事，心里都甜甜的。他们上床很快地入睡了。睡得很香、很香……

九

前天晚上，王超来到县交通局大院。在谢琼的宿舍与她会了面。谢琼惊异，像久旱的禾苗得了甘霖一般，欢喜高兴。又是给冲清凉饮料，又是打凉水让他擦洗。她目不转睛地盯视着他，上上下下地打量，仿佛要把他看穿看透似的。王超被她望得不大好意思，避过了她锐利透视般的眼睛。

王超也悄悄窥视谢琼。她着一身紫萝兰色的连衣裙。苗条的身段，柔和圆浑的曲线，白嫩细腻的肌肤，上上下下透露出少女的青春魅力。在橘黄色的灯光下，她比以往更妩媚，更柔美，更飘逸。突然间，他春心如潮，热身沸腾，全身处于激动之中。往日的情爱热恋又回来了。往日的梦又续住了，由他与她合写的诗又揭开了新篇。他多想扑上前，如往日一样，拥抱住她，轻轻地吻一下。

他以极大的忍耐力，控制了自己。他说：

"我给你送来500元钱，你莫嫌少。你是知道的，我每月挣的工资，全被我妈要去。她只给我十几块钱的抽烟钱。这500元，是我从朋友手里借的。你先拿着，我再打主意。"

谢琼高兴地接住了钱。并把爸爸、妈妈积极想办法筹款的情况向他说了。并说：

"爸爸妈妈希望咱俩再度和好，他们不计较以前的不愉快。他们是相信你的，很疼爱你，做梦都在希望你当他们的女婿……"

王超陶醉于爱河之中了。

今天是七月十四日，离七月十五日卖户口的终止日只有一天多了。

谢文海清早来上班，给谢琼说，家里又经过一天的努力，想着法子变卖了些农副产品，凑了500元。谢琼也把王超给送钱的事说了。

父女俩一盘算，还差一千二。

谢琼从爸爸忧愁的神色上，读出了爸妈的苦衷。家里是尽了最大努力，再也无能为力了。她心里一阵阵的难过。为了自己把爸爸妈妈搅闹得够可怜的了。她猛然转过身来，嫣然一笑，满有把握地说：

"好办，爸爸！还差一千二百块钱，我想办法。你和妈不要再着急操心了。我马上去找王超。"

她梳了梳齐肩短发，撩了撩额前的刘海，擦了一点高级美容霜，匆匆走出了机关大院。

她穿过了狭窄的小西关街道，犹如一朵彩云从热闹繁华的中山大街飘过。她绕过了人声喧哗的电影院门口，来到东关。

王超家住在东关中心地段。是个四合天庭大院。大门临街面朝南开着。是个砖砌的有兽头、有飞檐、很气派的楼门。院子的东、西、北三面房舍内，住着四五家人。王超家住在北面的上房。上房共有四间房子，王超家住了三间，靠西边。还有一间上房和两间东厢房是陈家。还有一家姓刘，一家姓秦。

谢琼往日经常到王超家来耍，出出进进，院子里的大小人都认识她。她也认识人家。只是这多半年未涉足此地，彼此很少见面。

谢琼抬起一只脚，正要进大门，突然收了回来。她急转身，离开大门，到对面深巷子的口上站着，躲着身子。

她想找王超，又怕遇见王超母亲董玉香。她深知董玉香的为人，脾气怪戾，翻脸不认人，骂起人来啥话都能咒出来。全院子的人，东关半条街的人，都怕她三分。让她看见了自己，她要责骂我戳弄勾引王超，骂我是狐狸精。弄不好，羊肉包子没吃着，反惹一身骚。

她来的目的是找王超，因此不愿离去。她想等一会，碰到院子的熟人把王超叫出来。她身子贴着红砖墙，躲在阴凉处，紧盯着对面那个气派的砖楼门。

她清楚地记得，前年春的一天中午，她随王超来玩。刚进大门，一大群孩子追赶着一个孩子。他们又叫又骂。飞掷着泥块打他。那个小孩有八岁。背着一个书包，满身满脸是灰土，汗水涔涔。又哭又叫地往大门内逃。他又急速绕到谢琼的前面，一个石头将他脚一绊，突然跌倒了。他仍是大声哭嚷着：

"你们欺负我，我给我爸爸说。"

谢琼看着小孩哭叫的悲伤样子，不免生出恻隐之情。她转过脸来朝门外望去，"啪"地一声，一个核桃大的土块狠狠地打在她的嘴上。她一下子痛到了心里。与此同时，另一块打在王超左手上。

未等他们开口，只听大门口这群孩子又蹦又跳，又叫又骂：

"紫岭家，黑人黑户！紫岭家，黑人黑户！"

王超发怒了，圆睁着大眼，跨前一步，怒吼着：

"为什么打人？"

这时，一个二十七八岁的媳妇从房屋角小跑着来了，她大喊着：

"谁欺负我们强强呢？我来把他拉住，去找他们大人！"

她从谢琼身边冲过去，准备找这群玩童的头子。

"紫岭女人矮个头，生个娃娃没户口！"

"紫岭女人矮个头，生个娃娃没户口！"

躲在这群小娃后面的一个高个头的娃子，念着顺口溜。

其他娃娃哈哈大笑。

那个念顺口溜的娃子带头逃走了。其他小孩像一群麻雀被惊了一样，跑散了。

这个媳妇被气疯了一般，拔起双腿就追。朝东追了十几米，未追上一个。她跳跳腾腾地骂：

"日你的些妈，紫岭人是你的老祖宗，紫岭人比你们少鼻子还是少眼睛，这样欺负人。"

王超和谢琼都跟了出来，好言劝导着这个媳妇。

王超说："桂花嫂，没生气，那都是些屎屁眼娃娃，呕他们的气划不来！"

"馍不熟，气不匀。我们强强去上学，经常受他们打骂，太欺负人了。"这个媳妇生气地诉说着。

他们几个人走进大门。见陈勇抱着陈强强，给他擦鼻涕，对孩子说：

"以后，谁骂你，打你，回来给我说，我收拾他……别哭。"

陈强的奶奶站在陈勇身后，脸上气得青紫，还在咒骂着。

谢琼摸了摸疼痛的嘴，向手上一看，惊叫了一声：

"血！"

王超大惊："啊！打破了？快到屋里上药。"

王超拉着谢琼就往自家屋里跑。

全院子的大小人都惊动了。都来问候。因为他们都喜欢这位文静、有教养、漂亮的姑娘。

王超的爸爸妈妈非常心痛谢琼，立即找药，用热水冲洗，敷药，包扎，忙活了很久。

董玉香有声有色地给谢琼介绍：

"强强的妈叫李桂花，是紫岭县的人。紫岭县你知道吗？就是安平地区的。是深山区，是贫穷寒苦的地方。一九六几年，一九七几年，咱期富县的小伙子，有些人家里穷，有些是家里成分不好，娶不到媳妇，就到紫岭县去找。李桂花的男人叫陈勇，他家是地主。那个老婆是地主分子。陈勇家很穷，成分不好，找不到媳妇，才到紫岭县接了这个媳妇。陈勇家后来被落实政策从农村回了城，吃了居民粮。可媳妇原来是农村人，政策不允许，上不了居民户口。她的户口转到期富县来，没有哪个生产队能够落上。一直悬着。吃的黑市粮。生的娃娃，今年都八岁了，也上不上居民户口。就是这，人家给他们起绰号：黑人黑户。你看这吃农村粮的人进城难吧？多中气！生个娃娃都矮人一头，受欺负……"

这件事，对谢琼刺激最大了。终生难忘。与李桂花一样，自己也是农村户。

"姑姑！"一个小孩的声音打断了她的回忆。她眨了眨眼睛，仔细一看，惊叫了起来：

"强强，你从哪儿回来的？"

"放学了，我回家去！"陈强亮着一双机灵的大眼睛，十分惹人喜爱。他说："姑姑，到我们家去。我爸爸妈妈可能做活回来了，吃中午饭。走，到我们家去。"

"姑姑过一会儿去，一定去。你进院子去，把你王超叔叔叫出来，我有话给他说。"谢琼对陈强和蔼地说。

"好，你等着。"十岁的陈强飞跑着跃进大门。一分钟后，他又飞了出来。高叫着：

"姑姑，王叔叔不在家，上班去还没回来。"谢琼有些失望。

"姑姑，走呀，到我们家去，你有好久好久没来过了，我真想你！"

"是谢琼呀，稀客、稀客，赶快到屋里坐！"

谢琼抬起头来，呀，这不是桂花嫂子吗？她嫣然一笑：

"桂花嫂，你好？"

"好，好，快到屋坐！你陈大哥也在家！"

谢琼到这里来，为的是找王超。她想到桂花嫂家去坐坐，问问他们一家人。也等一等王超。

"谢琼，把我们都忘了！好久见不到你人影呀！快坐。"陈勇穿着背心、短裤，站在屋中间，热情地招呼她。

"陈大哥好?"谢琼柔声地问。

"好，好。"陈勇递过来矮椅子。

"婶婶好?"谢琼走到灶房，热情地问着陈勇的母亲。

"身体还结实，一顿能吃两碗饭，薄福财命嘛!"老太婆挪动着小脚，露着豁牙齿说：

"这年代政策好，人们生活也好，老年人享福了!"

谢琼同老人谝着闲传。

"唉，这样的美人儿，打着灯笼火把也找不到。王家却退了亲，真是跳过肉盆吃豆渣。"老婆婆怜悯谢琼。

"人家嫌我是农村户口。"谢琼解释着。

"那有啥?只要人好。现在，只要人强，要钱有钱，要啥有啥，还在乎那居民粮?"

老婆婆一边炒菜，一边说着实在话。

"谢琼，你也去买户口呀，这是个好机会。有了居民户口，说不上王超又会跟你好起来的。王超是个好小伙子。"陈勇抽着烟，专赶到灶屋里，关心地劝导谢琼。

"你陈大哥说得对。我们一家买了两个人的。给我，给强强都买了。这下可没人敢骂我们娘儿俩黑人黑户了。"贤惠聪明的桂花，也热心地给谢琼做工作。她又说：

"你要是买了户口，还能招工转正呢!赶快去买，上他王超家去，说给他妈听!"

"我就是为这事，来找王超的。"

"姑姑，王叔叔回来了，我把他叫过来了。"强强像报喜一样地告诉谢琼。

谢琼站起来，双眼含笑地望着站在门外的王超。

王超笑容满脸地说：

"对不起，叫你久等了！"

陈家一家人热情地留谢琼吃饭，终于没留住。

王超陪着谢琼，没让他妈知道，悄悄出了大楼门。

他俩漫步在大楼门对面的深巷子里。一边走，一边交谈着。

"现在我们已经筹备了四千元。还差一千二。明天是买户口的最后一天。情况紧急，再没有什么好办法可想了，我才来找你商量，帮帮这个忙。"谢琼直言不讳地说。

"行，我包了！我现在手里就有一千二百元的现金，你马上拿去办。"王超热情慷慨地说。

"就这么方便，这么巧？"谢琼惊喜。

"这是我妈给我的，叫我买结婚用的组合柜。"

"啊？确实要结婚？"谢琼大惊：

"什么时候？"

"明天！"

"天哪！"谢琼如遭雷击，震得天旋地转，瘫软了下去！

"谢琼，谢琼，听我说，听我说……"王超赶忙将她背起来，朝交通局走去。

在谢琼的宿舍，王超把他母亲如何准备他们婚事，如何请客，他是如何将计就计，按自己的安排实现愿望，如此如此，这般这般地详细说给谢琼。

她终于破涕为笑，高兴地扑入他的怀里。

十

　　王超把买组合柜的钱给了恋人，去办大事去了。那么买不到组合柜如何给母亲交代？况且明天就是结婚的大喜日子。他家和晏莉家早已把喜日子通知给了亲戚朋友。亲戚朋友早就开始赠礼品、送情义了。只等明天登门恭贺，喝喜酒，吃喜糖，闹新房，赴宴席。赶今晚，必须把组合柜拉回家，排排场场地摆在洞房里。

　　对此，王超早已成竹在胸，巧设妙计。不过需要晏莉帮忙。

　　他骑着自行车。穿大街、过小巷，来到了石灰巷。晏家到底是要嫁女儿了。门前搭起了很宽很长的凉棚。棚下有许多人，正在忙忙碌碌地做活。摘豇豆的、削茄子皮的、切大肉、剔骨头的、洗碗筷的、劈柴的。

　　他站得远远地，高声喊：

　　"晏莉、晏莉！"

　　"嗨，没到娶亲的时候，姑爷急得挖脸哩，提前一天就来娶亲了！"

　　"姑爷，没嫌羞，快到屋里坐啊！"

　　一伙人开着王超的玩笑。

　　"我叫晏莉，有急事同她商量！"

　　"晏莉，有人找你！"一个俊气的小媳妇朝屋里叫。

　　"唉，谁叫？"晏莉走出了门，一眼望见了地坝前面的王超。

　　"晏莉，快过来，有要紧事情商量！"王超催促着。晏莉对他很顺从，一切听他的。

"快上车，到我家去说！"未等晏莉坐上自行车后座，他就蹬着车子走了。

晏莉跑了两步，"噔"的一声，坐在了后座上。

他们像一阵旋风似地进了东关那个气派的楼门。坐在了王超的卧室里。

"一切按我们俩原先计划的办。不过遇到了点小波折。问题不太大，只需你小使力气，帮助帮助。"王超内心着急，但表情镇静地说。

"有话直接说，不需要说那么多客套话。"

"你是很爱那位副业工的，你也开过我的玩笑，'我道是给你当妻子呢？还是给你当姐姐'。我知道你心里很矛盾，也很痛苦。跟我结婚呢，你说没有多少爱，跟那个副业工结婚呢，你爸嫌人家是农村户口，怕你一辈子受苦。我妈经常教诲我：'女大三抱金砖，女大一好福气，女的比男子大，知道心痛男人。男人享一辈子福。'可我总体会不到这一点。我总是不把你当爱人看，你是我姐姐！你也深知我同谢琼的恋爱史，对你这位大姐是爱不起来的。即使结了婚，也是同床异梦，各想着自己的心上人……"

"行了，行了，这些话像热剩饭一样，重复了多少遍了。你做的计划，咱们在一起商量了多次，修订了又修订，严密了又严密，我都同意。咱们正在按计划行动着。现在需要帮啥忙，只管说。"晏莉是急性子人，不爱啰嗦。

正在忙碌办喜事的董玉香，听到儿子卧室里有几个人说话，悄悄地趴在窗外往里瞧。咳呀，你看小两口谈得多热火，又是说，又是笑，头对头，多亲热。乐得心里开了花。心里嘀咕道：没惊动他俩，尽他们亲热去。离开了窗子，去忙她的事，家里来的许多亲戚朋友，帮忙的人，正在听从她的调拨呢。

"好，那我就说。"王超把身子又挨紧了晏莉。说："我妈给我的钱，叫我买组合柜，赶今天晚上，就要摆到这间房子里。刚才，我把这钱给了谢琼，她等着买户口。现在需要你帮我的忙。"

"啥忙？"

"我同我妈一路，向你父亲先借这笔款。"

"多少？"

"一千二！"

"我当是多少呢，一千二，不为难，我父亲是中央直属保密厂的老师傅，手里五千，一万不稀罕。这话，我也能说。"

"好，就需你这句话。"

王超又给晏莉嘱咐了一番，晏莉满脸笑容，频频点头。

王超满屋满院子地叫：

"妈哎，妈——！"

"妈——，妈哎！"晏莉也亲热地叫着。

他俩在母亲的卧室里找到了她。

"妈，大事不好了，我正要去家具厂付款，没想走在街上，人很多，推着车子挤过去，等我给家俱厂售货员付款时，口袋里是空的了。一分钱也没有了。钱被扒手偷去了！"王超哭丧着脸。

"胡说，你撒谎，你是哄我！"董玉香狡黠地说。

"真的，妈，钱掉了，明天就是喜日子，没有组合柜，多丢人？"王超蛮有道理，强词夺理地说。

"小祖宗，仙人爷，我把你叫爷哩，你真的把钱丢了？"

"谁还骗你?"王超噘着嘴巴说。

"你操的啥心,没出息的东西!明天就要娶媳妇,等着用家具,给你的钱,眼睛一闪,就掉了!我不管,看你明天咋办?"董玉香暴跳如雷了。

"妈,事到这一步,发脾气不解决问题。"

晏莉柔声细语地劝说。

董玉香一听到即将过门的儿媳妇开了腔,打心眼里舒服。她眼角里露出一抹笑,望了晏莉一眼。

晏莉知道董玉香爱听自己的话,立即抓住时机,再补一声:

"妈,你老人家莫着急,只要你老人家说句话,走一步路,问题就解决了。"

"那太好了,你就说吧!"

"我爸有钱,你就说借一千二。给女儿女婿结婚买家具。这也是他应该做的事。事后,难道他还叫你还钱?"晏莉又提出好主意。董玉香眨巴了几下眼睛,笑得乐开了花,满口赞扬着:

"还是我晏莉聪明,比我这个窝囊废儿子强得多!"她用食指在王超的前额上狠狠地点了一指头。

王超和晏莉见到母亲已上钩入了圈套,借此机会,开怀大笑,笑得前俯后仰。

董玉香深知事情的严重性、紧急性。因此,她也不需要王超,晏莉催促,主动地争取时间,到晏家,找亲家借钱。

王超和晏莉跟在后面,小跑着。你望望我,我望望你,不停地抿着嘴笑。

他们三人到了晏家门前,同凉棚下帮忙的人打着招呼。顾不得多说话，径直朝屋里走。那些帮忙的人见他们走得急，平板着脸，估计有事，也就没有多言。

晏明成见亲家母和女婿突然到屋，又惊又喜。简直莫名其妙，在女儿即将出嫁的时候，突然面临这样的客人，这样的事，叫谁也感到震惊，吃不消这一吓呀！

晏明成惊得像失去了理智，不知取烟，不知倒茶，劈头问：

"亲家……家母有事吗？"

"亲家，你先坐下，我有点小事，想叫亲家帮忙。"她把晏明成按在了椅子上。自己也坐了下来。说：

"我是来向你借点钱！"

晏明成这才长出一口气，悬在喉头的心才放下来。他生怕是娘们两个来退婚，这可是他最受不了的。他打心眼里看上王家这门亲戚，想结为儿女亲家，总算如愿，而且明天就会成为现实。这将了却他一生最后一件大事。因为他只有一儿一女。儿子大，大学毕了业，结了婚。小俩口在本县一个区上中学教书。就剩这个女儿的婚事了。他忙说：

"亲家母，咱是自家人，你花钱，还不是为儿为女，也就是为我办事。还说啥借字，尽管说，得多少？"

"一千二。"董玉香腻声腻气地说。

"那我明天到银行去取。"

"爸，现在就要呢？王超等着买组合衣柜，明天结婚用。"晏莉帮着董玉香说。

"噢，现在就要现钱，行行，我找一下看够吧！"

"爸，得快些，王超说了，没有别的东西行，没有组合衣柜，他可不答应结婚。"聪明的晏莉又将一军。

"这女子，没把你爸逼坏了！"董玉香缓和着气氛。

"哎，哎，我马上取，马上取！不会误事的。"

晏明成很快地从卧室出来，拿了一叠钞票。颤抖着交给了董玉香。

"亲家，谢谢你了！不会欠你很久的，我以后用重情感谢你！"

"不开亲，是两家，开了亲，是一家。亲家，没说生分话，只要儿女们心里乐意，欢喜就行了！"

"是的，是的！"董玉香边回答，边数着钱。说：

"亲家，整整一千二百元，够了够了。这下，咱们的儿女婚事，明天就顺当得很了。"董玉香夸耀着说。她站了起来，接着又说：

"亲家，你也很忙，我也很忙，我就不坐了。家里还有许多事，等着我回去做呢！"

"好，好，等明天过后，咱俩亲家坐到一起，好好地亲热亲热……"晏明成开玩笑地说。

"老不正经的东西……哈哈！"董玉香打了晏明成一拳。晏明成心里简直舒服透了……

"哎呀，正打到我的痒处了……哈哈……！"

王超、晏莉羞红了脸，首先跳出了门。

离开了晏家，走到另一个巷子里。董玉香叫住了王超：

"小冤家，给你，快去买组合衣柜！你不操心，又叫小偷扒窃去！"

"不会了，不会了！"王超接过钱。一蹦五尺高，拉住晏莉，一阵风般地旋跑了，甩下了一串银铃般的笑声，一双身影消失在巷口。

十一

七月十四日下午，也就是昨天下午，谢琼从王超手里接到一千二百元钱，小心谨慎地把它放在箱子底层。这里还有范梅梅、狗旦和王超前几天给的钱共一千元。家里给准备的钱，没敢往这拿。她一个女孩子家，县城情况复杂，夜间常有提门拧锁、翻箱倒柜的盗贼、蒙面人。放在家里，大人们保管着放心。

她只有回去取来家里的钱，才能到服务大楼去买户口。爸爸妈妈也得来。一笔巨款。一个软弱的姑娘，哪见过经过这么大的场面。那里人山人海，也很复杂。尽管有公安人员、治安管理人员执勤，维护秩序，还是得小心谨慎。爸爸妈妈来了，可以出主意，长胆量，招呼协助。

她带着草帽，顶着火红的太阳，骑车回了家。

她同爸爸妈妈紧赶慢赶，赶到县城。她自己回到单位取了箱子里的钱。从城里到家里，从家里到城里，来回近三十里路。就是从城边到单位，由单位到服务楼，即使骑着车子，也得四十分钟。

他们在"审查处"交申请书，交户口迁移证，村、乡证明等。交了十五元手续费，领到了几张表。她和爸爸在一起，认真地、逐项逐条地填写好。

她们又来到交款大厅。到底是下午，又是下班时间，买户口的人少得多了。十元十元的人民币，放了几大叠子。谢琼又详细地数了一遍。谢文海、龚新英在两旁仔细看着。谢琼把钱一大叠一大叠地交给办公桌后面的银行职员。一叠一叠的人民币又在他们手指间

96

哗哗啦啦翻飞着，像频频颤动的蝉翼。

谢琼拿着收据，同爸妈又急匆匆地到服务大院。大院只剩下零零落落的几个人了。户口办理处的窗口关了，门锁了。谢琼看了看表，已是下午六点四十。早下班了。

谢琼和爸爸妈妈快快不乐地回到单位。几个人都觉得困倦疲乏，又渴又饥。谢琼开始烧菜做饭。

下午八点，谢琼又来看了一次。各办公处都未上班。今晚例外，一律不加班。

谢琼怅然若失，忧心忡忡。她叹息着：真是好事多磨。假若现在把一切手续办妥，户口本、粮油证在握，该多好呀！那就等于把王超握在自己手里，果酒厂的那个女工将退避三舍，王超与自己精心策划的妙计则稳操胜券。一台出人意料的戏剧将会轰动全城，风扬期富县。

咳，糟糕！节骨眼上卡壳了。一切的希望只有寄在明天早晨了。而且必须在十点之前办好。因为，明天是关乎她、王超和那个果酒厂的女工以及那个副业工的终身大事——终身的夫妻！终身的幸福！终身的生活！终身的命运啊！

明天，是王超与晏莉结婚的日子！

他们，十点钟到城关镇领结婚证！

多紧急的情况，多严重的问题！等待着她，考验着她，呼唤着她，催促着她，似甜似辣地折磨着她。

她失眠了，严重失眠了。但是又不能起床。因为屋子里的蚊子叮人、咬人，受不了，更烦人。床上是挂着帐子的。她也不能到院子里去散心。因为偌大的一个院子，空旷寂寥、黑影憧憧，很害怕。

自己又是一个大姑娘家。她只好困守在七尺床上。陪同黑夜一起苦挨苦熬。

又是着急，又是无边无际的思考、预测，又是闷热空气的折磨，越是睡不着。屋子里黑咕隆咚的，一片混沌茫然的世界。窗外，没有明月的天空，闪烁着无数颗星星。蝈蝈、蛐蛐鸣叫着，一阵紧过一阵，响成一片，像一束束针尖，直刺着心……烦燥、着急、不安……

谢琼在迷迷糊糊中，被远处的鸡啼惊醒了。她看了看手表，四点半。她开始梳洗。

平素很少梳妆打扮的谢琼，今天破了先例。以往不画妆粉饰的原因，是她一直信奉天然的美，"芙蓉出清流，天然去雕饰！"因为她是上帝派来的"安琪儿"，一副天生的丽质，美的身段，俊的容貌。

今天，她认为是不同寻常的日子。对她来说，是一场人生的战斗！是命运的大转机！

她对自己的美不尽如意。她要仿照电影中、电视中、画报中的新潮美人的形象"当窗理云鬓，对镜贴花黄"了。她要把自己打扮得出众而不落俗套，风流而不妖冶，夺人而不腻人。

她题了淡淡的细细的秀眉。用扑粉擦抹了秀美光洁的脸。这张脸白净适度，恰到好处，如刚雕琢的一枚明玉。脸颊上的胭脂，涂润得匀称、自然。恰如六月蜜桃，九月的苹果，粉红的、滋润的。红艳的口红抹在小巧的嘴唇上，生像四月间向阳树上的樱桃。她那一双小黑扇一般的眼睫毛，上托着双眼皮，下映着黑亮的大眼睛，分外动人、妩媚。

她那秀美油黑的头发，梳着新颖的发型，戴了一朵艳丽的发花。花如人一样，美丽娇艳。

她取出一件连衣裙，是她大伯从北京寄回来的。她从未舍得穿。现在她穿上了。

她站在穿衣镜前，自我检查着，自我欣赏着、陶醉着、享受着、兴奋着……粉红色的一身，像三月的桃花，像六月的荷花，长短适度，宽窄合体。衣服是那样的风流，富有韵味，像一首诗，像一曲歌，十分动人。她看到衣裙里裹着的身躯，那样的白嫩细腻，丰腴光洁，富有裹不住的少女青春。那一对不安分的乳房，想要突出到衣服外面一样。她知道，十分的美，有几成就在这里。美的身段，秀气的曲线，动人的弧度……一双又红又尖的高跟皮鞋，在她的脚下唱着清脆的歌……

她不禁哑然失笑。我怎么打扮成了新娘……她捂着脸，坐在椅子上笑得起不来了。

"谢琼，谢琼，还没起来，还在睡呀？"范梅梅风风火火的声音。

"咚，咚……"是脚踢门的声音。"快开门……"

门哗地开了，一股清凉的空气掠了进来。

范梅梅和张狗旦睁着圆大圆大的眼睛，飞速打量着门里的人，又惊又喜，像痴了、呆了一般。

约莫有一分钟的时间，范梅梅才如梦初醒，大叫一声，扑向谢琼：

"哎呀，我的小美人！"

她抱着她在屋内转了个转，吻着、亲着、疯着。

张狗旦高高的个头，大脑袋，圆圆的脸，一身是肉。他咧着嘴，站在一旁看着她们，傻笑着。笑得双眼眯成了一条缝。

范梅梅、狗旦的到来，是昨晚上谢琼通知的。她少不了这两位知心朋友的帮忙。况且今天，特别是今早晨，是非凡时期，是她的黄金时辰，是她人生的转机。

一个关键的转机！

十二

服务大楼前、大院内，又是人流如潮。像一团一团的浓云，麇集于各个办公室的窗口。特别是户口办理窗口，人群拥挤不堪。像一窝蜂，杂乱无章，挤了黑压压的一片。这些人天蒙蒙亮就等待在这里了。

今天是买户口的最后一天。是天赐良机的宝贵时辰。大凡需要买户口的人，没有买的人，观察、权衡、分析、研究、部署妥当、觉得万无一失的聪明人，都来了，把这个窗口围得针插不进，水泼不入。

谢琼看到这个情景，一片乌云笼罩了心头。宝贵的时间，黄金的机会，人生的大转机，就叫这人墙阻挡、人海淹没掉吗？她不寒而栗，打了个颤。她有些眩晕，体力不支，摇摇欲坠，昏倒了……

"谢琼，你怎么了？"范梅梅一把抱住了她，靠在自己身上。她又叫着：

"醒醒，谢琼！"梅梅全身紧张，乱了手脚，战栗着。

谢琼的爸爸妈妈也抢步来到跟前，叫唤着谢琼。妈妈慈祥地用手揉摸着她的脸颊……

"不要紧，没啥……"谢琼清醒了些，强打精神，嘴角现出一抹笑容，站直了身子。

谢文海、龚新英、梅梅、狗旦，如释重负，长长地吐出一口气。

"不怕，我来挤，把手续都给我！"

狗旦看出了谢琼的心思，自告奋勇地请缨。

谢琼睁大了感激的双眼，放心地从棕色袖珍皮包内，掏出单单片片，递给狗旦。

她投给他一束感激的、信任的目光，斩钉截铁地说：

"好兄弟，快去，挤进去，赶十点前一定办好，我将一生一世感激你！"

谢文海、龚新英、范梅梅睁着圆大的眼睛，深情地、期待地、渴望地望着狗旦圆胖的脸。

狗旦眉毛一挑，睁大了眯缝的眼，咬着牙说：

"放心，我包了，不会误事……！"他拍了拍厚实的胸膛，猛转身，一头扎入人群里……

他低着头，侧着肩，像一头牯子牛，向人群内挤着、钻着。人群里呼爹叫娘，骂着、吼着、报怨着。

几个警察站在人群外，着了急，转过来，转过去，用嗓子大喊着，用手提电池喇叭高喊着：

"不要挤，不要挤，提防小偷，注意安全……"尽管他们忠于职守，抱着善良的用心，可是，鞭长莫及，效果不大，无济于事……

这是英雄用武之地，是大显身手的场所和好时机。张狗旦，这头雄狮，派上了用场。无人匹敌，无人是他的对手……遇到他的人，哭爹叫娘，喊声连天。

"哎呀，我的脚呀！"

"挤死人了，气都出不来了！"

这些叫骂声，都是发自张狗旦的身边。

"我的腿呀，夹住了！"

一个高出人群一头的瘦高个子的小伙子，带着眼镜，可能是被狗旦狠狠地顶撞了一下，惨叫一声：

"哎哟，我的腰杆断了……"戴眼镜的正要发作，他俯首一看，又胖又大的楞头楞脑的一头猛兽，一身上下都是力气。自己哪是他的敌手。一瞬间，愤怒的目光变成了勉强的笑，他和悦地说：

"兄弟，斯文点！"

狗旦早已挤入一个中年男人和青年妇女的前面去了。

人群像潮水，忽地汹涌到来，忽地卷向西。越是涌动，狗旦越得势。一大片一大群的人，抛在了他的后面。

张狗旦被挟裹在人墙厚壁中，前进的速度微乎其微了。他前面还有三四十人，挡着他。窗口之下，人挨人，密不透风。好像前面的人群已结成了统一战线，手挽着手，肩挨着肩，后面的人，再厉害也攻克不破了。他像一块小小的鹅卵石一样，固定地、有序地排列在这块钢筋混凝土中了……

半小时，一小时，过去了。

又是十分钟，二十分钟地等着、等着。

狗旦的举动，狗旦的每前进一步，每越过一个人，谢琼都摄入双眼的底片上……

谢文海、龚新英、范梅梅也都咬着牙关，紧攥拳头，暗暗鼓着劲。

谢琼不停地看着手表。她的脸色由喜变忧，由红润变得苍白。她的呼吸急促了，她的心跳更快了。她，简直站不住了，急得团团转……

时间，宝贵的时间！机遇，决定命运的机遇……她情不自禁地喊出了声：

"我该咋办？"

"我该咋办？"

"程书记！"一个穿着时髦的年青女干部，拿着文件夹子，走到程书记面前。她递给他一份文件。程斌接过文件，签了名。女干部把文件装进黑皮夹内。

谢琼眼睛一亮，像遇到了救星一样。程书记擦着人群外围，往过来走。谢琼像飞一般地跑到他的面前。

"程书记，你好？"甜润的问候。

程斌好奇地打量着她，回忆着，一时想不起来，口里讷讷地：

"你是……？"

"那天，在你的办公室，我们认识的，我问了你买户口的政策……"

真是贵人多忘事。他蓦然记起了：

"哈哈……你叫谢……"程斌费力地回忆着。

"谢琼。"谢琼自报家门。

"对，叫谢琼……你的户口办好了吗？"程斌谦和地问。

范梅梅、谢文海、龚新英也好奇地、兴奋地围了上来。

谢琼情急生智，大胆地请求县委书记：

"程书记，我有急事，等着办好户口手续……赶早晨十点前办好，现在已经九点半了，急死人了，得请你帮忙！"

"是吗？"程斌笑容可掬地说。

"是的。"谢琼上前，在程斌的耳边嘀咕了几句。

程斌朗声大笑：

"好哇，这个忙我一定帮。跟我来！"

程斌一只手拿着皮包，一只手拉着谢琼的手腕，朝户口办公室的绿漆门走去。

范梅梅踮起双脚，扯起嗓子高叫着：

"狗旦，狗旦，把手续递过来！"

狗旦在人头攒动的人群中，转过头来。满面汗珠，脸涨红涨红的。他问：

"什么事？梅梅？"

"快把手续递过来，等着哩！"

狗旦艰难地举起臂膀，高出人们头顶。叫着：

"戴眼镜的大哥，帮个忙，递出去！"

狗旦尽力地踮着脚，伸着臂膀，递给远在他后面的高个子青年。

戴眼镜的高个子伸出长长的臂膀，好不容易够着了，接到手续。他又转过身，伸出长长的胳膊，递给另一个高个子。另一个高个子终于把几张单单递给了人群外面的范梅梅。

狗旦在人群中，双臂撑着两边人的肩膀，尽力地睁着原本眯缝细小的眼，看着手续攥到梅梅手中，才放下心。

"咚咚咚……"程斌敲着门。

一位全身穿着崭新警察服装，佩戴帽徽、领章、肩章、臂章的年轻女警官，出现在门里。她见是程斌，笑了笑。让他进屋。

程斌顺手把谢琼也拉了进去。谢琼在未进门时，范梅梅就把手续交给了她。

程斌说："这位姑娘有急事，先给她办一下！"

正在埋首书案的一位男警官，抬起头来，一双眼睛睁得圆大圆大，受宠若惊地说："程书记！行、行、行……"

女警官接过了手续，坐在男警官身边，展开几张纸单，飞笔书写。

"不准走后门！"

"不准插队……"

"我们站了一早晨了！"

"是县委书记！"

"县委书记也得排队！"

窗外吼声如雷，人们恼怒着，瞪着血红的眼睛。

"同志，同志，我的情况紧急，该轮我了，给我先办。我要赶十点去。不然，我的未婚妻就同别人领了结婚证……"

哈哈哈……人群哗然，笑声如潮。

一男一女的两位警官也被逗笑了。

程斌说："这位姑娘比你还急，情况更特殊，十点之前不办好户口，她的男朋友就被别人抢走了……"

哈哈哈……县委书记的话比一般人更注目，更有力量，掀起的笑声比头一次更高、更响亮。

两位警官被县委书记出人意料的趣事逗笑了，笑得双手直抖，写不成字。他们被县委书记的热忱、诚恳为人的感情、态度深深感染了，倾注全力急速办理着。

谢琼又惊喜，又害羞。一串眼泪涌出了眼眶。在脸颊上现出了明晃晃的两道泪痕……

"程书记，多谢了，我一辈子忘不了你的恩情……"谢琼万般感激地说。

"没啥，没啥！"程斌对两位警官告别：

"你们忙！"

"程书记慢走！"两位警官站起来告别。

谢琼接住办好的手续，紧紧地握着女警官的手，千谢万谢，才走出办公室大门。

在外面等得大不耐烦的范梅梅，跺着双脚，扬着双手，红赤脖脸地叫着：

"快快快，谢琼！差二十分就十点了！快！"

狗旦也双手拍着腿，蹦跳着，催促着。

谢琼的各种手续齐全，在户籍登记处和粮油关系办理处很快办好了各种手续证件。总共只花了四分钟。

张狗旦看了看手表，急不可待。他一边向前走，一边催唤，好像是长跑运动员的伴陪，在前面做好了带跑的准备。

谢琼一只手按着袖珍皮包，一只手大幅度地摆动起来，脚下的高跟鞋，唱出了节奏明快的歌……她跟在狗旦后面，朝东关那个大楼门的院子跑去。

范梅梅喘着气，飞快跑着，高叫着：

"注意安全，小心汽车……看、看，三轮车……！"

他们跑上了水渠，在渠坎上跑着。这是一条捷路，绕过了街道，上了南环路。

他们穿行在行人车辆之中，从狭缝中挤过。自行车被他们撞偏了头。行人，被他们撞得趔趄。吉普车嘎然刹车，吓坏了司机，出了一身冷汗。头伸出车窗外臭骂着：

"不想活了，找死？"

为躲避他们疯疯颠颠的样子，自行车与自行车碰头，摩托车撞上拖拉机。满街的行人，咒骂着他们。痴呆地、惊异地望着他们……

他们三个人，一前一后地跑着，跑得紧急、疯狂、挣扎的样子，街上的人惊异地议论着：

"看、看！两个姑娘在追赶小偷，前边那个胖子，是小偷……！"

"……在哪里？……"

"那不是！转弯了……"

狗旦呼哧呼哧地喘着气，大声催着：

"快，快……鼓……鼓劲，离十点……只有十二分钟了……"

谢琼脸色苍白，张着大口，大口大口喘粗气……她趔趔趄趄地跑着，挣扎着。她的喉咙犹如放了火炭，烧灼痛疼……

梅梅既要赶路，又要为谢琼护航，双眼盯视着前方，以防突然的障碍和变故……

她也跑得够苦够惨的，更狼狈……

咚、咚、咚！

咚、咚、咚！

咚、咚、咚！

三个人先后到了东关青砖大楼门前。

狗旦估量了一下，时间又过了两分钟。

好心的李桂花聪明伶俐，一看见他们就全然明白了，她大声提示着：

"王超和晏莉，到城关镇政府去了，有一会儿了！快去，快到镇政府，谢琼！"

三人如梦初醒，又往城南角跑……

户籍办公室窗口外那个阻挡程书记走后门的小伙子，也很快办理了手续。他把各种证件稳妥地装在衣服口袋里，又反反复复地检查了又检查，觉得放心了。他鼓着全身力气，从密密层层的人群中往外钻。

他像百米赛跑运动员一样，飞速穿行在大街小巷里。大街两边的树木、电杆向后倒着，两边的楼房向后掠着。满街满巷的人，见他三分怕，退避几尺远，主动让开道。

他一口气跑到石灰巷，站在晏莉家门前。

"晏莉——，晏莉——！"他顾不上礼节、规矩了，气喘嘘嘘地急促地叫嚷着。

门前地坝站着许多人，瞪着惊奇好笑的眼睛，望着这位气急败坏的不速之客。

一位黑红脸膛的精力充沛的老师傅模样的人，走到小伙子面前，瞪着一对铜铃般的大眼，射出两束如剑的光芒。他说：

"你瞎嚷啥？"

"噢，噢……晏叔，我买了户口，这不就是户口本、粮油证。"他把这些证件拿出来让他看。又说：

"我跟晏莉恋爱了五年了，我是她最爱的对象……"

"啪——"一声清脆的耳光，打得这个小伙子晕头转向。良久，小伙子委屈地申辩着：

"我是果酒厂的辛涛，我和晏莉一直相爱着。只不过我是农村户口，限制着我们，没有定得了婚。现在条件具备了，就该结婚了。"

"住嘴！"老师傅又挥出大胳臂，手要落在青年人的英俊脸上。

突然，一双大手紧紧地抓住了打人的胳臂。

一个穿红背心中等个子的小伙子挡在中间。他的右脸侧边长着一个黑痣。

挨打的小伙也是一个魁伟的个子。方额大脸，浓眉大眼。双眼皮，大鼻子，大嘴巴。脸色白净红润。十分潇洒英俊，一身虎气。

他被激怒了，像一头猛兽，要发作了。脱掉了衣服，准备收拾这个老不醒事的……

一地坝的人看到问题严重，一窝蜂地扑上来，抱住了这位青年。

"莫生气，莫生气！"

"有话好心说……！"

老师傅在气头上，咆哮着：

"哪里来的混小子，疯疯颠颠的。你是谁的对象？快滚，不然我用棒撑！"

辛涛又不依了，准备动手打人了。几个人又急忙拉住。

那个穿红背心、脸上有黑痣的小伙子耐心地说：

"人家晏莉今天结婚，谁不知道她嫁给了王局长的少爷。这不就是给他们办得的酒席。"他指了指满地坝的桌椅、板凳、锅、碗、蒸笼、食品……又说：

"晏莉现在到城关镇政府领结婚证去了。过一会就出嫁了！你满嘴胡说，是晏莉的对象，咋能不叫晏师傅发火呢？"

辛涛愤慨地回答：

"我不跟他说了，他清楚。咱们走着瞧，用事实说话！"话一落音，他转身跑了。

人们你望望我，我望望你。惊诧、疑惑……

晏师傅——晏明成低下了丧气的羞愧的头，长声短气地叹息着……

十三

青砖大楼门的大院内，一派过喜事的热闹祥和气氛。楼门两边的门挺上贴着鲜红的对联。招徕过往人们的好奇注意。大院内，几天以来人突然增多，大多都是来董玉香家询问接新人的事儿。婚事准备妥帖了？宴席丰盛？祝贺的、捧场的话儿，鼓满了女主人的双耳。帮忙的亲戚、熟人纷至沓来，连成了线。

王家把三间大上房里里外外装修一新。雪白闪亮的石灰墙，窗台以下的墙脚涂刷苹果绿涂料，门窗刷了绿油漆，散发着芳香。新尼龙窗纱，明亮的玻璃，还配上了粉红色的窗帘。

王家的堂屋门框上贴着"热热闹闹过喜事，欢欢乐乐接新人"的对联。横额是"宾客盈门"。

洞房门上贴着"花烛夜里话喜事，鸳鸯枕上醉新婚"。横额是"秦晋之好"。

洞房布置得金碧辉煌，溢金流彩。七彩色的霓虹灯交错闪烁，给屋内增添了和瑞之气、吉祥之光。彩带、花蔓，纵横交错，像彩虹飞扬，群龙腾飞。正中悬空挂着一个大红绣球，金穗飘拂……这是蓬莱仙阁，太虚幻境……织出年轻一代的梦。

董玉香名副其实地要当婆婆妈了，当老太了。

她几年前就盼望着接儿媳妇。她理想中的儿媳妇听话、顺教、孝顺、亲热人。她不喜欢谢琼，除了嫌她是吃农村粮，还有一个重要原因，嫌她成天价诗呀、词呀、歌呀的，一个女子家唱唱歌歌的成啥体统。又跟自己搭不上几句话，就没说的了。总是抱个书本啃呀念呀的，好像书才是她最亲热的人。她之所以喜欢晏莉，就因为她亲热人，未过门，就妈呀、爸呀地叫。跟她坐在一块儿，炒菜呀、做衣服呀、做饭呀，张家长，李家短，城里的，乡里的，都能说到一块。这个丫头人才也算可以，真是讨人喜欢的。晏师傅主动上门，多次提说把女儿嫁过来，她很中意晏莉，就满口答应了。连自己都没有想到，事情这样顺利，今天就要娶儿媳妇了。多年盼望的事，说到，立即就在眼前。她心里欢喜极了，从头到脚都感到爽快、精神。

清晨，窗上微微透白，她就跳下了床。跑东家，走西家，又千嘱咐，万叮咛，请求了人家。拜托人家快快起来帮忙、跑路、请客、接待、收礼、安排宴席。生怕有一丝差错，丢了自己的面子。她准备了几年的事，就要在今天亮出来。办得气气派派，红红火火，热热闹闹。让全东关、全东街、全县城的人夸好称赞。

她跑到王超门上敲门，叫这个不长心的儿子，今早别睡懒觉。这是第三次催促了。他简直不长心，今天是什么时候？

她稍稍宽松了一下身子，坐了下来，清静清静心绪。她现在又要办另一件重要事情。给自己化妆。

董玉香年轻的时候是东关、东街第一流的美人。身材苗条适中，鹅蛋形的脸，清秀的眉毛，水灵灵的大眼睛，红艳艳的嘴唇，圆浑剔透的下巴。白嫩细腻的皮肤，浑身上下透露出来的是妩媚，动人的魅力、气息。尽管她现在是四十几岁的人了，但仍是风韵犹存，不减当年的风采。她还是十分注重衣着穿戴，梳妆修饰，熙养、保健。她学着姑娘们，题眉、擦粉、抹胭脂、涂口红。耳垂上挂了两个金光闪亮的耳坠子。脖颈上戴着一串珍珠项链。她又从手饰匣中取出一对碧玉镯子，还有进口的金盘手表戴在手上。她穿了一身紫红色的，带着黑、绿、黄、白四色碎花的旗袍裙，白嫩如藕的脖项、前胸的一部分、双臂、腿胫裸露在外，是那样的丰腴，富有弹性。肉色长腿袜，棕色皮鞋。她雍容华贵，俨然一个富态的贵夫人。

她在穿衣镜前，转动着身子，身前身后地审视着，摆弄着。她甩开双臂，轻迈步履，在屋里走着，欣赏着衣镜内的自己，情不自禁地嫣然一笑。

她第三次托人去晏家，唤晏莉过来办点急事。

她再一次地走到儿子的卧室门前，她停住脚，高兴地笑了。门开着，只见卧室里穿衣镜内的小伙子，衣冠楚楚，潇洒倜傥，风流气派。

他正在系领带。她心里头冒出一股甜蜜：

多合体的白绸衬衣，多气派的西装。笔挺的西式裤，光亮的皮鞋。脖子上的鲜红领带映红了白净的脸，使他更英俊。这一身装束可费了她的心思，是她引着他在省城转了几家一流的商场选购的。她赞赏着自己的审美水平。

她突然若有所悟，跨过门的一只脚又急速收了回来。时间已经七点半了，唤晏莉的人怎么还没回来。城关镇政府已经上班了。现在还有一件大事必须急办——王超和晏莉领取结婚证。

112

　　她早就提说这事，王超总是说他忙于上班，没有时间。不急，到临跟前领也不迟。没想到前两天去领，镇上办理结婚证的人开会去了，昨天晚上才回来。

　　结婚拜花堂，没有结婚证岂不成了笑话。让别人知道了内情，多不光彩，多不体面。她想到，得赶快把王超、晏莉领上，到镇政府领结婚证。十一点整准时到期富饭店开宴，招待客人。

　　董玉香三步并作两步，跨出堂屋门，又派人去唤晏莉来。

　　正在这时，晏莉穿戴一新，花枝招展地出现在大楼门前。

　　"晏莉，快进来，女儿！我正准备又请人去叫你，来了好得很，快进屋，喝口水！"

　　"董姨真好，多谢操心！"晏莉娇嘀嘀地回答着。

　　"从今天起，叫妈，莫再叫姨了。"董玉香纠正着。

　　"妈，早晨好！"晏莉调皮地开着玩笑！

　　"好好好，我晏莉就是聪明伶俐，逗人喜欢！"

　　董玉香亲呢地给晏莉插正发花，整理衣领、裙摆，晏莉柔顺地任她抚弄。

　　"晏莉！"王超走出洞房，亲切地招呼着晏莉。

　　"王超，你今天好潇洒标致呀！"晏莉开着玩笑。

　　"比起那位风流女子，就逊色多了！"王超反诘一句！

　　"谁个？"她望望身边，董玉香早进屋去了，补问一句：

　　"谢琼？"

　　"站在我面前的。"

　　"你耍贫嘴！"晏莉上前打王超一拳。

　　王超呵呵笑着，又戏谑地说：

"新娘子，小生在此，恭喜小姐今日出阁，与心爱的男子成婚！"王超深深躬身，长长作了个揖。

"新郎官，贱女在此祝贺，相公喜迎新人，早添贵子！"晏莉跪拜地下，叩了个头。

"小生终生的婚姻大事，幸福安乐，就寄于小姐今日一举。密切合作！"王超话中有话。

"相公足智多谋，神机妙算，万无一失，只待美辰良宵。"晏莉回答妙巧，相信和鼓励着王超。

"你该要跑的路，该要请的人，都办妥了吗？"

"全照计划行事，不敢有误！"

"就看十点整，受邀的人，能不能在十点前到？"

"事关重大，定知利害，岂敢有误！"

"现在还不到九点，咱们到我屋里喝茶，一定要把时间拖延到十点。"王超嘱咐着。

"放心。"晏莉很自信地说。

"王超，咱们走吧！快上镇政府去！"董玉香在门外急切地催促着。

"等一下，晏莉喝口茶。"王超回答着。他们坐在沙发上，只管说着话。拖延着时间。时间又过去了一刻。

"王超，快，快走！"董玉香大不耐烦地逼促着。

"妈，我在给晏莉梳头，重梳个新潮发型。她刚才那个发型不好看。"王超又找了个借口。

重梳个新潮发型，这到很必要。结婚，就得样样时新出众。董玉香琢磨着，也就按捺住急切的心情。

王超和晏莉仍坐在那里，一动未动。让时间一分钟一分钟地过着。

又过去了十分钟，董玉香风风火火地跑到王超卧室门前，急不可耐地叫嚷：

"王超，你跟晏莉出来。快走，九点整了。"王超看了看表，确定是九点整。但距十点还远着呢，说不上谢琼和辛涛还未把事情办好。他只想着事情必须按计划实施，一步一步地谨慎小心，把握稳妥，还得延迟半个小时，才敢往镇政府去。不然，一切将前功尽弃。他不慌不忙地回答着母亲：

"妈，晏莉的眉没画好，嘴唇上的口红抹得太淡，我得帮她修正一下。"

董玉香想，刚才是重梳发型，现在又是修眉抹口红。这都是今天必要的，是非同小可的事。她欲转身走开。迈了两步，她又停止，迟疑地楞起眼皮，不行，领结婚证是大事，刻不容缓了。她小跑一般地直奔王超卧室。

啊，王超、晏莉安然泰若地坐在沙发里，哪里是画眉涂口红？她不放心，急忙奔到晏莉面前，弯下腰，偏着头，左看看，右瞧瞧，弯弯的黑眉，浓浓的黑眼圈，血红的嘴唇，好好的。她又伸直了腰杆，望望发型，还是刚才的样子，发花仍然插在右侧。

蓦然，她一股无名擎火冒上心头，她像被激怒的猛兽，伸出右臂，跳跳弹弹地冲向王超，食指几乎戳着他的眼窝，怒不可遏地说：

"你小子欺哄老娘，你安的啥心，是你哄我的时候吗？你存的啥心，为什么慢慢腾腾的不去领结婚证？你给我走！"

晏莉羞红了脸，侧着身子，低下头。

王超咧着嘴，扭曲了脸，愁眉苦脸地说：

"我肚子痛！"他用双手紧紧地捂着腹部。

"少装蒜！走！"董玉香真的发火了。双手用力拉扯王超一只胳膊，王超站了起来。

"晏莉也给我走，都走！"董玉香命令着。她在前面催促着，王超和晏莉两个，畏畏缩缩，搭拉着脑袋，噘着嘴，吊着脸，半步半挪地向门边移动。

董玉香看到他俩的熊样子，火冒三丈，七窍生烟，大声吼着：

"你俩是怎么了，丢了魂了，俩个小冤家，你们这不是过喜事哩，是叫我受气哩！"

董玉香气得靠在门挺上，呼哧呼哧出粗气。王超却沉着老练，稳如泰山。一会儿转到衣镜边，拨弄拨弄领带，一会儿走到窗子跟前，揭开美容霜盒盖，抠一块擦脸。一会儿把一只脚蹬在椅子上扯裤脚。扯了这一裤脚，又扯另一个。晏莉站在墙边，面对墙壁，低着头，抠着手指头。狠狠地用牙齿咬着下嘴唇，尽量忍住不叫笑出声。

就这样，磨蹭着又过了二十几分钟。

王超的耐心真好，他把主动权牢牢地掌握着。

王超扬了扬眉头，十分自信。他向晏莉眨了眨眼睛，向屋外呙了呙嘴。这个无线电信号，晏莉很快接收到了，密码里译出：屋内的战斗胜利告捷，转移战场，继续斗争。

正在生闷气的董玉香，见王超不声不响地出了卧室门，蓦然间，如梦初醒，喜出望外，高兴地说：

"这就对了嘛！妈是一片好心，抓紧时间办理，十一点前还得赶到期富饭店按时开宴。三百多个客人等着我们呢!"

十四

董玉香和儿子王超、未过门的儿媳晏莉,一前一后地走在大街上。

街上人来人往,熙熙攘攘。小汽车、摩托车、自行车、三轮车、人力车,络绎不绝。向前走,既要避人,又要躲车。想往快走,走不快。一个中年男子骑着车子从对面过来了,王超有意识地向左边多迈半步,自行车的前轮子撞到他笔挺的裤子上,膝盖处立即印出泥土的车痕。

中年男子立即刹车,攥紧了前后闸,双腿撑在地上,连连道歉。"对不起,不是有意!"

王超有意拖延时间,同中年男子搭上了话:

"这位大哥,你看我这一身,寻常吗?今天是小弟我大喜日子,这衣服可是重要得很!搞脏了,可就使我贬值了。俗话说,不打不相识,大哥若是看得起我,十一点整,到期富饭店去喝一盅。我和爱妻一定敬你一杯,啊?……哈哈……"

王超的话没完没了,弄得那位中年男子很尴尬,走不能走,站不能站,哭笑不得。

晏莉远离着他俩,想看看王超如何演戏。董玉香走在最前头,只顾急匆匆朝前走。等她过了十字路口,走到文明街,往后一看,王超、晏莉一个也不见。她踮着脚,把头偏过来看看,偏过去望望,仍是不见。她唉声叹气地没奈何地又朝回走,终于找到了王超。

她一把抓住王超手腕，似嗔似怨地说："磨楞啥哩？小冤家！"不由分说，扯起他就往前拽。

等他们走出几步远，王超回过头来，喊着："大哥，一定去啊！"

中年男子莫名其妙，他十分感激这位富态的贵妇人，使他解脱了。他一只脚踩着脚踏，一只脚脚尖用劲往后一蹬，向前冲去，一溜烟不见了。

晏莉只顾捂着嘴笑，跟在后面走着，与王超拉开一段距离。

来到一个小巷口上，王超停止了脚步。董玉香双手一直抓着王超，生怕他跑了似的。她说：

"又要来啥花招？时间不饶人呀！你听话，快走！"

"我要解小手！"王超脸上显出苦相，一副很难受的样子。

"不准！到镇政府再说。"董玉香训斥着。

"妈呀，水火不留情呀，官急不如私急。我耐不得了，一定要方便方便……妈！"

王超一副乞求的、难受的可怜相。

"去、去、去，快一点！"董玉香真是拿他无可奈何。

当王超钻进男厕所，立刻愁容消失，一片得意的表情浮现在脸上。这时厕所里正好没人。为了严格执行计划方案，他只得硬着头皮站在厕所里，一口一口地闻着臭气，呼吸着臭气。他根本不需要解小手。他面朝厕所墙壁，心里默默地一秒一分地数着。

董玉香等也不见王超出来。急得直跺脚。她忍耐不住了，蹬蹬蹬地跑到男厕所门口，高声叫：

"王超，你死到里边了？"迟疑了一下，她又叫着：

"有人吗？没人我就进来了！"

话一落音，她就冲入男厕所。

不看则已，看了，真是气死她。王超哪里是解小手，正面壁而立，像在练气功。她一头冲到他跟前，伸出巴掌，在他的肩上狠狠地打了一掌，又拉着他的胳膊往厕所外扯。

因跑得急，也没顾得看。出厕所门时，她正好与一白发老头子碰了个响头。

她简直被碰闷了，眩晕了。她一下子松开王超的胳膊，弯下腰，蹲在厕所门口。唉哟唉哟地呻吟着，骂着：

"鬼老头子，眼睛长到哪里的，把我撞死了！"

老头子头痛得钻心，他本来蹲着的，一听董玉香骂他，立即站起，火冒三丈，说：

"你还骂人哩，谁叫你钻到男厕所去，你是有意识去的，还是发了神经病……?"

厕所门外立刻拥满了人。有看热闹的，有上厕所的。

"快走过，我们要小便！"

"不让，我们从你头上踩过去！"

"走开，不然我们尿呀！"

这一下可把董玉香羞到了，简直无地自容。

她未等王超拉，就一轱辘爬起来，跑掉了。

王超赶上了董玉香，十分歉疚地用手给她揉着头。

"对了，对了，不痛了，快到镇政府！"董玉香说。她又急如星火地在前面走着。

王超看了看手表，再差十五分钟就十点了。他估计谢琼、辛涛来得了。他果断地一挥手，距离他一丈远的晏莉心领神会，抿嘴一笑，点了点头。他们大踏步地跟着董玉香。

当王超、晏莉和董玉香踏进镇政府大门时，也正是谢琼、范梅梅、狗旦三人气喘吁吁地跑在大街上，正往王超家青砖楼门前赶的时候。

镇政府文书办公室里。一个小巧的屋子。室内桌子、柜子、椅子物件很多，但陈列有序，清静、明亮、整洁。墙壁上挂着红色、紫色的几面锦旗。还有几面镜框、奖状、工作制度。案头上放着电话，一大叠一大叠的文件材料。

老文书，花白头发，清瘦而干练，闪亮着一双机灵聪睿的眼睛。他向坐在两面墙壁下椅子上的人们巡视了一眼，抖了抖双肩，戴上老花眼镜，开始办公。他掀开了登记薄，扭下笔套，认真地写着。

这时屋内很静，静得连钟表秒针走动的声音都很清晰。

"嘀嗒嘀嗒嘀嗒……"

墙上的老挂钟，匀称地摆着铜摆。时针已指向了"10"，分针也要指向"10"了，长短针将要重合了。看看长针快到"12"了。

董玉香同晏莉坐在一条长椅上。她现在很平静。平板着脸，很严肃，很认真，就像小学生坐在教务处，等待教导主任的训导。她一双眼睛，一会盯着老文书写字，一会斜视望望王超，一会又转动眼珠，斜斜地瞄瞄晏莉。

董玉香觉得晏莉坐在那里不太安静，头、肩、身子，不停地动，总是闲不下来。她的脸绯红，呼吸不大匀称，胸部不停起伏蠕动，她像有很大的心事，有急事一般，双眼不停地张望窗外。董玉香见文书正办公，需要安静，不好问晏莉。

董玉香又看看文书，文书开着抽屉，取出两个红塑料皮的册子，上面印着烫金的字。

董玉香又斜着眼睛，看着独个坐在另一张长椅上的儿子。王超比晏莉更紧张。他不停地转动着脖子，一会看看门外，一会侧过头看着窗外。他的脸像喝了酒一样的红，脖颈上的青筋涨得很高，曲曲弯弯地，像蚯蚓。他的身躯很不安分，扭过来，转过去。一双脚，伸开了，又踡拢，踡拢了，又伸开。

是的，晏莉和王超心里有事，十分焦急，他们各自等着一个人。

墙上挂钟的长针丢下短针，朝前从容不迫地走去，已越过了"11"，眼看着要盖着"12"了。

老文书马上就要填写结婚证了。在这关键时刻，在这计划方案成败的关头，在这人生的十字路口，关乎终生幸福的爱情，他们怎能不紧张呢？

他盼谢琼立即出现！

她盼辛涛即刻到来！

他们明白，现在即使是有他们两个中的一个到来，就大功告成了。

可是，失望！门口空荡荡的。室内窗口外的走廊里，空荡荡的。面街的窗口外，空荡荡的……

"你叫啥名？"老文书抬起老花镜，回过头来问王超。

……王超没听见。

"你叫啥名？"带着嗔怒的声调。

"哎……他叫……王超！"董玉香着急地站了起来，代替回答。她又面对王超，说：

"王超，你在搞啥？"

董玉香又狠狠地瞅了王超一眼。

"王超。"王超振作了过来，回答着。

"你呢?"老文书问晏莉。

"晏莉。"晏莉腼腆地低下头。

"你们要结婚?"老文书问。

"是的。"董玉香生怕儿子说漏了嘴，她抢着说:

"老文书，多多抬举!"

"问他们呢，这是男女双方的婚姻大事，得由他们自己办!懂吗? 你坐在那里!"

老文书对董玉香有些厌烦了，信手给了她一个火栗子吃①。

"哎哎……老文书说得对，对……"董玉香尴尬地坐下。

"王超多大年龄?"老文书又问。

"22 岁。"王超回答着。

"晏莉呢?"

"23。"晏莉声音微小。

"多大?"老文书没听清。

"23——岁!"晏莉抬高了声音。

"23?"老文书把头向前一伸，瞪着一双圆眼，眼珠要顶住镜片了。

"是的，她 23 岁!"董玉香又站起来，补充着。

"坐下，坐下，啊……?"老文书又训董玉香一句。

老文书惊诧疑惑地望着王超，说:

---

① 注:吃，火栗子，方言，把栗子放在火里烧熟立即让人拿着吃嘴被烫。这里指小施手段对付别人。

"你22，她23！你把她叫姐姐？"

哈哈哈……一片大笑声。

门外，室内的窗口外，走廊里，站了许多人。不知什么时候就围到这里看热闹了。县委书记程斌也站在人群里。

王超也忍俊不禁地笑了，晏莉羞得成了大红脸。扭转了身子，头低得更厉害了。

老文书平板着脸，严肃地问：

"你们是自由恋爱，两厢情愿？"

……王超只瞪着无光的眼睛，不说话。

晏莉抬了一下头，望了望老文书，依旧低下了头，不言语。

"你们可是自由恋爱？"老文书不耐烦了。

"不不……不，是母亲决定的……"

"啊？母亲决定的？包办？"老文书的眼珠要爆出来了。

"不不不，自由恋爱，这娃不会说话，老同志，请多多包涵，多多包涵。几百客人等着我们，赶十一点整，要在期富饭店开宴。破费了三千元，不是小事情。过一会儿，请您大驾光临，喝一杯喜酒。请高抬贵手！"

董玉香生怕露出真相。只要过了这一关，她将万事大吉。因此，就急不可耐，好言相劝，想蒙混过这一关。

"看看看，你又来了。这婚姻大事，关乎人最珍贵的爱情，一辈子的生活，一辈子的幸福，非同儿戏，要出自个人的自愿，你……你总是多嘴多舌，叫我还秉公办事吗？"

董玉香被这不讲仁义情面的老头子，当着儿子、儿媳妇的面，当着众多干部群众的面，公然戏弄、训斥，这人算丢尽了。于是一不做，二不休，想以混闹捞回自己的自尊心，保护住这张脸。她歇斯底里，老病复发了，使出了泼妇的拿手好戏。她像一只母老虎，吼叫着：

"老东西，不识人敬！我儿子结婚，是终生大事。我为娘的不管谁管？你娶不娶儿媳妇？你儿结婚，你管不管？"

老文书心平气和，原则在手，稳若泰山，也不示弱，针锋相对。他戏谑地说：

"告诉你，我儿子恋爱、定婚、结婚、领结婚证，我——，放开手脚，全由他们自己，我决不包办！咋样？我说你呀，是狗逮老鼠——多管闲事！"

众人哗然大笑。

"你骂人……我不依……"董玉香完全恼怒了。发了泼……

"妈，妈……你忍耐些吧！忍些吧……"王超劝导着。

这时，有两个年轻女干部进屋来，拉住了董玉香，劝导着，把她扶坐在椅子上。晏莉也心痛地抚慰着她。

老文书扶了扶老光眼镜，稳稳地坐在办公桌边，又继续办公。他说：

"这婚姻大事，关乎两个人的终生，不能马虎。这结婚证是随便办的？必须照章执行。这人民镇政府的戳子一盖，就有了法律效益！多少人把领结婚证当作出气的筒子，以它赌气。结果带来许多麻烦。今日领结婚证，明天办离婚证，多得是。我不认真行吗？"

王超不停地点着头，说：

"是是是……大叔做得对！"

老文书又认真地签写两个红塑料皮的册子。他从抽屉内取出公章，在红色印盒内按了两按，抬起来，用眼仔细地看了看。他又把公章在红色印盒按了按，抬起来，照着结婚证的年月日处，准备狠狠地盖下去。但是，这只手被一个尖利清亮的声音固定在空中了⋯⋯

"印下留情——！"

谢琼披头散发，如疯如狂，张着双臂，顶着苍白的脸，踉踉跄跄地跌进镇政府大门内的走廊里⋯⋯

人们蜂拥上去，好不容易地扶正了谢琼的上身，她瘫软地坐在地上，紧闭双眼，大口大口地喘着粗气，胸脯急促地起伏着⋯⋯

"谢琼，谢琼⋯⋯"王超双手托着她的两个胳肢窝，蹲在她面前，亮着一双信任的、喜悦的、兴奋的、胜利的眼睛，清晰响亮地说："你来的正是时候！"

"当——，当——，当——⋯⋯"文书办公室的挂钟洪亮地、清晰地敲响了，响了整整十下！

晏莉满含热泪，揉了揉谢琼的胸脯，安慰地说：

"谢琼，你放心，王超正等着你呢！"

谢琼斜躺在王超的怀里，睁开了明亮的眼睛，兴奋地望着晏莉，苍白的脸，浮出一抹会心的笑容，她轻轻地说："晏莉，你真好！"两粒晶莹的泪珠，涌出她秀美的眼角。

狗旦和范梅梅一直带领、护送着谢琼，一路飞跑着来到镇政府。他们也累得不行了。梅梅张着大口，急促地喘息着，身子斜靠在走廊的墙壁上，几乎站立不稳了。狗旦瘫软在墙根，半靠在墙上，像受伤的小鹿，苟延残喘着。

人们惊诧地、稀奇地看着眼前发生的离奇事情，都想了解个清楚。

董玉香被这一幕更是惊呆了。谢琼突然到来，干啥？难道她吃晏莉的醋，她仍迷恋着王超？……不，不，不会，已有多半年他俩就不来往了，王超与晏莉订婚，她不会知道。董玉香只是惊慌地、不解地站在一边看。

过了一会儿，谢琼的脸上恢复了红润，呼吸平稳匀称了。隆起的胸部不再上下剧烈起伏了。她精神来了，恢复了正常。自个儿挣扎着，想站起来。

晏莉用细嫩纤弱的手，给她拨着蓬乱的头发。与王超各挽谢琼的一只胳膊，把她拉了起来。

人们让开了道，谢琼在晏莉和王超的搀扶下，一步一步地，坚定地走向文书办公室。

范梅梅和狗旦跟在后面。

董玉香"啊"了一声，紧紧地追到室内。

王超、谢琼、晏莉三个青年人严肃地、庄重地站在老文书的面前。

老文书坐在椅子上，瞪大了一双不解的、惊异的大眼睛。上上下下地打量着谢琼。

王超恭恭敬敬地给老文书鞠了个躬，拍了拍谢琼肩膀，乞求般地说：

"大叔，她才是我的新娘！"

"啊？"老文书用笔指了指谢琼旁边的晏莉，问：

"那她又是谁的新娘？"

"我的——！"一个声音震响屋宇，在走廊里久久地回荡着。

立即，室内的、过道的、门上拥着的人，走廊里的人，齐齐转过头来，望着这个半路杀出的"程咬金"。人们面面相觑，坠入云里雾中了。

人们都擦了擦双眼，注目打量着这小伙子。他浓黑的头发向两边分着，油亮油亮的。白皙俊气的脸庞，黑亮黑亮的大眼睛，双眼皮，一双浓黑的剑眉恰到好处地画在眉骨上。挺直的大鼻子，有棱有角的嘴唇。犹如当年的戏剧《智取威虎山》中的杨子荣。他个子魁梧，身体健壮结实。他用柔和的、友好的目光望了望大家，唇角露出一抹笑。迈着稳健从容的步子，走到办公室内。拉住了晏莉的手，紧紧地握着，握着。又亲昵地、狂喜地叫了一声：

"晏莉！"

"辛涛！"晏莉泪水汪汪地甜叫了一声！

"我没来迟吧？"

"正是时候！"

老文书瞪着极不满意的双眼问：

"这两份结婚证不是报废了？一份一元，两块钱，谁出？"

"我出！"谢琼脱口而出。

"我出！"几乎是同时，辛涛争着说。

谢琼睁大眼睛，仔细地打量着辛涛，冲着他问：

"咦？是你？你不就是反对我插队的那位吗？"

"是的，我也认出来了，你就是那个托县委书记的情，走后门的。"辛涛反诘一句。

"嘿，你这个没良心的，我给你帮了最大最好的忙，你不但不领情，还揭我的老底？得亏我走后门，不然呀，你的媳妇就叫他占去了。"

谢琼一边说，一边用手指了一下王超。她话音一落地，就舒心地、开怀地放声大笑了，笑得春和日暖。

屋内屋外的人们哗然大笑，笑声如雷，笑声如潮。

辛涛毫不示弱，一字一句，有板有眼地说：

"嗨，从没见过，我给了你人情，让你手续办在前，才抢先跑来。不是我，你的未婚夫就叫人家抢走了！你不但不领情，不感谢我，反倒取笑我，恩将仇报，十足的小人!"

"哟嗬——，哟嗬——!"

"太妙了，太妙了!"

"有趣，真有趣!"

董玉香被刚才一幕幕变换剧烈的事实惊呆了，犹如沉入梦幻之中，现在她才如梦方醒，像发了疯的母老虎，蹬蹬蹬地跳弹了几下，狂吼着：

"不行、不行、不行……!"她"咚"地一声，一屁股坐在文书的办公桌上。

她伸出右手，用食指怒指着谢琼：

"你这个妖精，事到今日，你还不甘心，还要迷惑、缠住我儿？全县城，谁不知道我的儿媳妇是晏明成的女儿晏莉！他们定婚已经半年。今天是他们结婚的大喜日子，你就这样欺负人?"

"我没欺负谁，是人欺负我!"谢琼应答自如，理直气壮。

"你有啥资格爱我儿子，一个吃农村粮的临时工，配吗?"董玉香的语言越来越尖锐刺人。

"从今天起，我也是城镇居民了!"谢琼迅速地亮出鲜红的户口本，绿色的粮油证。继续说：

"睁大眼睛看着，这是户口本，这是粮油供应证。这年代，只要好心干，青年人前程无量，不要鼠目寸光，门缝里瞧人——把人看扁了。"

董玉香气急败坏，"噔"地跳下地，双手拉住晏莉，说：

"晏莉，你才是我真正看上的儿媳妇！"

晏莉扭摆着身子，很不情愿让董玉香拉。

"哎、哎、哎……你搞错了，她不是你家的媳妇，是我的媳妇！"辛涛上前推开董玉香的手，用魁梧的身子遮住了晏莉，将她们隔开。

董玉香"嘚"的一跳，满脸横肉，怒气冲冲地说：

"你是谁？在这堂堂的镇政府，你耍得啥流氓，冒充她的丈夫？晏莉前六个月就同我儿定了婚。好你个小子，欺蒙拐骗，欺负到老娘面前了。我到公安局报案去！"

"董姨，你别生气，听我给你说。"

辛涛从容镇定，用事实向董玉香和在场的人申述，让众人评说——

"我叫辛涛，是果酒厂的副业工。工龄已有八年。我与晏莉恋爱已整整五年。只因为我家是农村的，吃的农村粮，未转为正式工人。因此，晏莉的父亲不同意我俩的亲事。晏莉在她父亲的多次逼迫下，违心地与王超订了婚。事后，晏莉背地里流了多次眼泪，几次对我说，她想寻死。我苦苦劝导，她才没那样做。没想老天有眼，不绝人生路。县政府实行新政策，我也买了户口。前年，我就被地区评为助理工程师。只等厂里给我转为正式工人。"辛涛也亮出红、绿两个册子。又说：

"现在，应该让晏莉回到她最爱的人身边！"

晏莉用双手搂住了辛涛粗壮的腰身。

"咳呀，我撞见鬼了，大白天有鬼！我活不成了！没见过我这样接儿媳妇的，叫人们拿屁股笑我……我活不成了……"

县委书记程斌从人群里走过来，谢琼上前招呼说：

"程书记，您怎么也来了？"

"我来镇上参加了个会。祝贺你们，喜结良缘，花好月圆！"程斌笑容满面地说。

"谢谢程书记。可我妈通不过……"。谢琼难为情地说。

"放心，我来给她做工作。"

程斌拍了拍董玉香的肩，亲切地说：

"大嫂，思想要开放些！年轻人的事，由他们自己作主去干吧！"

"程书记，我这可咋办呢？哇哇哇……"董玉香伤心地哭着。

程斌叫来两个年轻女干部，掺扶着董玉香，走出文书室。程斌跟在后面。

老文书又安静地坐在办公桌边，给两对青年办结婚证。

看热闹的人慢慢散去。

十五

期富饭店。

董玉香把儿子的结婚宴席设在这里。

宽敞、明亮、宏大的大厅。墙壁雪白，天蓝色的天花板。各种各样的吊灯、壁灯、霓虹灯，大放异彩。显得那样豪华、新颖、惹人注目。

立体大音箱里唱着流行歌曲，悠扬、悦耳、轻快、动听。

主题十分醒目：大厅正南的墙壁上，挂着红色横幅。上书金黄大字：

王超、晏莉结婚宴会

大厅内四十张大圆桌一律铺着雪白的塑料布。每张桌子的周围围着明光闪亮的钢管椅子。桌上摆满了碟碗杯盘和各种名菜佳肴。

大厅内坐满了客人，来自各个行业。有工人、干部、教师、职员，也有学生、个体户、居民，也有农民。有男有女，有老有少。青年男女，可能占了一半，他们都穿着时新的、气派的、新颖的衣服。

他们大多数坐在宴席位置上。说着话，谝闲传。天南地北，海阔天空，家长里短，风流趣事，所见所闻。还有站着的人，走动的人。

接待客人的服务人员也不少，来往穿梭，忙个不停。

大厅正中，一字儿排着四张三屉桌。

有一个六十多岁的老人，带着眼镜，手执毛笔，在红纸薄上记着送礼人的姓名、礼品数字。还有一个戴黑绸瓜壳帽的老人收钱、收礼品。送礼的人络绎不绝。他们两个尽职尽责，忙碌着、接待着一个又一个客人。

另三张桌子上，铺着塑料花单。上面放着彩色电视机、收录机，台式电扇，热水瓶、脸盆、搪瓷缸子、玻璃杯子、花瓶，还有被子、毛毯、床单、各种衣料、皮鞋。像开百货商店一般。琳琅满目，一应俱全。这都是亲朋好友送来的礼品。

四张桌子前，靠满了各种大小不一的镜框。大多数是风景画，也有鉴人明镜。上面都写着红漆字：

恭贺 王超 晏莉 结婚：

×××、×××赠送

1992 年 7 月 15 日

一个戴铜架眼镜的老人，拄着拐杖，哼哼哈哈地蹒跚走来。他颤抖着手，把一面镜框递给收礼先生。

戴瓜壳帽的老头子十分感动地接住了礼品。又毕恭毕敬地把他扶到身旁的椅子上坐下，倒了一杯热茶献给老人。

戴铜架眼镜的老人，把手杖放在怀里，颤抖着双手，接过香茶，他慢慢地啜了一口，说：

"我外侄孙结婚，来送情。"

"多谢您老关照！"戴瓜壳帽的老头子奉承着。

"听说媳妇叫……什么……晏莉？"戴铜架眼镜的老人很费劲地回忆着。

"是的，是的，叫晏莉！"戴瓜壳帽的老头子附和着。

这时，大厅内还有一位人物，特别惹人注目。他黑红的脸膛，浓眉大眼，精力饱满，笑容满面。他身材魁梧，腰粗膀圆，气魄威风，俨然一位男子汉。

他每走到一个大圆桌旁，那里的气氛立时活跃，笑语喧哗，春暖花开。真可谓"人面桃花相映红"。

他说话风趣诙谐，辅以表情、动作、姿势，逗得大家朗然大笑。特别是一些女士、太太、小姐，争着抢着与他说话、对谈。她们视这为幸福、快事。他逗得她们荷花般的漂亮脸儿荡漾着春风，他逗得她们像喝了葡萄酒一般醉心，满意。她们开心、快乐、满意、陶醉、眩晕，双眼饱噙着兴奋的泪水……

来客大多数都认识他。他就是陈勇，是全城有名的泥瓦匠。修房、盘灶、砌大楼门、打墓堂、装澡盆，是他的拿手好戏。大家都乐意请他做活。不拉架子，有叫必应。不讲究吃喝招待，很家常。费用收得合理。有时还退给主人十块八元的。给困难人家做了活，没得钱给付，他也就不要了。尽管他年轻轻的，只有三十出头，可他在这小小县城百姓的心目中，是个佼佼者，德艺双全，令人佩服，威望很高。

他今天担任着重要角色——总执客先生，王超结婚宴会的总指挥，招待三百多宾客的重任落在他的双肩。一来是他有威望，人们拥戴他。二来是他与董玉香住在一个大院，是邻居。第三点，是王超信任他，把他当作知己朋友，仁义大哥。他就慨然应允，匆忙上任。

这四十桌丰盛宴席，这热闹的结婚仪式，是他与饭店经理交涉，一手承办的。既使婚礼、宴席漂亮、排场、气派，在全县城数一数二，价格又便宜，对得起主人家。按一般价格，得开四千元。但他与经理斡旋、谈判，以三千元成交。这就给董玉香省下一笔不小的花费。董玉香感激涕零，欢喜异常。

明白人心里清楚，凭陈勇聪睿的天资，天赋的灵性，假若不受那个时代风暴的摧残，严冬冰霜的折腾，他现在或者是某企业的工程师，或者是某科研单位的中坚。何啻站在今天的这个位置上。何必娶一个紫岭县的老婆，叫人取笑、戏弄。

陈勇的媳妇李桂花今天也在这里，惹人注目。她身材虽然矮小，但小巧玲珑，精明干练。她那黑亮的头发挽着发髻，簪着一枝精致的发卡。光洁秀气的脸上闪烁着一双水灵灵的大眼睛。一个小嘴巴，恰在好处。她不抹扑粉，不擦胭脂，不提眉，却依然灵秀雅丽，标致可人。

她迈着轻盈的碎步，穿行在人群、席宴之间。说话轻言细语，如春风鸟语，如甘霖滋润，悦耳动听，令人心醉。她把一杯杯香茶递给人们；把一颗颗喜糖剥开，送到老人的嘴里；把一把一把的瓜子、花生装到小孩的衣服口袋内。

"执客先生，说的十一点。现在时间都超了十分钟，怎么还不见新郎新娘来？"一个穿着花条纹衬衣、打黑领带的小伙子问陈勇。有人认出来了，他就是那天用身子隔开辛涛和晏师傅，劝架的人。右脸侧边有个大黑痣的小伙子。陈勇向他耳语几句，立即又挺胸昂首，高扬双手，转动着魁梧的身子，向大厅的客人们慷慨陈辞：

"各位长辈，各位女士，各位小组，各位来宾，新郎新娘来电话，马上就到，请大家再耐心等待五分钟。过一会儿，让新郎新娘多给大家敬两杯酒！"

全大厅的人哗然大笑，议论纷纷。

"来了，来了！"有人高叫着。

顿时，全大厅的人一律站了起来，引颈遥望大厅门口。人群骚动，群情沸腾。

只见一大行人簇拥着凤冠霞帔、楚楚动人的新娘和英俊潇洒的新郎鱼贯而入。厅内的气氛更热烈、红火，新郎新娘站在大厅中央的注目位置上。

顿时，大厅哑然无声，异常肃静。

陈勇以洪亮声音宣布：

"婚礼仪式开始！各位来宾，这是一个出人意料、传奇式的婚礼。大家一片热忱，来祝贺王超、晏莉二位结婚。可现在，是两对新郎新娘。"

客人们交头接耳，议论纷纷。

"众位听着"陈勇的话又使全场肃静。

"王超和谢琼喜结良缘！"

暴风雨般地鼓掌。

"晏莉和辛涛喜结同心！"

暴风雨般地鼓掌。

"哎呀……变了！"

"嗨——大换班呀！"

"一对变成了两对！"

"这叫调包计，《红楼梦》的续编！"

"真是出人意料……"

"改革年代新事多！啧啧……"

大厅内人声如潮，笑语喧哗，群情激奋。说着、笑着、跳着、拉着、抱着、前俯后仰……声震屋宇，久久回荡。一派热闹的春天，一场幸福祥和的婚礼……

鞭炮噼啪，锁呐高奏，把婚礼仪式掀向高潮。

紧接着人们入席开宴。只看人们大口大口地、香甜地、有滋有味地吃着、喝着。他们是那样的开心、高兴、满意。只听酒瓶叮当、杯盏鸣响，划拳行令声。真是一片觥筹交错、杯光酒影。

王超、谢琼一起，给东边酒席上的客人敬酒。

晏莉、辛涛一路，给西边桌上的来宾敬酒。

董玉香笑容满面，高兴地拿着酒瓶，走到谢文海、龚新英席位跟前，兴奋地说：

"亲家、亲家母，我给你们敬酒！"

"多谢亲家母的热忱！"谢文海夫妻俩激动地感谢着。

董玉香又走到晏明成的席位旁，手里举着酒瓶说：

"亲家，我敬你一杯酒！"

"晏莉没有攀上你们少爷，还称啥亲家？"晏明成脸色阴郁地说。

"哪里，哪里，咱们结不成儿女亲家，就认做干亲家！来，我敬你一杯！"董玉香向来风流泼辣，她伸手取过晏明成面前的杯子，咕咕咚咚地倒满了酒。她端起杯子递给他，说。"喝！"

"有幸，有幸，认下你这样的好亲家母，三生有幸！我做梦都在笑呢！"晏明成端起酒杯，一饮而尽。

"亲家，我再敬你一杯！感谢你借给我一千二百元的衣柜钱。不然，我儿的婚事就逊死人了！"董玉香又满满倒了一杯白酒，递给晏明成。

"这……要不得！"晏明成推辞着。

"喝，晏师傅！"

"亲家母倒的，不能羞了人家的手！"

同席上的人都帮女主人劝酒。

晏明成在众目睽睽之下，喝了这杯酒。董玉香、众客人都满意地笑着。

"妈，下午我们把组合柜给晏莉送去，这是她的嫁妆！"王超走过来郑重地说。

"不必，大可不必"晏莉走过来接住了话：

"辛涛家里三层大楼房，各种家具齐全，都是新做的。我们两人订过一场婚的。你留下它，做个纪念吧！"

晏莉迅速地把脸转向晏明成，双眼紧盯着他，先发治人地说：

"爸爸，你说呢？"

晏明成难为情地，口里讷讷着。许久，才吐出几个字：

"唉……唉，是的……行、行！"

"晏伯伯够仁义了，支持了我们。"王超感激地说：

"过不了多久，我们把钱还给晏伯。"

"好说，不论咋办都成。"晏明成客气地说。

辛涛和晏莉走到晏明成面前，晏莉叫了一声：

"爸爸，辛涛给你敬酒。"

辛涛举着酒瓶说：

"晏伯，我给你敬酒！"

晏明成尴尬地站起来接酒。

"不行，不行，"脸上有黑痣的小伙子阻拦住，说：

"重叫重叫，称呼不对！"

"姨父——！"辛涛顺从地叫了一声。

"不行，不行，没叫出实质来，重叫！"

"岳父大人——！"辛涛拖长了声，音色洪亮。

哈哈哈……黑痣小伙子，众宾客开怀大笑！黑痣小伙拉了拉晏师傅的胳膊，戏谑一句：

"你还打不打他？再打，我又来拉架。"

晏明成瞅他一眼。黑痣小伙子又揶揄晏明成，说：

"你输给他了，输清了！"

晏明成打了黑痣小伙子一拳：

"混小子！"

众人又是哄然大笑。

戴铜架眼镜的老人，从席位上颤颤巍巍地站起来，双手抓住王超的手腕，说：

"超娃子，你的媳妇是那个姑娘呀！怎么叫人家拉跑了？"老人指了指隔席敬酒的晏莉。

众人又大笑了。

李桂花突然跑到老人面前，嘴对着他的耳朵讲道——

"您老耳朵太聋了。不是人家把你外侄孙媳妇抢跑了。你外侄孙是个负情汉，今天又看上了这个小美人！"

"噢噢……噢……"老人不停地点着头。

谢琼羞成大红脸，笑眯眯地侧过了头。

众人又是一片笑声。

陈勇走到王超跟前，饶有风趣地说：

"王超，你比《红楼梦》中的王熙凤还要辣。她的调包计，用宝姐姐调换了林妹妹，是单调包。你设的计是双调包，比凤辣子高明得多！"

陈勇满满倒了一杯白酒，递给王超：

"老哥敬佩你，敬你一杯！"

"喝，王超该喝！"

众人催促着。

"好，我喝！"王超仰起头，一口喝尽了一杯酒。

"好样的，好样的！"

王超从陈勇手里接过酒瓶，叫了一声：

"谢琼，来！"

谢琼应声走到王超面前，王超一只手拉住她的手腕，向范梅梅、张狗旦的席位走来。

"狗旦、梅梅，我和谢琼衷心感谢你们二位，你们伸出友谊之手，全力帮助支持，真够朋友。我给你们二位敬酒！"王超怀着十分感激的心情，给狗旦、梅梅斟酒。用双手恭恭敬敬地捧给他俩。

狗旦笑得眯缝了双眼，向范梅梅望了一眼，二人高兴地一口喝完杯中的酒。

"梅梅，哪一天又请我们大家喝你和狗旦的喜酒？"谢琼恭敬地、风趣地说。

众人又被逗得哗然大笑。

这时，大厅里的两个立体大音箱里，放出谢琼的甜润歌声，唱的是《爱河续曲》。

> 啊，爱河！
> 我生命的依托，
> 每人心中有一颗太阳，
> 每人心中有一条爱河！
> 没有你生命就将枯竭，
> 没有你就不叫生活。
> 啊，爱河！
> 有你，山青树荣、草茂花多，
> 有你，我们永远年轻快活！
> 过去，在你的漩涡中搏斗，

今天，在你的波面露出笑靥，

直挂风帆放声高歌！

爱河，爱河，

爱河中有你，

爱河中有我。

爱河，爱河，

永远属于你，

永远属于我！

全大厅的宾客都陶醉在这隆重的、热闹的、传奇式的婚宴中了。

十六

期富县东城经济开发区，一派繁忙的建设景象。

三四辆推土机轰隆轰隆地震响着，左右上下地摇摆着，时而向前艰难地推进，时而缓缓地向后倒退。将高处的泥土推向低洼。

打桩机的铁架高耸云端，大铁锤上下舞动，发出铿锵铿锵的响声，一根又一根的四棱钢筋混凝柱被打入地内，这是厂房，高楼大厦最坚实的基础。

大汽车、小汽车，东方红大拖拉机，小四轮拖拉机，手扶拖拉机，一辆紧接一辆，穿梭往来。拉泥土、沙子，运石头、钢材、水泥……开阔平坦的土地，挖掘出了一条又一条的深槽，犹如战壕一般。纵横交错，密密麻麻。被掘出的新土堆起了一堵又一堵的土墙。

遍地都是劳动的人。他们带着草帽、安全帽，挥汗如雨地干着活。用镢挖土的，用锹铲土甩土的。电焊工们正戴着蓝色的护镜，切割着钢管、钢筋，又在焊接着设备、器材。

大型吊车，伸着长长的臂膊，大吊钩吊起水泥预制板，吊起笨重的钢材。

在三层楼房高的脚手架上，陈勇穿着红背心，手拿瓦刀正在砌红砖墙。一块一块的砖头，在他的左手跳跃着，飞动着，随着叮叮当当的声音，那一块块红砖就结结实实地长在墙上了。

李桂花在升降机边忙碌着，用布兜给陈勇等三个匠人供水泥沙浆。

王超双手捧着一大叠资料、文件，从脚手架下面路过。

他留着分头，黑油油的头发在强烈的阳光下格外黑亮。俊秀的脸庞，黑大的眼睛，浓浓的眉毛，白皙的脸色。显得很年轻、很潇洒、很有风度。

谢琼端着两盒铅字，从行动上看来，较为吃力。她穿着粉红色的连衣裙，戴着金灿灿的项链、银白色的手镯。她一头的秀发梳理得很整齐，齐刷刷地飘拂在双肩上。她的一双明亮的眼睛总是深邃、睿智、动人。小巧的嘴巴红润、柔和、秀美。她步履轻捷，裙衩拂动，如仙女乘云，翩翩而来。

王超把手中材料放在身边的砖垛上，朝着脚手架大声喊：

"陈大哥，桂花嫂！歇一会！"

陈勇在高墙上应着：

"王超，你该请客了，当了蔡伦纸厂筹备办公室的副主任，还给你配了个女秘书！那可是忠心耿耿的哟！"

谢琼也将铅字盒放在砖堆上，说：

"陈大哥总爱作贱人。我还是干的老行当，打字哩！"

"等纸厂开了工，王超升为副厂长，那你还不是办公室的女主任?"陈勇又补了谢琼一句。众人被逗得哈哈大笑。

王超用手帕擦了擦头上的汗水,又说:

"你们城关建筑公司包了我们纸厂的盖楼工程,可要保证质量呀!不然我要拿你是问!"

陈勇很自信地说:"好!我的王主任,我们是响当当的全民企业,永星市有名的建筑队,还不放心?你敢同我打赌?"

桂花把布兜内的沙浆倒进木盆内,制止陈勇说:"人家是说笑话,你就来正经的了!"

一辆红色的双排座小汽车,"滴滴滴"……喇叭不停地响着,从远处颠颠簸簸地开来。

"格格——"一声尖利的刹车声。

两边的车门同时打开,跳出来一男一女两青年。他们戴着蓝帽檐白色太阳帽,时髦的大水晶镜片的墨镜。

他们走到王超、谢琼面前,叫着:

"谢琼,王超,你们好啊!"晏莉和辛涛摘下眼镜。

谢琼和王超差点没认出来。谢琼说:

"哎呀,是你们俩,这么热的天,还送货到工地?"

"辛涛!"陈勇在脚手架上喊。

"哎,陈大哥,你可要把桂花嫂招呼好,小心掉下来,跌小产了!"辛涛风趣地说。

"辛涛当官了,好气派呀,出门小汽车坐上,还要叫夫人陪上!"陈勇回敬了一句。

地面上的、脚手架上的人们都笑了。

辛涛对王超说:

"他们城关建筑大队在我们果酒厂订了 20 件'三珍饮料',我们就送到工地来了!"

王超说:"你这个销售科长,可真是服务周到,态度好呀!"

辛涛朝脚手架上喊:

"陈队长,饮料运来了,请下来点货!"

陈勇又风趣地说:

"来了,来了,新媳妇送的饮料格外有味!"

又是一片笑声。

一个工人在脚手架上高叫了一声:

"都下去喝饮料,陈队长请客!"

接着是赞成声:

"对,陈队长请客,叫他和桂花给我们补喜酒!"

哈哈哈……

1992 年 10 月 16 日定稿

2019 年 10 月 5 日校对

紧关的门又打开了

一

　　陈永言跳下自行车，把车推向公路边。这是下坝村的村中，公路在这里走了个大"S"形。公路边有一条水渠，清亮的水哗哗流淌。两个妇女正在渠边洗衣服。陈永言向她们跟前走了几步。和气地说："请问，何锋家在哪里？"一位穿淡绿色上衣的妇女热情答话："就在坝下走几步，拐个弯，那座一层红砖房，就是他家。""刚才他媳妇还在公路上，才回去。"另一个穿大红衣服的姑娘说。"好！好！谢谢！"陈永言满脸笑容地说，挥一挥手告辞了。

　　陈永言推着车子，拐了个弯，就看见一座平顶一层红砖房。正待要问时，他就一眼认出了门前的那位妇女，远远地叫了声："香儿。"香儿停下手中的活，向这位来客凝视。陈永言说："你还认得吗？我是永言。""哈哈，我看有点像。快到屋里坐。"香儿热情招呼客人到堂屋。

　　"何锋在家吗？"陈永言问。"在，你坐。"香儿端过来一把小木椅，然后面向里屋叫了一声："何锋，有客人找你。"

陈永言向里屋望去，里屋的门敞开着，屋内放了一张单人钢丝床。何锋一骨碌坐起。陈永言说："你在睡午觉，我来问你一句话。""好。"何锋仍坐在里屋的钢丝床上，回答说。"我在上清河搞社教，今天路过我小弟弟家。我小弟弟说你准备给我说句话。我现在就会你来了。"何锋点头说："有这回事，我给树言说过。"何锋在里面回答。

陈永言说："就是我们长田坝村房屋出路问题吧？""是的，我到长田坝我玉梅嫂家，听到焦国柱说，你们房的出路，他有办法解决。"陈永言说："那好的很。我求之不得呢。"

香儿朝何锋吆喝一声："你起来嘛，出来坐在这儿说。"何锋穿上鞋，走出里屋，坐在陈永言的对面。陈永言恳切地说："何锋，我同你们香儿是从小一个院子里长大的。我们的房和你岳父母家的房，都是解放后土改时共产党改给的。你们香儿知道。一九五几年时，我们一院子的人，都是从基督教堂大门出出进进。五八年吃食堂，叫我们一院子几家人都搬走。我们和你岳父家，被迫搬到黄启智家磨房里住。香儿可能还记得。磨房三小间，你们住南边一间，我们住北边一间，中间一小间，两家共用，两个屋角，每家盘了一口锅。过的日子造孽得很，提不得。后来落实政策，你岳父家又搬回住了。叫他们从院子后面出入。我家后门外，过去是大队学校操场。生产队买了基督教堂的两间厢房，单方控制了大院大门。原来院子的人户，都不能再去基督教堂了。你岳父家，队上还给拨了场面，有出路。我家就没出路了。后门外，被黄昌富家修了房，出入不成。我们往日一直从大门出入。现在后门走不成，大门也走不成了，没有出路。1987年，我找过长田坝村委和第五村民小组，要求从基督教堂的大门出入，但是他们不答应。说大队前些年把出路给我们拨到后门外了，直出直入。我几十年在外地上学、工作，不在家，没找过他们。他们给谁划拨来，我就不知道。这不就不合情理嘛。我家后门外，是村学校的操场，生产队哪有权力划拨给我？何锋，香儿，你们说，这合理吗？"

何锋诚恳地说："我有一次到我岳父家去，香儿也回娘屋去了，焦国柱在我玉梅嫂家串门，曾说过，陈永言房屋出路问题，我知道的。1958年吃食堂，叫他家从基督教堂搬出时，我是当时的生产队副队长。人家前几年找生产队、大队要出路，是对的。现在把人家的房，卡在几家的中间，前后无出路。这样做要不得。这事只要我说一句公道话，就能把问题解决了。过些年，等我们这些五六十岁的知情老人死了，岂不成了永久的冤假错案了。"何锋吸了一口烟，以建议的口气，劝导陈永言说："你还是写个东西，要求大队、生产队给你解决。请焦国柱做个证明，给出路。"香儿在一旁说："永言说的对，我们从小一块儿长大的。永言管我妈叫姑婆。我们两家在一起住了多年。两家还是亲戚。队上应该给永言家出路。"香儿又对永言强调："你还是把他们找一下。"陈永言说："谢谢你们关心，我还是准备再找生产队和村上，借着他们村正在社教的机会，要求工作组给解决。"

听了何锋夫妻的一席话，陈永言深有感触："大路不平，旁人铲修"，还是群众公道，有那么多的平头百姓为自己说话，真是难能可贵。群众太好了。陈永言告辞了何锋夫妇，骑着车子，沿着朝北的公路飞驰而去。

他又回到自己搞社教工作的上清河村。他被组织派到该村第五组社教。进村已经二十天了，工作非常紧张。陈永言边走边想："我立即写信，给长田坝村社教工作组写信，请求解决房屋出路问题。"

二

深夜，陈永言在一天紧张繁忙的工作之后，坐在办公桌前伏案提笔，准备给长田坝村社教工作组写信。房东一家大小早已入睡，进入梦乡。水泥砖院和上清河村沉浸在寂静之中。远处深巷传来犬吠，小河对岸的国防保密厂传来轰隆的机器马达声、转动声。

陈永言沉入往事的回忆之中。

1988 年春，陈永言从外地调回家乡工作已整一年。他为解决自己房子出路问题，找了长田坝村的村组干部。

春寒料峭，冷风凛冽，陈永言身披朝阳的金辉，踏着银白的薄霜，回到阔别三十年的故乡。

他首先找了第五村民小组组长黄金波。陈永言的房子在五组村民住房区域内。他家房子的大院大门，也是五组掌管。要出路，就是向五组集体要。这是私人与集体的房地权纠纷。

在黄金波家，陈永言问候了他的父母。按辈数，管黄金波父母叫哥、叫姐。永言嘘寒问暖，叙谈阔别之情。黄金波一早出门到组上办公事，现在回到家里。黄金波，高高的个子，圆圆的脸膛，还是青春年轻之时。陈永言向这位新上任的村民组长做了自我介绍，谈了自己的来意和要求。黄金波疑惑地问："你家那时是五组的?"

陈永言侃接地说："没一点问题，我家初级社、高级社时，都是属第五组。我家的户口从长田坝开走时，队长是黄海福。手续是从他手里办的。他人还活着，咱们一同去问他。"

陈永言同黄金波一同来到黄海福家。黄海福的媳妇正在厨房做早饭，走出门来热情招呼客人。

黄海福年过七十，因身体衰弱的原因，虽已上午十点多钟了，他还未起床。

陈永言叫了一声姑父，黄海福将露在被窝外的头转过来，用混浊昏花的目光望了望站在床面跟前的客人，他想了想，叫了一声："永言！"陈永言说："您老人家身体刚强？我麻烦您说句话，黄金波是现在五组组长，人年轻，往日的情况不了解。我1958年从五生产队走的，当时您是咱队队长。我的户口，就是从您手里开的。请您老人家做个证明。现在年轻人都不知道。"黄金波向黄海福问了安，说："永言说他们过去是咱生产队的人，叫您证明一下。"黄海福依然睡在床上，眼望着天花板，一字一板地说："对的，咱村一般老年人都知道。"陈永言说："1958年吃食堂，我们从基督教堂搬走的。过去，我们几家都是从大院子出进。姑父是知道的。我现在找金波，就是要求生产队同意我家仍从大门出入，给个出路。"老人听着陈永言的叙述，想着过去的事情。他觉得自己有对不住陈永言母子的地方，那是时代潮流，是那时的政策，也不单怪他一队之长。此时也没有什么合适的话回答永言的，只是默不作声地听着。黄金波看到眼前的情况，心里自然清楚了。他认识到，陈永言反映的情况是真实的，提的要求是正确的。还有什么好说的呢。他和陈永言此时的心理一样，调查了解的目的已达到，不再麻烦这位病弱的老人了。他们与主人寒暄了几句，一同出了黄海福家的门，又一同去找村主任。

陈永言与黄金波一路到村主任家，村主任张志敏不在家。黄金波刚在自己家里，就对陈永言表明了态度，他是新上任才几天的第五组组长，人年轻，对情况不了解。要解决陈永言提出的问题，还得全组村民开会，讨论通过。还得前任生产队长、现时的村主任张志敏同意。黄金波对陈永言说："你个人找村主任解决吧！"

陈永言一连找了村主任两次，都未会到人。第三次来时，连大门都紧闭了。陈永言推敲着大铁门。院内寂然无声。大门外十米远的地方，一个小厢房内叫出了声音："喂，你是哪的？"陈永言对这不礼貌的吆喝声不满意，继续敲着铁门，没有理睬吆喝的人。"你是哪的，找谁？"陈永言不高兴地回答："我找村主任，我是县委党校的，找他有事，你不停地问我是哪的做啥？""我是村主任的哥哥，他出门走了，一家都不在屋。"小屋的人回敬了陈永言几句，语调里显然带着几分的傲慢和不满意。陈永言根据后来的事实证明，刚才这位好心多事的村主任哥哥，在村主任面前告了刁状，给陈永言要求房屋出路问题，设了很大障碍和阻力。陈永言从大弟媳口里得知，长田坝村的一位妇女说过，村主任夫人说："永言轻他妈的皮，他动不动说他是党校的，是党校的……"

陈永言第四次来，在村主任家会到了张志敏本人。陈永言说："我是从小在咱村长大的。1957年我父亲病逝，1958年我母亲养我们两弟兄有困难，改嫁到邻近村平安铺。咱村我还有两间房。我要回来住。前一日，为了礼貌，我给你这位一村之长写了信，你该是收到了，向你打个招呼，我一家人回来了。我们一家人吃商品粮。不会再给村里添麻烦的。你们也不要担心。我现在来向村领导反映，你的年龄只比我小三四岁，可能也记得，我们过去一直从基督教堂大院的大门出入，现在第五生产队一方掌握这个门。我们几家都从院子后出入。别的几户，都在前几年落实政策时，给人家拨了场面。而我家后门，一出门，就是别人家的墙。无出路，我还是要求村、组落实政策，让我家仍从原来地方出入。请你们村领导，主持公道，要求生产队解决我提出的问题。"

村主任张志敏，虚心地听取了陈永言的反映和要求，还在小本子上做了记录。

后来，陈永言到平安铺看望母亲时，母亲对他说："长田坝派了两个人，前几天来平安铺调查了解，问你在平安铺村买的队上两间房，还在房跟前看了的。"听了长田坝村某些人的言行后，陈永言有些生气。我叫你们把我原来基督教堂房屋的出路还给我，恢复历史的事实。我在别处买不买房与你们何干？你们派的啥人，调查的啥？我在长田坝的房子，主权是我的，受《中华人民共和国宪法》保护。我要回去住，谁能挡住？我只是回原房子住，又不在你长田坝村要地基，再修三间、五间。我一家人吃商品粮，在县城工作，在单位住，又不在你们村落户。你们何必管这么多！

陈永言后来又找过五组组长黄金波。黄金波态度生硬，在陈永言家的大院，也就是现在第五组保管室院子内对陈永言说："你的要求不得行，群众开会不答应。生产队的保管室在院子内，放的公共东西，安全问题重要，东西丢了咋办？大院内有温室，每年全队四五十家的秧苗在这里育，别人怎么能从大院出入？你不服的话，就去法院告状去！"

陈永言听了后，觉得再插不上言，没有再要求的必要。心里十分气愤。这么不讲道理，把人就讹了。以集体的名义就把人卡住了？个人的利益就这样的不值钱？1958 年的共产风、平调风的极左路线的余毒，时至今日八十年代末还不能被清除，真是令人愤慨！

陈永言又去找了村主任张志敏。张志敏说："你家房子出路当时划了的，是当时生产大队长把几家出路划到房后学校操场上，每家直出直入。你母亲知道。你们的出路，叫人家黄昌富家修了房。这怪你几十年在外工作，没守住的原因。听说黄昌富的家里人，就是你姐姐，你要出路，就去找你姐姐。"

为此事，陈永言也几次问过黄昌富。黄昌富实际是自己的妹夫。他家属是永言的妹妹。未成年时，就到黄昌富家去的。黄昌富修房，是用自己的自留地同村学校调换的地基。并不是占用陈永言的。况且陈永言是当事人，从未找过村上，怎能说村上给他划了出路。况且历史事实是，他家的出路在大院，房后并没有他们的地基。永言的母亲是出嫁了的人，不是房屋的主人，怎能随便做儿子的主，把房子主权让给别人？

陈永言反复推敲考虑，村组干部不愿答应自己的要求，有的村民又不愿意自己一家人从基督教堂大院通过。现在就是同意自己一家从大院出进，经常惹一些不明事理的村民争争吵吵，发生磨擦纠纷，呕些气划不来，况且房子太陈旧，东倒西塌，眼下正在供三个孩子上学，经济拮据，无能力维修，放一步再说。有理走遍天下，事实胜于雄辩。谁也把我讹不了。决定不再找村组了，把这事暂时放下，以后再说。

三

陈永言自己也没有料想到，在1988年找村、组解决房屋出路的行动后，村上、组上的群众有主持公道和正义的，像焦国柱等人，为自己打抱不平，说公道话，出头证明。有这么多的好群众同情自己，在背后为自己撑腰明理，永言深受感动。他又受到正义力量的鼓舞，又振奋了精神，来了劲头。决心借这次社教的东风，又要成为基督教堂大院的主人之一。不然再过一半年，在暴风雨的夜晚，房子倒塌，连累了妹夫家、香儿的嫂嫂家的房屋，不但自己房屋没有了，财产受损失，还得给邻居赔偿损失。房屋没了，还有什么物证，足以证明我是长田坝村的人呢？永言越想越觉得问题的严重性、必要性、紧迫性。自己一家五口在单位只住了一间半房子。又没在城里买到房。修房又没钱。大儿子高中已毕业，二十一岁，眼看着要接媳妇安家。没房，怎么行？尽管社教工作繁忙，任务重，纪律严，但还得重视此事，花费情力，千方百计，办妥这件事。

永言经过深思熟虑的分析筹划以后，给长田坝村社教工作组的信草稿已经写好。他又修改了两遍，工工整整地誊抄了两封。一封给长田坝村社教工作组、长田坝村村委会；一封给五组社教工作队员。

陈永言从手中的县社教办公室文件中查知，长田坝村第五组社教工作队员叫黄德宽，是县政协干部。陈永言回想，自己曾见过黄德宽。1987年自己同党校另一教员，搞社会调查到县政协，在一起开过两天会。黄德宽是20世纪60年代的中专生，现在是四十六七的人。那人很好。这是个好机会，说不上他还会乐于帮忙的。陈永言给黄德宽的信，内容如下：

尊敬的黄德宽同志：

您好，工作忙？

我叫陈永言，男，47岁，党员，清江县县委党校教师。

我家原住长田坝村第五组"基督教堂"。这是解放后土地改革改给我们的房子。两大间，一小间厢房，两间牛圈。我父亲叫陈清常，小名常生，1957年病故，当时基督教堂院子还住着焦秉义等三户人家。都从院子的大门出入。1958年吃食堂，刮"共产风"搞平调，生产队把我们几家房子占了。叫我们搬到别处居住。落实政策后，焦秉义家搬回住了。队上将院后学校操场给他们划拨了出路。不再让任何一家从大院大门出入。因我长期在外上学、工作，对我家住房出入未同队上讲清。长年来只从一个小后门出入。现在，我家后门前是黄昌富家修的房，紧挡在门前，无出路。我要求长田坝村社教工作组和村委会给我解决这件事。我已经给他们去了信，并望你，作为第五组社教工作干部帮我解决此事。

1988年春，我找过第五村民小组组长黄金波，要求解决此事。有人说，队上每年在院子育谷芽，怎么能叫你从院子里过。我还把黄金波叫上，同1958年吃食堂时让我们搬家的生产队队长黄海福当面作证、说明了。他们说，队上曾经在我后门上划了出路，"直出直入"，是黄昌富家不该修房占用。此话不合道理，我家后门外的地面，是大队学校的操场，是大队所有，生产小队怎能有权给我划分出路地界。我还是要求从我们原来的院子大门出入。但现在院子和大门，只由第五组单方占用。我家如今前无路进，后无路入。此事的证明人，可找焦国柱，他是五组村民。1958 年吃食堂时，是生产队的副队长。

你是第五组社教工作干部，请求你帮我解决此事。我将感激不尽。

致礼！

清江县县委党校教师

清河乡上清河村社教队员　陈永言

1991 年 3 月 23 日

四

长田坝村第五村民小组工作队员黄德宽很快收到了信。印象中，他能回忆起写信人。对写信人的情况境遇产生了同情、怜悯之情。作为驻第五生产队的工作队员，他有责任解决这件事。

为群众办实事，解决历史遗留问题，这也是社教的任务之一。作为一名共产党员，工作多年的干部，有这一良知和觉悟。于是，他开始了大量细致的调查研究工作。

黄德宽来到黄志发家。黄志发家也是个大院子，大门与基督教堂大门一样，朝着东。与基督教堂只是一墙之隔。黄德宽来了解情况，因为黄志发家与陈永言家是邻居，知道的情况多。黄志发是村上干部，担任出纳。现在到田坝做农活去了，黄志发的妻子凤仙热情地招呼黄志宽："老黄，请到屋里坐，今天还看得上到我们家坐一会儿。"黄德宽满脸笑容地说："无事不登三宝殿，黄出纳不在家?"
凤仙说："吃过早饭后，到田坝做活去了，来，抽烟。"女主人又提
来热水瓶为客人沏茶。黄得宽接过茶杯，点燃了香烟。和蔼地说：
"老嫂子，请坐，我向你了解个情况。""好得很，有话尽管说。"这
位五十多岁的女主人是个心直口快的热心肠人。她端过来一只小凳
子，坐在一堆青菜边开始择菜，仔细地听着黄德宽的讲话。黄德宽
问："你知道陈永言吗?"凤仙从地下捡起一颗菜，拍打着泥土，捡
出黄叶子，朝黄德宽望了一眼说："咋不知道，他从小在基督教堂长
大的，同我们是邻居。初级社、高级社都是一个社，在一起做活。
他把我们叫哥哥、嫂嫂。""那他家真的是第五村民小组的?""是
的，他们也属五组。"黄德宽又问："基督教堂有他们几间房?"凤
仙说："他们的房同我们的厨房紧挨着，紧贴着院墙。原来人家房
多，两间上房，一间厢房，两间牛圈。两间牛圈房，1958 年时，倒
了。现在是一片闲地，还有一间大房，六几年困难时期，永言的妈
硬是卖了。"黄德宽问："现在还有几间?"凤仙说："一间大房，一
间厢房。再就是倒了牛圈的两小间地基。"黄德宽问："把那两小间
地基修成房，住一家人，还是宽宽绰绰的吧?"凤仙说："没问题，
永言一家人是居民户，又没柴柴草草，又不喂猪喂牛。人家全家人
回来住，没问题。"黄德宽说："听说黄昌富家屋里人是永言的姐
姐?"凤仙将一把择好的菜丢在大笼子里，从地上又捡起一颗，说：
"永言大，黄昌富的家里人小，是妹妹。不是亲兄妹，两个都是从小
抱人家的。""啊?兄妹俩都不是陈家亲生的。"黄德宽惊愕地问。
凤仙说："听说永言抱来时，小得很，才一岁。这娃命苦得很，一岁
时，前一月把父亲死了，后一月把妈死了。饿得皮包骨头，他外婆

家才把永言给常生叔叔家。旧社会嘛，有几家日子过得不辛酸？永言抱得小，陈家给吃奶长大的，只是没有生一下，跟亲生的一样。"

　　黄德宽一边抽烟，一边喝水，仔细倾听凤仙的介绍。凤仙说："永言的爸爸，一辈子是个勤快厚道的人，很讲义气。1956 年的一天，给黄家井一家帮忙。人家接媳妇，他是厨师。主人宾客正在热热闹闹的时候，突然间，伙房一面墙哗啦一声倒塌，把永言的爸爸埋在土墙之下。一院子的人一齐动手扒土、搬墙，半个小时才把人扒出来。内脏塌坏了，躺在黄家屋里治疗。两月后，常生叔拄着棒棒回到基督教堂自己家。从此，人就成了废人。耐到第二年春上，人就死了。留下孤儿寡妇一家子五口人：永言妈、永言，永言的妹妹、永言的大弟弟才四岁，小弟才两岁。多凄惨呀，多寒心呀！几个月后，永言的小弟弟出麻疹，把娃殁了，才两岁多。娘们伙守着夭折的娃娃，哭了一整夜！这一家人可是难活得出来了。永言的妹妹后来叫人家的三言两语逗弄走了。才十三岁，就给到黄昌富家做未来的媳妇。永言的妈，妇道人家，咋着才能将两个儿子养成人？永言的妈出于没法，咬着牙，才改嫁到平安铺。二儿子改了姓，过继给了继父。永言由人家抚养成人。没想到，永言是个有心、有出息的娃子，吃菜咽糠，挨饥受饿，读书用功，考上了大学，参加了工作，我们看着永言长大的。永言母子们遭孽，我们在一个队劳动做活，照护着他们。永言十二三岁，跟我们一起栽秧、拨草、割麦、修水利。我们把他像小弟弟一样看待。永言家房是土改的，人家本来就是走大门。他们的后门，是永言爸爸死了，娘们伙觉着屋里阴森，才开的。也是为了在生产队做活方便，走个捷路。后门外，是大队学校操场。永言现在回来要求走基督教堂大门，是合情合理的。

后门外他妹妹家修了房子，墙堵着永言家的门。永言一家人从哪出从哪进？队上不应该卡人家。人要讲天地良心，要按理做事。五队的人，哪一家不知道这情况。群众有啥意见？还不是个别干部做怪？要不得！"

凤仙，这位不识字的、纯朴厚道、主持正义的农家妇女，深情有理、声情并茂地滔滔叙述，深深地打动了黄德宽这位具有良知的共产党员的心。这位农村大嫂的朴素、生动、真实的介绍，像一股股春风拂过他的脑海，掀起无限悲悯、同情的波涛。一股正义的、维护真理、尊重历史事实的勇气、精神在心头升腾着。这也许是他多年从事人民政协工作，为共产党做统一战线工作所养成的品质和作风。他决心把这件历史造成的、人为的公私财产权纠纷处理清楚。如果连这样一个是非清楚明摆着的问题都处理不下来，怎配当一个社教工作队员？怎堪称一个共产党员？那自己将无颜回单位见领导和同志们，人们会嘲笑自己无能、昏庸！

黄德宽怀着感激的心情，再三感谢了女主人，他带着复杂的感情、充满成功的信心，踏着坚定有力的步子，离开了村干部黄志发家的大院。

广阔的田野，从长田坝村边，向南向东延伸，一片良田沃土，平展如砥，临近秀美温柔的汉江之畔。

风和日丽，春光明媚，麦苗绿油油的，遍田野青一色。一块连一块的油菜碧绿蓬勃，生长旺盛。一派生机盎然秀丽的壮美田园图。三三两两的村民，在田间地头耕田、锄草、整地。

听说焦国柱老汉到责任田里整秧母田，五组社教工作队员黄德宽来到田坝，找焦国柱了解情况。

　　焦国柱老汉正在田里打土坷垃，干得满头大汗。棉袄脱了放在田坎上。

　　"老年人，勤快得很，秧母田都整理好了。"黄德宽远远地就跟焦国柱打招呼了。"老黄，你还到田坝看看！谷雨过了，快清明节了。育得秧苗了！庄稼人要按节令做农活，哈哈哈……"老汉丢下手中的木锤，取来旱烟锅子和烟包，笑着走到黄德宽面前，伸手递过去，说："来，吸一锅旱烟。"黄德宽连忙摇手："谢谢，我咬不动它，烟力太烈太猛。"随手从口袋里掏出香烟盒抽出一支给老人。

　　焦国柱把旱烟锅挥了挥说："我吸这个，习惯了，吸纸烟不过瘾。"他打燃了打火机，给黄德宽点火，自己又叭叭嗒嗒点燃旱烟。唇边滴出涎水。

　　黄德宽拿起放在田坎上的锄头，用锄背敲土坷垃。焦国柱连忙阻止，让他休息。黄德宽笑着说："干一会，没事。"像碗大小的土块，在锄头下粉碎，扬起黄尘。黄德宽一边做活，一边说："老年人，我是问陈永言家房出路的事，请你谈谈。"

　　焦国柱停住木锤，从嘴上取下烟锅，问："你是问平安铺的那个陈永言吧，他现在在咱们县城工作。""就是他，他们原来住在基督教堂，"黄德宽又补充说明了一句。"基督教堂的陈永言，知道知道。上前年人家为出路问题，找过村上、组上。这事我知道。人家是基督教堂的老家老户，从大门进大门出。队上不答应人家的要求，确实不对。实际上，我们组大多数群众，还是同意人家走老路。不给人家出路咋行。为人是一理，将心比自己。组上应当给永言解决。"焦国柱又猛吸了几口烟，把烟袋在木锤把子上"咣、咣、咣"敲了几下，装在上衣口袋里。又继续给黄德宽介绍："唉，二三十年了！

永言家房子出路，说起来话长。还是 1958 年吃食堂的事。永言的妈，一个妇女家，靠挣工分养活两三个娃子，难呀！生产队要吃食堂，逼迫基督教堂几家人搬走。永言家和焦秉义家，叫住在黄启智家的磨房。这是作贱人哩，房又脏又小，咋住得成！还不是命令风、共产风！队长一声令下，你敢不服从。我那时是五生产队的副队长，队长是黄海福。生产队的又得听大队干部的指挥。也怪不了哪一个人，那时的政策、气候就是这样子。胳膊哪扭得过大腿。把你一家两家人算了个啥？男人们、青壮年都派到大巴山深处，大炼钢铁。老汉家，妇女小娃在队上收割谷子、种麦、深翻土地、放卫星。不做活，食堂就不给打饭。吃饭时，每家拿个饭盆，按人数给打饭。来个客吃饭，提前要给生产队食堂登记。有时，放一两天假，集体停伙，给每家按人称几斤粮食，在自己家里做。永言家和焦家，在屋子两角各盘一口锅。两家的睡房很窄，只能支两张床。"

　　黄德宽打土块，出了一身汗。他脱去外衣，脱掉一件毛衣。又挨着焦国柱继续打土块，听焦国柱的讲述。陈清常病死后，陈永言娘们伙可就遭孽得很。家里失去主要劳力。就靠永言妈劳动挣工分，怎能养活一家人？不知道啥原因，永言家被生产队干部翻箱倒柜地盘点了一回。说他们的错误是屯积余粮，不爱国。队长黄海福带了两个人黑天半夜气汹汹地进了永言家。堂屋、睡房、楼上，挨着搜了个遍。把所有的小麦、谷子、大米、苞谷搜出来，倒在堂屋中间的两个簸箩、几只竹笼子内，全部过了秤、登了记。总共四百多斤，只给娘们伙留下一百斤，其余的全部挑到国家的粮管所，卖成"余粮"。不然就要开会批判永言的妈。娘们几个抱头痛哭，永言的妈哭天抢地，边哭边咒骂死去的丈夫。不该把她们娘们伙留在世上受罪受欺负。娘们仨哭了一夜。第二天，一个个眼睛肿得像桃子。邻居只能悄悄劝导几句。永言妈流着眼泪，把粮食卖给了粮管所。还不是认为人家没男人，孤儿寡母好欺负！要不得嘛！队上还有谁家被搜查过？没有嘛！

永言娘们伙，吃饭紧巴巴的。吃盐照煤油没钱买。日子过得艰难得很。队上人关心他们在信用社贷了五元钱，在集市上买了一个猪娃，喂大后，变点钱。没料想喂了一月后，猪娃得瘟症死了。你看倒霉不倒霉。永言妈坐在村边放声哭了一下午。

娘们伙在队上做活，工分被压得很低，常常遭到别人的白眼。

有一天晚上，全生产队人出村到汉江河边，挑灯夜战修水渠。有的人用镢头挖土，有的人用锄往土箕里上土，有的挑土，往渠坎上倒。人们在微弱昏黄的马灯下干活，有说有笑，热火朝天。陈永言往土箕里上土时，不注意，锄把把身后的一个中年人打了一下。打在那人的腰上，确实有些痛，那人火了。"碎怂东西，顾前不顾后，把老子腰杵断了。"陈永言道歉："对不起，兴华哥，我不是有意。""你要是有意，把老子杵死了。"永言的母亲走近问明情况后说："兴华没见怪，永言是小娃子，没出息，你受了痛，没计较！"兴华还是怒火未熄："像人不像人，就来挣工分，有锄把高吗？"永言妈觉得对方的话缺理，说："哪个人不是从小娃过来的，他挣不挣工分，挣的是队里的，有啥不是！""呸呸呸"兴华连吐三口唾沫说："没有劳力了就算了，把这一扎扎（方言，这里用来形容人太小）高的人弄来害人。"永言妈也不示弱："谁害人来！他不是有意打你。我们没劳力，你们有劳力，你就这样势量人？人的后脑勺摸着看不见，谁也料不准前头的路是黑的还是白的。"兴华的话更尖刻，更难听了。永言妈气得不行，抓住永言又打又扯、又哭又骂，气得像发了疯一般。人们上前劝说，拉她护永言，总是阻挡不住。十三岁的永言和他妈，哭哭啼啼，流着眼泪，跟着大家夜战到深夜散工。回到家，娘们伙又抱头哭了半宵。这件事对永言妈刺激太大了。她本想苦守住这个家，给陈家把门面撑起来。种种事实使她无能为力。一个女人的力量太弱小了。孤儿寡母要活得像人，不容易呀！

永言娘们伙住在黄启智家磨房，还是住不稳，生产队又叫他们和焦秉义家搬到别处住。叫永言娘们伙，住在一间阴暗的房子里。零零碎碎的破旧家具，两张木架子床，一件一件地搬过来。屋内窄小，过路困难，连锅灶都没地方盘。娘们伙住在里面凄凉恓惶。永言妈又伤心落泪，无限惆怅。娘们伙常受人欺负，无依无靠地生活。尝到了人间人情的冷酷，逼迫永言妈铁心改嫁，找个人当靠山。同情弱者，怜悯女性，体贴孤儿，这是中华民族的传统美德。乡亲邻居们，非常关心永言娘们伙。好心的人们劝说永言妈，带着两个小娃离开长田坝村，出嫁到邻村平安铺。永言的继父，是当时中国大地上最小的执政长官——一个生产队的副队长。

永言的继父是憨厚、勤快的庄稼汉，供永言上初中、上高中。永言娃子有出息、有志气，考上了大学。大学毕业后，参加了工作。他继父够仁义的，又给永言接了媳妇，成了家。永言后来又把媳妇接到千里之外的工作地点，媳妇也参加了工作。一家人一直在外工作，很少回家乡来。

永言娘们伙从长田坝村走了。过了些年，落实政策，没有人敢说基督教堂的房不是人家的。大队又在内面办学校。后来，永言妈又叫别的人家住。1961年困难时期，永言妈看到一家人靠永言继父养活，没啥吃，干菜树皮都吃光了。只有以永言弟弟的名义，把一间有木楼的房卖给了黄昌富家，也就是永言妹夫家。永言妈用卖房的钱，又买了一袋红苕干，还有半袋萝卜丝，救了一家人的命。给永言留下两间房。

听了焦国柱的讲述，黄德宽心里沉甸甸的，不是滋味。他为永言娘们伙的命运同情、怜悯，一种正义感从心头涌起，周身产生了力量，一个决心定下了。

五

要求"基督教堂"住房出路，勾起了陈永言对童年的美好回忆。永言的孩提时代是在长田坝村"基督教堂"度过的。这是一座四合天庭式的院落。大门朝东开。大门雄伟高大，十分气派。它不但是一面门，而且实际还是一个亭阁。两扇大门有五六尺宽，花岗岩石门墩。门两边各有两个砖柱子，砖柱子之间是雕有花纹图案的平面。门顶上是浮雕图案。最上端是两座小尖塔，尖塔之间是个月牙状的造型。整个大门有一丈五尺多高。站在村前的田野里，远在二里之外，都能望见它的雄姿。大门的亭阁，有半间房大。三面有柱头，有格子门。既能开关，又能拆卸掉。柱头、门扇、檩木都是雕龙绘凤。亭阁三面砌着花岗岩的石条。大院子是用方砖铺成的，开阔平坦，青灰色的，给人一种美好舒畅的感觉。院子的上房，也就是正房，有六大间。格子堂屋门，雕花绘朵的窗子。有宽绰的檐庭，挺立着两根圆木柱。檐庭的地面是方砖铺成，青灰色的石条檐坎。大院的两边各有三小间厢房。整个院子结构紧严，造型大方美观，宽敞清雅。

永言常听老人们说，这房屋的修建者，小名叫"闷娃"。老两口是个勤快、节俭、朴实的庄稼人，耕田种地，织布纺线，担柴卖草，打草鞋卖。积攒了多半辈子，盖了这座院子。是当时二百多户人家的长田坝村首座很气派的建筑。后来由于儿子常驻外县县城开店铺做生意，生意兴隆，资本很大，一家人全住在那里，成年累月不回家。这座院子闲置无用。后来主人干脆将它卖掉，一心一意在外县做生意。只留了院子南厢房的两间，以供老婆婆每年返回故乡清静一两月。买房的人是"基督教会"。传教士是西方洋人，听说是意大利人。永言幼儿时见过这些叫作"神父"的人。花白的卷曲头发，尖尖鼻子，蓝眼睛，白中泛红的脸色。长袍子式的奇怪衣服。吃饭用的是刀刀叉叉。厨师把白生生的蒸馍切成片，撒上白糖……神父们常常带一两个侍从，到五里外的汉江河边、小河口，用步枪打大雁、黄鸭。常常是满载而归。或两三只，或四五只，这些猎获物十分肥壮，比大公鸡、肥母鸡还重。肌肉丰满。通体毛茸茸的，羽毛柔软蓬松、暖和。特别是黄鸭，有金黄色的、碧绿色的羽毛，很好看。永言常和小伙伴们，同大人们围着观看，啧啧咂舌。这些猎获物，是侍从用木棍抬回来的，放在檐庭的砖地面上。人们夸赞、观看之后，厨师为神父做成美味佳肴，供他们享用。

永言家没有房住，爷爷一辈子穷困潦倒，连女人都娶不上。中年时，从焦家户把永言父亲抱过来，作为儿子。父亲除种自己的一小块地外，还租用基督教会的田地种着。农闲时，常为"基督教堂"帮忙做零活。教会请了个账房先生，姓魏，是外县人。他见永言父亲年轻有力，聪明勤快，为了使唤方便，守护基督教堂财产，就叫永言一家四口搬到基督教堂住。搬家时的情景，永言还记得一点。他当时大约有五岁，拿不动大件东西。只搬得一个木墩子，是灶前烧火时坐的，代替凳子。永言家住在院子西南角，有两间上房、一间厢房。后面连着厕所、牛圈。这间厢房，实际是给神父做饭的厨房。永言还记得，每年夏收、秋收后，魏先生拄着文明拐杖，引着几个小伙，担着箩筐，到租佃基督教堂田地的农户家，挨着收粮。收来的粮食，就放在永言家住的房子的木楼上。储粮工具是大木仓；长方形的大木框，一层套一层，能接七八尺高。还有几个荆条编织的囤子。北厢房是教堂，三间房是敞通的。每到一定时间，四面八方的信徒，都来听神父讲经。这些信徒都是农民，信奉基督教。神父穿着礼服，给信徒讲经。基督教徒们，全部跪在长凳子上，表现非常专心虔诚。凳子不高，只是六七寸高。教堂内肃穆庄重，非常神秘。开始和结束，都打响手摇铜铃，以作信号。

解放后，人民政府没收了基督教堂的房产，将田地分给长田坝村百姓。永言家也分到了几亩田地。政府把永言一家住的基督教堂房屋，仍分给了他家。永言爸爸，还被土改工作组物色为积极分子。成分定为贫农。基督教堂上房正中两间，分给了贫农焦秉义一家。西北角的多半间房，分给了一个单身汉，他叫宝珠。焦秉义和宝珠两家之间的一间上房，和北厢房三间，未分给群众，作为公房备用。这间上房和一间厢房客住了一家姓焦的三口人。老两口，一个成了人的幺儿子。他们是因给三个儿子分家，房子不够住，租用了这两间房。北面还有两间厢房，乡政府在这里办了个夜校，叫速成识字班，常组织村干部、民兵和积极分子来上课。有时还在这里开会。

为了方便，在房后，朝北开了个门。南厢房是原房主人"闷娃"家的，老婆婆让给了叔伯房的另一对老两口住。这老两口也是因为给两个儿子分家，房子紧张，才住来的。

焦秉义家分得房屋，住进基督教堂，院子大有生气了。他家有七口人。焦秉义是上门女婿，原姓王。焦家没儿，只有一个女儿。焦秉义的岳父是两弟兄，他岳父为老二。老大一辈子未婚娶，跟着老二生活。两个老人都已是七十多岁的人了。焦秉义夫妇已有四十岁了。焦秉义夫妇多年未生育过，焦秉义把自己外甥抱来做儿子。名叫金贵，后来又接连生了两个女儿。二女儿叫香儿，就是给下坝村何锋的。当时，永言有七八岁，金贵比永言大一岁。香儿同她姐姐只有三四岁。永言爸是抱焦家户的，论辈数，永言把焦秉义叫姑爷。金贵比永言高一辈，永言还要把金贵叫表叔。永言同妹妹、弟弟与金贵、金贵的妹妹们，经常在一起玩耍，给基督教堂增添了生气。住在南厢房的黄家，大儿子跟前的女儿、儿子、二儿子的女儿要是都到基督教堂来，就更热闹了。焦秉义家土地少，劳力也少，每年口粮不够吃，还靠焦秉义以力气做些小生意，弥补不足。永言家比较而言较富裕，常有余粮。两家大人相处得不太融洽，经常意意思思的。永言的爸妈同院子西北角客住的焦家相处和睦。特别是焦家的幺儿子识字达理，很懂事，常在永言家串门。单身汉宝珠在屋后开了个门，单另走，不从大门出进。其他四户人家，都从大门出出进进。夏季，四户人家的麦子，就在砖院子内打完扬净、晒干；秋天的稻谷，就在院子里脱粒、晒干。各家都自由自在地过着自己的日子。从来没有吵过嘴，闹过架。南厢房的黄家，还喂着一头公牛，很雄壮，还打人。永言常见了害怕，躲得远远的。永言家同基督教堂门前坡下一家，合喂了一头母牛。每家喂养半年。永言上半天去下坝村的"姑姑庵"上学，下午牵着牛到汉江河滩放牛。生活得很谐意幸福。在广阔的草场上，常同几十个伙伴捉迷藏、做游戏、打扑克，玩耍得很开心。

永言清楚记得，南厢房住的黄家老两口都已七十多岁了。黄婆婆的娘屋母亲还健在，有时在黄婆婆家住几个月。那个老太太有九十多岁了。还给纺线。只是满口没牙了，下巴不停蠕动，好像总是在吃东西一样。黄婆婆老两口很有趣，各自都七十多岁了，还吵架。有一回，他俩吵恼了，那个爷爷动起武了，用锄头把儿打黄婆婆。黄婆婆气极了，放死抱腿，扑前扑后撕扯黄爷爷。许多人拉架，都拉不开黄婆婆。

永言的童年，正赶上刚解放。人民丰衣足食，安居乐业。父母又年轻勤快，日子过得很富裕，很顺心。永言的童年可以说是幸福的、欢乐的。基督教堂给他留下了美好的印象。他同基督教堂有永远割舍不了的美好感情。可想到眼下，20世纪90年代的今天，院子不能进，大门不能出入，后门外又是堵着别人的房，这样的环境，怎能叫人回故乡居住？永言的心里充满矛盾！

六

为留下基督教堂房屋，阻挡母亲卖掉，永言同母亲意见不一致，发生过矛盾纠葛。

那是1962年春天的事。永言在本县第二中学上高一。每周星期六回家，母亲总要给永言讲些乡村里关于房子问题的传说。说什么

166

"每家人只能住三间房，不准多住"，"每人只能有半间房，咱们家的房不能超过三间，多余的房国家要没收"，"以后政策要变，私人的房都要被公上收去，按人多少分给"，等等。永言似懂非懂，不解母亲讲话的意思。后来的事实和母亲的做法，永言才完全明白，母亲是在为卖掉长田坝村基督教堂房子造舆论。永言被蒙在鼓里，啥也不知道，母亲想卖掉基督教堂的房，起心已大半年了。

又是一个星期六。永言又从学校回家了。母亲对永言讲："家里困难的要死，日子无法过了。米没有了，面没有了，只有一大笼子红萝卜，全家五口人，没啥吃，正是二月间，青黄不接。家里什么办法都想尽了，解决不了度饥荒的事。你爸爸一人，累死累活，也养活不了这一家人，妈真是作难。"要睡觉的时候，母亲很开通大方地给了永言五元钱说："永言，你在学校上学没钱，这钱你拿去上伙吧。"永言执意不要。提出每天跑二十里路，只回家一趟，吃一顿饭。万般无奈，母亲才把实话说出。前天，她通过陈家的两个伯伯、一个娘娘做中间人，把长田坝村基督教堂房卖了两间。永言瞪着惊异的眼睛望着母亲，立即问："卖给谁家了？"母亲小声说："黄昌富。""黄昌富"？永言重复了一遍。心里想，又是他黄昌富，他们把我妹妹逗弄到他家去，现在又把我们房子搞去，真是欺人太甚？这口气怎能吃得消？不行，怎能把房子叫他们搞去，不卖。他又看了看母亲浮肿的青黄如菜叶的脸，两行晶莹的泪水从母亲红烂的眼眶流下，经过两颊。突然间，他心软了，喉咙哽住了，欲言又止。没有粮食的生命危急关口，形势困难的环境逼得母亲万般无奈，走投无路。除此之外，再无生路。永言把悲愤、痛苦全咽到肚子里了。

这天晚上，永言睡在床上，辗转反侧，翻来覆去，久久不能入睡。脑海翻腾着万般波涛，难以平静。

第二天清早，母亲起来煮了一碗萝卜条，叫永言吃了。永言带着那五元钱上学去了。

永言从兴乐镇路过时，在街上遇到了舅母。永言把母亲卖掉基督教堂两间房的事告诉了她。永言舅母有三十多岁。虽是农村妇女，不识字，但为人处事，十分能干。永言舅舅是干部，在外县工作，家里就是舅母当家。舅母当时发了火："她凭啥卖掉你的房子，她是出了姓的人，她心没起好，想把你的窝巢戳掉，不行，卖不成！"永言为难地说："钱都给了，我妈把二百元都用了，买了一袋干红苕片，半袋萝卜丝，一家人靠这度命。"舅母怒目圆睁地问："卖的哪两间？"永言说："靠南边的两间。""连牛圈、厕所的地基也卖了？""嗯，共卖了 400 元钱。"舅母半嗔半怒地批评永言："你娃心闷着哩，十七岁的人了，还不会想事情。靠南边，又有两间房的地基，又要卖掉两间房，只给你留了一间，出不得出，进不得进，看你娃将来在哪住？一个外甥半个儿，外甥没成人哩，舅家就要过问、干涉。无舅不生，无舅不养，我当舅母的，为你做主。你胖老婆妈要卖你的房，不行，你回去，叫你妈把钱给人家退了！"

永言回到家，把五元钱还给母亲，并说："妈，你咋不给我说一声，就把基督教堂的房卖了。我长大住哪里？那是我的窝巢，我陈永言的爸爸活了一世人，我还得给他顶门立户。400 元钱，太便宜了，光两间房的瓦卖了，就能值 400 元钱。一个二两重的馍，街上还卖一元钱。一个熟红苕还卖一元钱。你们是叫黄昌富家欺哄了，黄昌富的大哥是长田坝村的党支部书记，依仗职权势力，把咱的房一强二逼地搞去。不行，房子不能卖。你们把钱给我，我去找陈家户的两个伯伯，他们当的啥中间人？想从中得利，谋好处。"永言母亲和永言继父，像做了亏心事一样，觉得对付不住永言，你望望我，我望望你，不言语。

母亲还是把没有用的钱，全从箱子里取出。共计二百二十元。十元一叠，十元一叠，垒了很高。永言揣了钱就往长田坝村跑。

永言来到一个叫"娘娘"的一家。冲着伯伯、娘娘愤怒地说："我的房不能卖，你们作为我的长辈，怎么能做出这种事情，能把侄儿的房子卖了，你们对得起我死去的爸爸吗？他同你们是亲亲的弟兄，你们竟然能当卖房的中间人。这是二百二十元钱，你们退给黄家。还有一百八十元，过几天再还。"永言一边说，一边从怀里掏出钱，在身旁的高方桌上一放，震得"咚"地一声响，桌上的东西都跳荡着。伯伯娘娘们理屈词穷，无言以对，羞红着脸，只是给侄儿赔不是，永言怒气冲冲地走了。

永言怀着极大的悲愤，来到长田坝村基督教堂。大门被生产队紧锁着，进不去。他只能推开点门，从门缝里望望熟悉的砖院子、自家的房子。心里十分悲伤难受。他又绕到院子后、自家的后门前。气愤、怒火、怨恨，像火山爆发一般，从永言心头升起，冲出喉咙，高叫着，狂骂着。他像泼妇骂街一般，不可遏制，一声紧接一声。只是没有跳。"这是我陈永言的房，是共产党改给我的房，哪个人有胆量敢住我的房？谁的票子有多大，买我的房，我以后住哪里？哪个狗东西敢来住我的房？谁想把我的房弄去，休想！我是房的主人家，除了我，谁也没有权利卖这房！"永言又哭又骂，声泪俱下。他的行动言语，简直是情不自禁，不由自主。他想借着叫骂，发泄自己心中的气愤，也是示示威，造一造舆论。这房不经他同意，别人休想随便买去。给有关的人报报信，亮亮耳朵。

　　房前屋后的人们，听到叫骂声，露出头听听，静静地看两眼，明白了情况，躲身不见了。永言在叫骂中，看见黄昌富家有人也出来听了、看了。永言哭叫了二十多分钟，才离开基督教堂。

　　中间人被陈永言找了麻烦以后，又担心又怕，急忙找买主——黄昌富的大哥，村党支部书记。黄昌富家是三弟兄，只有四小间房。分家后，老三没处住。黄昌富的母亲六十岁，跟黄昌富生活。他们弟兄三个合计，把岳母哄转，以买立言的房为名，把房搞到手，让老三娘们三个住。中间人及时把情况反映给黄老大。黄老大弟兄三个，又会同亲邻，加上两个中间人，商量对策，千方百计要把基督教堂的房买成。他们家住了一个脱产干部，是管理区（即乡政府）下来的。支书给做了些工作，也来为他们买房帮忙出力。他们又趁永言上学不在家，又去教唆永言母亲。又是欺哄，又是威协，农村妇女，被人家的几句话把心说转了。永言母亲又想到，救人命要紧，又把200元钱买了吃的，当时没钱还人的。得点就比掉点强。永言舅家来干涉，我又没卖永言的房，卖的是老二立言的房。老二人还小，等他长大了，就是他继父的儿子，现在的房是现成的，将来有他住的，永言母亲卖房的决心下定了。

　　黄老大派人多次做永言母亲的工作，包括派陈永言的两个伯伯和娘娘这几个中间人在内。给做工作，做通了，这几个中间人，在前几天给永言母亲付400元房钱时，就得到了黄老大给的中间人红包，每人最少也是20元。他们几个为了不给黄老大退红包钱，做蚀本生意，因此都卖力，千方百计要把房买成。他们认为买卖本来是做成的，现在达不到目的，是因为永言阻挡，这就是民事纠纷。他们名正言顺地请驻队干部和村调解主任来处理。不言而喻。调解主任是向着支书说话的。他们通知永言某月某日早晨，到长田坝大队部来调解卖房之事。这天是个星期日。虽然是春天了，但早晨白霜满地、寒风凛冽。永言冷得浑身发抖。脚上的布鞋早就露出了大脚趾，鞋底子磨出大洞。连袜子也没穿的。前几天，永言又把听到的情况反映给舅母。舅母对他说，你母亲卖你弟弟的房，你无权挡，但是靠南边的两间不能卖，要给你留下。永言记着舅母的叮咛，参加了在大队部召开的上十个人的"调解会"。

大队部是在一个庙宇里。调解会在上屋两间敞屋里开。来的人坐在高板凳上。人们挨着三面墙，坐了个"U"形。有那个驻队干部，有支书黄老大、黄老二、黄老三，有两个大队调解员，都是五六十岁的老头，有那两个中间人，永言和母亲在场。不知怎么回事，永言的妹妹也来了。

先是支书发言，后是驻队干部发言，都是说的买房手续合法，永言不该阻挡。两个调解委员发言了，语气更尖刻，针对永言而来。这内中一个调解员，永言还把他叫"干爹。"此时他也不认面前的"干儿子"了，为亲家母——永言的母亲说话。实际是为支书帮腔。另一个调解员，满嘴的牙掉了，上下嘴唇凹进去了，留着山羊胡子。他的发言义正辞严，直接指名批评永言不对。说什么永言的父母养他们几弟妹不容易，永言母亲有权卖房，永言无权阻挡。说什么卖的二儿子的房，永言无权过问。说什么买卖已成事实，永言不该捣乱。永言听了这些人的发言，心里十分气愤。但因人小不懂事，说不出多少道理。只是坚持不卖靠南边的两间房，倒了牛圈的空地、尿坑不能卖。中间人为保住自己既得利益和面子，仍是向买主说话。

更使永言吃惊的事，他妹妹也发了言："我是陈清常的女儿，基督教堂的房有我的一份。妈卖房占住道理的，你凭啥阻挡?"一屋上十个人，都是一口腔，一种意见，矛头都是对准永言来的。"调解"的结果是：卖掉中间有木板楼的一间房，卖的是立言的，永言不能阻挡。靠南边的两间房，作为分给永言的。一间房的木板楼相当于半间房。这种划分房子的方法，对两弟兄来说是公平的。会上还确定了某月某日，在何处写卖房的契约。

他们商量出新计策，在付给永言母亲房钱时，把永言也叫来，叫永言执笔写契约。永言就着矮木桌，写了两份契约。有甲乙双方，谁是买方，谁是卖方，卖房一间，左右四至。房价380元。这个房价，永言提前不知道。就连卖主的代理人——立言的母亲，也是稀里糊涂的。她也不争讲价高价低、便宜贵贱。只要弄到一部分钱就算人家帮了大忙，行了好。那个永言称伯伯的中间人，说一句，永言写一句。写了什么卖买双方情愿，自由卖买，他人无权干涉，等等。最后还注明了卖主、买主、中间人、立据人的姓名。永言一边写，那个伯伯还赞不绝口地夸耀永言毛笔字写得多么好，多么好，比村东头×××写得好多了。×××是个初中生，写的字难看死了。永言心里很纳闷，我的字写得，扭七撇八，远远不如×××。但这个"伯伯"却说我写字写得好。旁边挨他的人也说永言写得好。后来，永言才明白，他们怕永言将来反悔，不愿卖房，契约是永言亲笔写的，你翻案翻不了。他们这伙人就是这样的奸狡诡滑，用心险恶，上十个人伙为一起来对付、捉弄一个未成年的娃娃。

永言母亲接买主房款时，信用社的主任早已来了。等着收永言家的欠款，收去了几十元。立言当时才八岁，就这样他不知不觉地就由别人做主，把他的房屋卖了。

现在，永言多次分析了当时的处境、困难情况，母亲虽卖掉了房，是不应当的，但确实救了一家人的命，解决了燃眉之急。那时，全国到处都处于极端困难时期，家家饿肚子，没饭吃。卖房的钱，换来的吃食，永言也是享用了的。想到这方面，永言也就不怪母亲了。况且立言和媳妇很有出息，现在已在平安铺村修建了四间大瓦房。两个男孩又聪明，过着幸福美满的生活。

七

陈永言自把给黄德宽的信寄出以后，整天忙于上清河村的社教，无暇考虑房子出路问题了。

这天，他偶然收到了一封署名长田坝村五组社教队员的信。黄德宽回信了。信中说，永言反映的情况，他经过大量走访调查，情况基本属实。他为永言同情。他也几次找了有关村干部。个别村干部看问题很主观，不尊重历史事实，不愿解决。他对个别村干部有意见，他希望永言仔细考虑，有没有必要跑那么多的路解决此事。他是考虑基督教堂房屋只有两间，地基窄，不够一家人住。不如在平安铺宽宽绰绰地批四大间房子的地基，修成楼房。又阔气，又漂亮。何必挤到基督教堂这个角落里。黄德宽还在信中说，他收到信后，立即将这情况反映给社教组组长、兴乐镇李镇长。并把信也叫镇长看了，镇长很关心这事，在信上批示签字，转交兴乐镇驻长田坝村社干部程鹏负责办理解决。程鹏是主管兴乐镇土地管理住房规划的干部。黄德宽劝导永言，如果认为有必要，快到长田坝村找程鹏和他，他将尽力协助解决。

黄德宽在回信时，把永言写给他的信，又寄回来。永言见信的左下端写着很小的钢笔字：

老程同志：

　　陈永言反映的房子出路一事，望你调查处理。

李××

×年×月

在永言信的背后，又附了一张纸，永言看了，是程鹏写的批语。大意是，你离开长田坝村有 30 年了。现在要解决你房子出路问题，首先要解决两个问题。第一，你一家人在长田坝村入户籍的问题。户籍不解决，房子出路问题就难办。第二、要长田坝村的干部、群众开会讨论，同意才行。还说，永言在平安铺已买了两间房，没有必要解决基督教堂房屋出路。每家修房，只能在一处。字写得比较大，比较草。

永言看了黄德宽的信，心里比较高兴。觉得黄德宽乐意为自己解决问题，是个热心肠的人。心里很感激。可是看了程鹏的批语，心里凉了，认为希望不大，也感到生气，我一家五口人吃的商品粮，户籍都在城镇。我两口在县城工作。我们一家又不需要在你村落户，又不需要向你村要几分地修房。房子是我的，受宪法保证了的。我回来住，谁敢阻挡。我只是要村、组落实政策，解决历史遗留问题，恢复我家过去的出路。你却提了这么些不相干的问题，来刁难人。干部、群众同意不同意，总要尊重事实、讲道理。永言把信丢在桌上，坐在竹椅上，沉吟着，沉吟着。脸上又布满了阴云。

一连十多天，永言为此事感到气闷、苦恼。明摆的事情，正当的理由，事情却总是解决不了。看样子，这次社教不一定能把这个问题解决。总之，永言有一个信念：我是占理的，此问题以后终能解决。

陈永言有十多天未回县城单位了。这天他骑自行车回来，门卫老辛远远赶到面前对他说，县政协老黄有一天下午来找你。说的是你们老家房子的事情，叫你从单位开个证明，证明单位、县城和别处无房，村上准备给处理。还未进宿舍，校长的老伴也说，政协某某来找，说了些啥话。永言听后，心里十分高兴。有希望了。

第二天早晨，他到办公室叫秘书开了个证明，盖上了单位的红印。

永言来到长田坝村会黄德宽。一打听，黄德宽住在村主任家。就是基督教堂大门前的这个二层楼房。他来到村主任家院子的侧门，一条大白狗狂吠着，跳跃着，气势汹汹地向他扑来。尖长的犬牙，血红的大口，看着要咬着他的腿了。他把自行车往地下一丢，转过身准备反击。白狗猛然收缩后退了。永言到村主任家里，村主任不在家。村主任的妻子说，黄德宽回县城过星期天去了。

陈永言骑着车子，出了长田坝村，准备到社教的上清河村去。他突然想到，我怎么不去找找程鹏呢？从县社教办公室文件中得知，程鹏住在第十组。打问了几个人，终于在一座红砖青瓦的小院子里，找到了程鹏。程鹏正坐在里半间房子里看书。只是回答说话，人未从凳子上站起来。永言来了个自我介绍，程鹏只是哼了一两声，仍未起身。一张没有表情的脸，偶尔转向永言。永言给他递了一支香烟，他慢腾腾地接着，放在桌子上。永言把单位开的证明信给他看，直截了当地谈了自己的来意。老程说："你还是跑这路了，没必要，花那个气力干啥？住在那个地方，没发展前途。"永言也心直口快地说："那房是共产党土改给我们的，有它在，我们常想念党的恩情。它是一座纪念党的恩情的纪念碑。不修理，倒了，是很大的损失。况且，我们单位没房给我。我们在县城又没得房。我要是城里买的有商品房，也就不打算要出路了。可是没有。虽然平安铺有两小间房，但住不成，过去是生产队的牛圈。孩子们都大了。我把基督教堂房修补一下好用。村上不给我解决出路，不合情理。房是我的房，我们一家回来居住，不涉及入户不入户的问题，我们保证今后不向村上要修房的地基。请长田坝村组上干部群众打消这个顾虑。麻烦你把我的意见讲给干部群众，通过社教，帮我解决问题。同意我的请求。"老程仍是阴沉着脸，摇着头，认为不必为此跑路说话。

永言又去村主任家会黄德宽，仍是未会到。又是一个晚上，永言在村主任家见了黄德宽的面。黄德宽正与其他社教工作队员围着高桌子打麻将。黄德宽见到永言十分客气热情。两人年龄都相当，都是四十六七的人了。黄德宽个子魁梧，穿着一身笔挺的西装。永言把单位证明信交给了黄德宽。黄德宽给他约定了时间，下周星期一晚上到这里来，会同有关干部研究此问题。

永言听到黄德宽许了日期，问题有了解决的眉目，心中非常高兴。这一天，永言于下午黄昏时，在下清河村集市上，买了三斤花生，一斤葵花籽，三盒高级香烟，一斤水果糖，满满装了一提包。他打着手电，骑着车子，赶到村主任家。永言刚进院子门，大白狗"汪"地一声，扑到永言脚前，差一点咬一口，把永言吓坏了，躲也躲不及，得亏有铁链拴着狗，不然他就会被咬伤。村主任的女儿有十五六岁了，见到此情况，笑得咯咯的，很开心，永言见状，心里很不是滋味。

黄德宽在村上开会还未回来，永言只有坐在屋里等候。

过了有半小时，狗又狂吠了起来。"别怕别怕，拴着的，不得咬你。"永言在堂屋听到黄德宽的声音，又听到一个人在说话，"我走哪里去，就是怕狗。"永言从声音里辨别出是程鹏来了。

永言从观察到的情况看来，程鹏的来临，是黄德宽连拉带劝地拉来的。让程鹏也参加解决基督教堂房屋出路问题。永言又是给两个工作组干部递烟，又是给他们水果糖。花生、葵花籽放了一桌子。

永言陪程鹏说话，黄德宽出外去了。过了一会，长田坝村第五组组长黄金波来了，大概是黄德宽去叫的。

永言热情招呼黄金波，并说："麻烦你跑路，还是为出路的事，你是一组之长，多关照帮忙！"小伙子一脸的笑："咱们弟兄伙有啥说的，只要能出上力，尽量办到。"永言心里想到，这个小伙连辈数都搞不清。我把他妈叫姐姐，他怎么能跟我称兄弟呢？可能是他不知道。

村主任吃完饭，也被黄德宽叫到里屋来。黄德宽说："今晚咱们开个小会，就是陈永言房子出路问题。村上叫人家开个证明，永言已拿来了。他单位已证明，他在别处无房。老程是兴乐镇政府土地规划员，村长、组长也参加了。大家商量一下。"黄德宽望了望永言说："陈永言，你先说。"陈永言简要地谈了自家基督教堂房子的情况，1958 年被迫迁出的情况，提出了要求。并申明，他只是回自己家里住，不要村组的地基，以后不在本村盖新房，希望村组干部群众去掉这个疑虑。

程鹏说："我们也打听过你们以往是这里人。但你离开这里已三十年了。按政策规定，超过三十年，就不承认你是这个村的人了。房子是你的，你有所有权。出路问题，由村组研究解决。"

村主任说："老陈为房子出路的事，找过我几次，我给答复过，五组也派人去调查过，说你在平安铺村有房子。基督教堂房子的出路，在七几年的时候，当时的大队长给各家指到后面去的，直出直入。永言的妈也知道。你回去写个东西，也就是申请，交给我，我们村上、第五组村民，开会研究一下。"

组长黄金波说："情况就是这，得开群众会，群众同意，我们才敢答应，不然将来挨人骂。"

陈永言说："大队长是不是给划出路，我母亲怎么知道，她是出嫁人。我是房主人，必须参加。我二三十年都不在家，谁给我划房的出路？我没有别的要求，同过去一样，我只是要求从大门过路。不影响生产队什么。"

最后黄德宽说："你就按村主任说的，回去写个东西，送来我们研究。"

几个人的发言结束以后，程鹏走了。立言打着手电来了。他是来接永言的。因为是晚上，为永言打伴。立言说："这是我哥哥站在这个位置上了，再是农村人，早就用石头把大门上的锁砸烂了，过自己的路。"永言立即阻挡立言的话。黄德宽也不赞成他的话说："话不能这样说，咱们是以道理说话。"

在立言的建议下，永言非常同意，弟兄俩打着手电，转弯抹角，绕来绕去，找到村中间一个亲戚家。托表哥给程鹏和村主任做些工作。这位表哥是兴乐镇毛猪收购站的站长，全区十个乡的生猪任务的收购，由他主管。他同兴乐镇政府的干部关系好，同村主任同姓，是一个家族。村上的干部、群众经常托他办事。在卖猪有困难的时候，找他就可以解决。他说一句话，村上的干部、群众都听。表哥满口答应永言的请求，表示尽力协助。

陈永言在搞好社教工作的情况下，抽空闲时间，很快地将申请写好。在第三天下午，赶到长田坝村，送给村主任。黄德宽没在，他用纸写了几句留言，压在办公桌子上。大意是希望黄德宽多做干部、群众的工作，达到自己的目的。陈永言把申请书给了村主任的女儿，叫姑娘一定转给她爸爸。

陈永言心里犯着嘀咕，问题不一定得到解决。组长是随着村主任的态度，村主任一直不同意给永言解决，想把永言的房子叫第五组买来。因为五组的公房，有上十间都卖了。只剩下基督教堂两间厢房，根本不够用。程鹏的观点，又是向着村主任的。

又过了十几天，一天早晨，陈永言在上清河村第五组的房东家院子里，正在写材料。突然永言见来了一个很面熟的人，又惊又喜，大声问候来人："立言，你咋来了？"立言从大门边走过来，满面笑容，回答着永言。永言向房东大嫂做了介绍，大嫂热情招呼立言。

弟兄俩到了永言宿舍，永言为弟弟倒了茶，递了烟。立言说："昨晚十二点了，我们一家都睡了。瓜记站在我们房外的窗子下直叫我们，说是长田坝村五组社教干部老黄带信，叫你赶快去，基督教堂的房出路处理好了，同五组办手续。"永言听了十分高兴。真是喜从天降，几年来的愿望能实现了。自己又可以回到阔别多年的故乡，回到孩提时代生活的故居，太好了！

八

陈永言怀着极为兴奋的心情，来到长田坝村村主任家找黄德宽。黄德宽不在，见不到黄德宽，就听不到真正具体的情况。永言向左邻右舍的群众打听，说吃早饭时还见到黄德宽的，是不是到村办公室去了。永言骑着车子到村办公室，大门紧锁着，没有人。永言又跑到程鹏住处，程鹏不在，也不见黄德宽。永言沉思良久，想到，去问一问组长黄金波，也就知道情况了。黄金波的媳妇，把肩上的一挑粪桶放在院坝边，和蔼地说："金波到兴乐镇赶集去了。"

永言来到童年一起玩耍，一起上小学的好朋友家。这位朋友说："你房子的出路研究好了，准备让你从大门出入，群众没有意见。像这样的问题，不遇到大运动，难得解决。"永言问："你会来参加吗？"朋友说："工作组老黄、村上党支部书记、村主任、五组组长、五组所有党员，还有十几个知情的社员，都参加了会议，集体研究的，组上同你签个协议书。协议书的内容，都拟好的。你找一下村主任，就知道情况了。"永言说："村主任现在也不在家。"朋友说："党支部书记刚才从这里过的，到蒜田拔大蒜去了，你去找一下。"永言说："他家蒜田在哪里？"朋友给永言朝东指了指，就在那个电线杆跟前。永言看到一大片水田的东边，有一大片碧绿的小麦。小麦有多半人高了，翻卷着绿浪，麦田里有一根电线杆。永言朝它走去，走过一片水田，绕过一片蒜田，永言朝大片麦田走去。远远看见了村党支部书记。年轻的支书招呼着永言，朝永言走来。支书去年在县党校学习时，永言把具体情况向他介绍过，支书很同情永言。

永言握着年轻人的手。支书说:"你提的问题解决了。同五组写个协议就行了。"支书又给永言指了指,村主任正在那个电线杆下,在靠南边的一片宽地上整地。

永言终于在地头上找到了四十多岁的村主任张志敏。一行一行的土窝子布满地面,长宽距离匀称,村主任正往土窝内丢玉米种子。村主任不卑不亢,板着脸说:"只准你从大门过,不准你在大院子里搞建设。"永言说:"不得,咋会呢?尽管放心。"

这天晚上,永言在村主任家,会到了黄德宽。永言说:"你还是有办法,总算把工作做通了,把事情办好了。问题主要出在村主任身上。"黄德宽说:"六个党员都没意见,五组村民没啥意见,支书也同意,就是他村主任不同意。我给他做过多次工作。有一次,把我气火了,我顶了他一句:'还有没有人性?'协议书的内容,我打了个草稿,那天还在会上念给大家听了的。"他在身上几个口袋里找,没有。又在办公桌抽屉内找,还是没有。找了一二十分钟,还是没找见。他就叫永言自己写。黄德宽拉开小方桌,把扑克牌取出来,他同村主任的儿子当对家。村主任与另一个社教队员当对家,几个人打起"升级"。

永言写好协议书草稿,叫黄德宽看。黄德宽觉得永言写得没有自己起草的那个好。他又把自己写得那个草稿找了一阵,还是没找见。就接过永言写的协议,字斟句酌地指点了一阵。永言修改后又给黄德宽。黄德宽把协议书叫村主任看。村主任看了后,没有异议。

黄德宽说:"《协议书》写好后,你签个字,村委会给盖个公章。"村主任说,"这是永言同五组之间的事,与村上无关。"

黄德宽与村主任仍在灯下打扑克。永言打着手电,出了门,高一脚低一脚地去黄金波家叫他来签协议书。黄金波家门紧闭着，屋内黑灯瞎火。永言叫了几声。许久，才有一个女人的声音："没在屋，不知到谁家串门去了。"永言问："你们睡了？"屋内回答："嗯，睡了。"

黄德宽对着永言说："今晚签不成了，你只有明天来。你得来早，这一段时间，村民都到清江河边修砌护堤河坎，白天都在工地上。"

陈永言临走时，将一条短嘴"黄公主"烟，悄悄地放在黄德宽办公桌的抽屉内。刚才，他把烟给黄德宽，黄德宽拒绝不要，并说："咱们都是共产党员，咋能这样做呢？"为了表达感激心意，永言还是采取了现在的做法。

天麻呼呼亮的时候，永言就起了床。永言昨晚没回上清河村，住在弟弟立言家的。永言推着自行车，走田坎道路，取捷径，来到五组黄金波的家门。村里还是一片寂静，只有一两个勤快人起床，响着开门声。永言把黄金波从梦中叫起。彼此寒暄了几声。永言从提包内取出一瓶大曲酒，递给黄金波，黄金波不好意思地收下了。

永言与黄金波一起，来到村主任家。黄德宽还未起床。永言敲了几下门。黄德宽穿着睡衣跳下床，开了门。黄德宽自言自语地说："再睡一会。"边说，边溜进了被窝。永言把写好的两份《协议书》，递给黄金波，让他看。黄金波看着手中白纸上的内容：

协议书

签订协议人：长田坝村第五村民小组，简称甲方；清江县党校教员陈永言，简称乙方。

协议主要事项：关于陈永言住宅从基督教堂大院和大门出路问题。

协议内容：陈永言家本在基督教堂住，现无出路。原来多年从基督教堂大门进入。经陈永言多次申请，经长田坝村干部、支书×××，村主任张志敏，第五村民小组组长、干部、党员和全组村民研究决定，允许陈永言从基督教堂大门过路，互相不得干涉。基督教堂大门，由甲乙两方各上一把锁。钥匙由各自保管。双方互不干涉。属陈永言的两间房，他可自行修缮，甲方表示同意。

特签订协议一式两份，甲乙两方各存一份。

甲方法定代理人：黄金波

乙　　　　　方：陈永言

一九九一年五月三日

黄金波仔细地看了两遍。永言说："写得清楚明白着的吧？"黄金波说："上面要加句话。"永言说："加啥话？""只准陈永言一家人过。"黄德宽在被窝里翻了个身，面朝床外，对永言、黄金波说："不要加，加那做啥？老陈你考虑！"永言心虚，生怕这位年轻组长耍手腕，搞刁难。就尽他加吧，黄金波掏出钢笔，就在协议上写着。并说："这是组上集体的事，没让我落众人的报怨。假如你将来把房子卖给你妹子家呢？就不能叫他们也从大门进出。"永言说："咋能卖呢？我们永远也不会卖房。"

陈永言说："那叫组上给我一把大门锁上的钥匙？"黄德宽仍是躺在床上说："金波，你叫老陈把大门上上锁的铁杆拿去，重新加工一下。在另一端也打个孔。组上锁左边，老陈锁右边。"金波说：

"这也好，乡里人把这种锁法叫'两头忙'，双方各开各的锁，都能进门，谁不影响谁。"

　　第五组把基督教堂大门的锁开了，陈永言终于亲手打开了大门。陈永言取下了一尺长、指头粗的上锁的铁杆，心情非常激动，喜形于色。他骑上车奔往村中间的铁匠铺。此时才是早晨八点钟，铁匠还未上班。永言想，在这里等，不知等到何时？只有把这个铁杆的另端打个孔，锁上自己的锁，才算是获得了出入权。我必须抓紧时间把它修好，立即得到这个权利。他好像生怕这个权利会立即飞掉似的，紧紧攥住它不放。他又决定，立即到下坝村路口去修理。那里也有一盘铁炉。跑了二三里路，到路口，铁匠铺也是紧关着门，未上班。永言骑上车，又往兴乐镇跑。只用十多分钟，五六里路的兴乐镇就到了。永言从上街跑到下街，寻了个遍。好容易找到了铁匠铺，仍是未开门。永言灵机一动，又想到十里之外的下清河村集镇上，必定有铁匠铺。永言从村南端找起，一直找到村北头。未见铁匠铺。他又继续上坡，朝保密大工厂的农贸市场去找。找问了几个人，都说他走过了。下清河村的铁匠铺，实际就是农机修配厂，就在村南头。永言多走了五六里路，多花了近一个钟头。终于找到了下清河村的农机修配厂。师傅答应给他做，但手头活忙碌放不下，最少再等一个小时。永言正在给师傅说好话的时候，突然看见来了一个熟人。这个人有三十多岁，是去年刚从党校毕业的学员，下清河村水泥厂的副厂长。永言把情况向学员一说，学员立即答应。他和师傅是同村人，早晨不见下午见。师傅停下手里的活，点火生炉。学员举起大榔头，跟着师傅打着烧红的铁杆。半个小时后，铁杆的另一头，也有了一个圆孔。

　　永言买来一把新锁，把铁杆插入基督教堂两面门扇的铁环内，在右端锁上了自己的锁。至此，永言的眉头舒展了，心头升起无限的喜悦。基督教堂房屋的出路又回到了自己的手里。基督教堂的主人又回来了。永言自1958年离开它，至今已三十二年了，现在又回到自己生长的故居。这怎能不使他兴奋、激动呢？多年来未解决的公私财产纠纷，终于合情合理地解决了。永言感激五组的社教干部黄德宽，感激社教工作开展的及时，开展得好，感激共产党的英明伟大，感激广大人民群众的关心、支持。此时，永言听到村主任的妻子在她们大门外，叽叽喳喳地说话，即刻，她来到永言身边说："永言，老黄叫你把这两条烟送给黄金波。我们都不要。"永言接过两条烟，什么都明白了。黄德宽不收自己的礼，村主任也不要自己昨晚给他的烟。永言当时给烟，村主任不收。后来永言悄悄放在他家桌子上。永言把两条烟放在车头上的提包内。也没再给任何人。

　　永言立即到妹妹家，叫外甥给他做泥水活。把自家房子朝基督教堂院子开的门重新安装上。大外甥是瓦工，专门修房的匠人。他弟兄两个第二天就动手，把泥土坯子的墙拆了，把永言前年就做好的门安上。不到一天，门就安装好了。从此，永言从基督教堂大门进，穿过方砖铺成的院子，进自己房子的门，到自己的家。进出方便，自由自在，陈永言又成了基督教堂的主人。一个紧闭了三十二年的门终于打开了。

　　陈永言想，我在搞社教，为群众办实事。没想到我同普通群众一起，也得到了社教的好处，收到了成果。社教也给我这个社教队员带来了幸福。党呀，您真是伟大！实事求是，办事公道，是我们党赢得群众，事事胜利的法宝呀！

九

陈永言在上清河村社教已经结束，单位给了半个月假休息。永言决定把基督教堂房屋修葺一下。特别是房子的南墙倾斜得厉害，墙根的砖块，有的破了，有的走了位置。每次来暴风雨时特别令人担心，随时有墙倒屋塌的危险。永言认为，修葺好房子，还有它的政治意义。看见基督教堂的房子，他自己也会教育子孙后代，不要忘记共产党的恩情！这房子实际就是我家纪念共产党恩情的纪念碑！

这天，永言叫弟弟立言、弟媳一同到基督教堂看房子。商量修葺房子的方案、办法。

弟媳以异常新鲜、惊异的心情，看了基督教堂自家的房子。不看则已，看了令弟媳大为艳羡。大门不但高大，而且内面还有这样庄重雅致的亭阁。从小孩长大成人，在哪里都没有见过。还有这么阔气的方砖院子，长方形，还是石条檐坎。房屋又紧促又寂静。又听了永言的打算，准备把房屋所有的土墙全部换成红砖，用白细石灰粉刷成白色。后面的空间地基上，修一个伙房，打一道院墙，又是一个小后院。地面用红砖铺一层。有前院，又有后院。住一家人，多么舒坦、清静呀！弟媳对永言、立言两弟兄说："我从来没有到过这个院子。没想这么阔气、排场。干脆叫我们来往。哥哥和我们把房子调换一下。"说得两弟兄咯咯咯地笑。

修建房子需要几千元钱，永言觉得孩子们多，正在上学，经济紧张，担心妻子不同意。但出乎意料，妻子的热情、积极性比永言的还高。永言举棋不定，妻子反倒对永言做工作："把房子修补好，我们也就有了房子了。节假日、春节，我们一家好回家住。"她又开导永言："大儿子已二十一岁了，看着要给接人手了，娃子谈个恋爱也容易。每年过春节，咱们贴个对联，让几个孩子热热闹闹，没再让别人讥笑我们'你们哪有房子，写对联往哪贴？'逗得人中气。把咱房修建好，大门、中门、后门、睡屋门，通通贴上对联，气气派派的"……她把家里的存折取出来，交给永言支配。并说："不得够，说一声，我负责借，无论如何，要把老家的房修整得漂漂亮亮的。今年春节咱们全家回老家过年。给咱陈家户常清爸争光。"

永言本来心情舒畅，非常高兴，加之妻子热情支持，他在修葺房子的整个过程中，更是劲头很足，精神焕发，不知疲倦。

修建房子的工程开始了。工程负责人是一个三十多岁的小伙子。是永言叔伯房的一个弟弟。他常常在社会上包建房工程，技术经验全面。匠人们用五根木柱子，上面绑有叉子，运用杠杆原理，把房顶五根檩子顶起来。十多个人，集中精力，运用一天的时间拆除了一丈五尺高、二丈多长的危险土墙。永言的妹夫高兴地、不住口地说："掌柜家积了德了，平安无事。好得很，好得很！"拆的土坯、土块、砖石，屋里屋外堆满了。附近的群众都来挑，搬运这些主人不用的土。有的用竹筐挑，有的用人力车拉，有的用拖拉机运。人们用这些陈墙土作肥料，改善田地的土壤。

在动工之前，手扶拖拉机就开始运砖。红艳的砖块，一锭一锭地堆在大院子里。拖拉机不停地来回跑着。一会儿拉来一车沙子，一会儿拉来一车石灰。拖拉机可以直接开进大院子来，发出吭哧吭哧的昂扬声，大口大口地吐着白气，冒着青兰的烟气，发出芬香的油味。宽敞的大院子，堆满了用料。砖垛子有房檐高，沙堆堆成了圆顶的沙丘。有和水泥的灰滩，有和石灰的灰滩。砌砖墙的，挑水的，搬砖的，提沙灰的。人人忙得不亦乐乎。屋里屋外，院内院外，充满热闹欢乐、紧张的气氛。每天给匠人们的香烟，红色的烟盒到处丢得都是。

永言一会儿进城，一会儿上镇，一会儿上砖厂，一会儿到石灰厂，采买，备料。乘着手扶拖拉机，或乘小四轮去购买用材，往家里运输。立言天天守在工程上，注意着工程的质量。弟媳也来帮忙，干起活来劲头特别大。永言的妹妹、妹夫，两个外甥，外甥媳妇，都参加了帮忙做活。

永言的二弟树言，是个木匠，也把门窗、楼枕做好，按时运了来。

永言的妻子从单位上请假回来，买了一大口袋桃子，买了酒，看望慰劳诸位匠人。

永言还特意叫匠人在南墙上用水泥搪了一面板碑，永言亲手题写了一首诗："身居宽敞房，全家喜洋洋。沐浴洪恩泽，永念共产党！陈永言修葺故居。一九九一年六月。"

半月以后，工程按设计方案全部竣工。红漆门，玻璃墙。堂屋、卧室、伙房、满间楼、后院墙壁都用石灰搪过，屋内雪白泛光。

一天，天气晴朗，阳光明媚。永言妻子要了永言单位的双排座汽车，拉了满满一车家具同两个儿子，一个女儿，热热闹闹，高高兴兴地回到基督教堂的家。永言在全县另一期的社教岗位上，也分享着欢乐和幸福。

1992 年元月 18 日晚完稿

2019 年 11 月 1 日—13 日第二次校对

请　假

铃铃铃铃……

"叮铃铃铃铃……"一阵清脆的铃声响起。睡在床上朦朦胧胧、昏昏沉沉的尹志学划臂扬膊，打开被窝，高喊着："上课了……班长，没给我打迟到。"尹志学发着高烧在昏迷中做着梦：上课铃响了，数学老师手里拿着课本和粉笔盒向教室走来，班长已在教室里点名，而我还在操场。我得赶紧进教室，免得挨迟到，我要抢在宋老师的前面。唉，真糟糕，怎么一块东西卡在脚上跑不动？我得赶快把它甩掉。糟糕……心里很着急，尹志学将蜷着的腿奋力一蹬，踢开了被子，蓦然惊醒。一骨碌爬起。他用小嫩手背把眼睛来回揉了一下，睁开一看，窗户上的纸白晃晃的，屋内的桌子、藤椅、衣柜都能模糊地照见。"天亮了"，尹志学心里在说。他左手扒着桌沿，倾着身子，用右手将煤油灯点亮，又取来小钟，仔细一瞄，刚过五点半。"噢，原来是闹钟响了。"这时，他方明白刚才是在做梦。尹志学为了使自己不迟到，每晚睡觉时都要检查，看看，使闹针指在五和六的正中间。这已成为他的一个习惯。开学六周以来，他从未有过一个缺席和迟到。

前天上早操时，校革委会朱主任在向全校师生公布九月份各班学习纪律卫生红旗竞赛情况时，还特意表扬了无迟到、无缺席的一批学生。其中就有六二班的尹志学。

尹志学伸手从藤椅上取下衣服，往身上穿。这时，他觉得头目昏旋，眼花缭乱。随着穿衣的动作，脑门顶一下紧接一下地巨疼。脑壳好像有五升斗大，抬不稳。他慢慢地溜下床。又端起桌子上的缸子，咕咚咕咚喝了一半。清凉的冷开水，润了润干燥冒烟的喉咙。他感到身体轻松了一大半。

尹志学起床的一阵折腾，惊醒了住在套屋的妈妈。她掀开门帘，走出里屋，系着胳肢窝的纽扣。"志学，你怎么起来了？"她一边问，一边朝尹志学跟前走来。

"起来了"，尹志学把缸子放到桌子上。又取下挂在墙上的书包，告诉母亲："我上学去了！"

"今天不到学校去，你不好，啊？"妈妈抢前一步，心疼地、亲呢地劝说着。

"妈，不要紧，有点头痛发烧，我药在吃着，针在打着，不碍事，我还是去！"

"这娃，你不瞧瞧你身上烧得啥一样？"说着，她两手掌贴着尹志学的头，弯着身子用自己脸亲他的前额，偎他的脸颊，仔细地检查着。"你瞧，还是烧得很。"她给他系着胸前的扣子。又说："志学，早晨你还要打针，陈医生昨晚说的，你喝药后别做啥，要休息。"随手推尹志学去坐在床上。

"那我又没……"，他身子一拧，低下了头，表现出很难为情的样子。

慈祥的妈妈看出了儿子的心思。信口说："没请假？不要紧，你有病嘛！"

过了少顷，尹志学回头看了看妈妈，语气深沉地说："我们班上定的学习纪律制度，第六条规定有事耽搁必须请假，要有家长证明……"

"病好了，你给宋老师说一声，补个假条就行了。"妈妈打断了儿子的话。

"那不符合请假手续。况且，缺席一节课，数学就赶不上！"尹志学不同意妈妈的意见。她扛着尹志学的胳膊，志学妈感到儿子说得也在理：打倒了"四人帮"，学校纪律制度又兴起来了，对学生学习也抓得紧了，学生不能随随便便。但儿子今天有病，特殊情况，是不能去呀，但有什么办法呢？感到很为难。娘们俩一起坐在床沿上，陷入深思。

"对了。"妈妈轻轻拍了一下儿子，起身向门外走去。"我去找建新代你请假。"没等志学开口，只听大门"咯吱"一声开了。

"等一下，妈！"志学听着妈要出门了，突然想出了一件事，急切地唤住母亲。

"什么事，志学？"志学妈站在大门外问。

"我写个假条，叫建新带去。"尹志学起身从书包取出钢笔，站在桌子旁边，飞笔走墨写了起来。

妈妈折身走回来，立在儿子身边等着。他写好后，将字条递给妈妈。

志学妈正转身欲走，志学又从妈妈手中夺回纸条，用手指指点点着说："还不行，没有家长证明！"

　　这个问题，一下可把志学妈难住了。她在想：我又不会写字，你爸会写可是出差去了不在家，这可怎么办呢？她那宽宽的前额上，纵起了几道深深的皱纹。她思虑片刻，又征询儿子："把你爸爸章子盖上要的吗？"志学小眼珠一翻，随声回答："要的，你取来。"他又在纸条左下角写了几个字。

　　志学妈淋着淅淅秋雨，水一脚、泥一脚地来到王建新家门前。王建新正站在门口系红领巾。

　　"建新，你给志学代请个假，他病了。"

　　"好。"建新将红书包带子一举，头一低，敏捷地把它挎在肩头上。

　　"这是请假条，交给宋老师。"

　　"好。"王建新接过假条，装在书包里。关好门，向着志学妈说："尹婶，我上学去了！"

　　早饭时，志学妈又来找王建新。问他给志学请假的事。王建新端着饭碗愣在那里，只见两只小眼珠圆轱辘辘地睁着，半响说不出话来，原来王建新一走到校门前，就碰到了同位的同学田军。田军说昨天布置的算术家庭作业第二题是小数除法，他昨晚算了两个小时还没算出，他请求王建新今早早自习，一定教给他。于是二人一头钻进四年级教室，钻研算术题去了。那请假的事便忘记了。

　　"假条呢？"志学妈问。

　　"在书包里，我回家吃饭，书包没背，还在桌兜里。"王建新羞悔地回答着。

　　"忘记了也不要紧。"志学妈原谅安慰着建新。

　　从昨晚到今天上午，秋雨一直淅淅沥沥，不停点地下着，四周的崇山峻岭隐没在溟溟蒙蒙的烟雾阴霾中，沟壑间的旁边的山涧小沟的流水，哗哗啦啦地淌着，密密麻麻的雨点打在苞谷叶、青菜上，发出噼里啪啦的响声。雨点流水冲刷的山坡小道，油光闪亮。稀泥溜滑。去学校要翻越一个垭子坡，一条崎岖小路从垭子顶上盘折而下。这时，有一个四十开外的妇女，戴着一顶小雨帽，一步一滑溜，一步一趔趄，艰难地走着。她就是尹志学的妈妈，公社信用干部尹正华的妻子。她是一个浑厚慈善、待人忠厚和蔼的干部家属，现在综合社工作，一般的同志都称呼她"尹嫂子"。孩子们唤她"尹婶"。这时刻她准备去学校找宋老师。

志学妈泥一步，水一脚地来到学校。她掀开宋老师的门，不见人，又喊了几声，里屋内也听不到动静。志学妈顺着屋檐向着这一排房屋的西头走去。这时最西头那间屋内走出一个女教师，志学妈一眼就认出了，她是林老师。志学妈喊了一声，林老师也立即认出了"尹嫂"。

"稀客，稀客！"林老师一边欢喜地招呼着，一边向志学妈跟前跑来。伸出手热烈地握着对方的手。

"宋老师在哪里？我找他有点事。"志学妈问。

"宋老师，这一阵在王老师房子里，他俩正在讨论数学教案。来，在这里。"

林老师说着，便拉志学妈向倒回走。志学妈一看王老师的屋就紧邻着宋老师的屋。

正在热烈讨论教学问题的宋老师、王老师听说有人喊，连忙走出套间，迎接客人。宋老师静目细看，站在自己面前的这位客人，高大的身体，壮实，黝黑透红的脸颊，圆圆的面庞。手里拿着一顶小雨帽，帽子湿淋淋的，帽沿上雨水成线地向下滴着。她上身穿一件褪了色的黑斜布大襟衣衫，蓝灯芯绒裤，裤脚的上下、前后，溅着密密麻麻的泥浆污水，一双解放鞋上粘满了泥巴。从她那和蔼微笑熟悉的面容中，宋老师一下认出了她。他惊喜地叫着"尹嫂"。宋老师连忙接过志学妈的雨帽，让客人坐在外间的椅子上。

宋老师在踌躇着，思想着，天下着大雨，路这么滑，尹嫂来找我总有什么要紧事。

志学妈说话了。她将志学昨天下午突然得病，早晨又要坚持到校，找王建新代请假的情况一一述说了一遍，讲明了自己的来意。

坐在一旁细听的宋老师、林老师、王老师这时不约而同地呵呵笑了起来。他们三人笑得那么会神，那样爽快，而又那样骄傲！

"尹嫂，为请假来的。"宋老师又高兴又好奇地赞叹着，"这么个事，叫那个学生说一声就行了，何必劳你亲自走一趟。"宋老师起先认为尹嫂大雨天总有什么要紧事，经尹志学妈妈一说，莫料想，是请假。他想到尹嫂太认真、太过分了。

"尹嫂好认真、好过细呀！"林老师、王老师赞扬着说。尹志学妈笑迷嘻嘻地说："志学经常说，今年学校有了纪律制度，学生不能随便旷课耽搁。我想这很对，国家提出抓纲治国，学校就得这样做，前几年有些学生无法无天，愿来就来，愿走就走，太不像样了。哪能把书读好？"

"尹嫂说得对。"宋老师赞赏地说。

志学妈的一席话，深深地打动了宋老师的心。他回想前几年"四人帮"横行时，学校、班里被糟踏得不成样子，学生不服管，学习是白板，打骂人成风，教学难开展，自己经常窝着一肚子气，憋着一腔的火。只有粉碎"四人帮"后的今天，人民教师才能扬眉吐气、畅心开怀啊！才能放手抓教育啊！

"尹嫂请假，并非小事，并非过分！这反映出广大学生家长精神面貌的巨大变化呀！"

志学妈又说："志学多次对我说，这学期以来，他的数学有了进步，上课专心听得懂了，作业会做了。"

宋老师接着说："是的，尹志学的学习进步很大，整个班上学生的学习普遍有进步。"

志学妈说："志学在学校，以后多劳驾老师们，把他教严些。"

"是的，这是我们应尽的责任。"三位老师都是这样回答。

"老师们忙吧，综合社也快上班了，我就走了。"

宋老师望着一向和蔼亲昵、勤劳淳厚的尹嫂，而今日觉得她比往常更质朴，更高大了！

三位老师站在门口，目送着客人质朴、高大的身影消失在迷雨浓雾中。

"叮铃铃铃铃……"一串清脆的铃声响着，中午第四节课下了。宋老师给六二班上完数学课，拿着教案、课本和粉笔盒，走回自己的宿舍。一个身穿黄制服，佩戴红领巾，背着红书包的小学生，站在宋老师的门口喊着："宋老师。""嗯。"宋老师回答着，走到小学生面前。宋老师认得他，他就是四年级学生王建新。

"尹志学有病，他叫我给宋老师说一声，代请个假。"王建新将假条递给宋老师。

"好、好！"宋老师接过假条，仔细地看着：

宋老师：

　　昨天下午我突然起病，头痛发高烧。今天还在服药，特请假一天，望批准！

　　但我的数学课却耽误了，以后就跟……

学生：尹志学
1977 年 × 月 × 日

宋老师又看条子的左下方写着：

"家长证明"。四个字的后面盖着红印章：尹正华。

宋老师又默声念着："但我的数学课却耽误了，以后就跟……"

"宋老师，我走了。"王建新转身欲走。

"等等，咱俩一路！"宋老师取来挎包，装上数学课本和教案，将门锁上。同王建新一路朝垭子坡走去！

1977 年 12 月 13 日

闫闷闷

一

像一阵阵炸雷轰鸣，在空中滚动，掀起经久不息的声浪。像一排排怒潮，汹涌澎湃地冲向海岸，卷起冲天浊浪，咆哮着，怒吼着。江湾村村委会大院内，顿时人山人海，吵闹喧腾。咒骂声、哭嚎声、议论声弥漫大院，响彻云霄。这喧嚣声震动了这座靠近汉江的村庄。广阔的田野在喧嚣声中颤栗着……

红日西沉，夜幕降临。烧烘烘的热风气浪中，飘散着浓密的灰尘。村后山坡的树林里，乌鸦在嘎嘎地惨叫着。与大院的喧嚣声遥相呼应，使初夏黄昏时候的乡村，更为悲凉凄怆。

大院的大门紧挨着公路。瞬时，公路上东来的、西去的行人车辆，都聚拢到大门口。人流涌往院内。急于进去的人，从人群缝隙使劲往里挤。小孩从大人们的腿边、胯下往里窜。大门两边的院墙下、沟渠的坎上、公路的南北两边，自行车、摩托车、人力车，横七竖八，停了几大片。东来的，西去的大卡车、拖拉机、小货车、北京吉普、面包车、双排座，头对着头，像公牛抵仗一样。这些车辆在东西两方排成了长蛇阵，停止了运行。操各种口音的司机瞪着惊异的眼睛，以极大的好奇心，从驾驶台跳出来，叽叽呱呱询问着，议论着。

门内门外，院内院外，路边路中，汇聚着密密麻麻的人。

村里的人们仍是扯成行往这里奔涌，公路的东、西两边的人流、车流仍是向这里潮水般地涌来……

行人都在惊异地发问：这里发生了什么事情？

"哎——哟——，天哪——，我的儿媳妇哟——，死得好冤呀！"

在院子中间，村委会办公室门旁，一个老面的妇女极为悲伤地哭嚎着。她的一双眼睛，浸泡在泪水中。成行的泪水挂在两面脸颊上。她张着嘴哭嚎着，一串一串的口水，从黑黄的牙齿缝中，从口角边流下来。淌在胸前一片黝黑的皮肉上，打湿了深蓝色的旧布衫。

她那黑黄色的头发，蓬乱了一头，像个鸡窝。她的额头布满皱纹，糊着泥土，擦伤了皮，渗着血红的水。她的两个鬓角布满了鱼尾纹，像两汪不尽的泪泉。她的两颊向人们诉说出不尽的冤屈、悲伤……她坐在泥土草地上，胡乱地抡着双臂。两条腿岔开，贴在地面上。一只烂鞋丢在旁边，一只脚光着脚丫。她不时地用双手捶着胸口，用手狠劲地撕裂着胸前的衣襟，用长长的手指甲撕抓着胸前的皮肉……

"我的荷子死得好冤呀，叫我闷闷爷儿们怎么过日子？我也不活这个人了，跟我荷子一路去……"

这个妇女从一伙拉劝她的妇女们手中狠劲挣脱出手，在地上爬了两下，将头发蓬乱的头向后一扬，又猛力向放着尸体的人力车木梆上撞去……

"妈——！"

"娘娘——！"

“婶婶——！”

一阵撕心揪肺的惊叫，五六个姑娘、妇女几乎是同时扑向前，
抱胳膊的、抱腰的、拦头的，挡住了老面妇女寻死的举动。机灵的
大女儿香儿，一步跳到车梆跟前，母亲的头狠狠地撞在香儿的两条
小腿上。香儿“哎哟”一声，被撞倒了，扑在了母亲的身上。

母女头对着头，抱在一起，又哭成了泪人。

小儿子老四把三岁的大孙女抱到老面妇女跟前，蹲下来。

“妈——！”

“婆——！”

大孙女伸出嫩小的手，撕扯着婆婆的袖子。

“妈——，莉莉叫你。”十几岁的四儿子哭泣着说。

一伙姑娘、媳妇、老婆婆围着老面妇女，有的人扶着她的肩头，
有的人拉着她的手，有的人用手帕堵住她的嘴，擦着她的泪，劝着、
开导着。

一辆农家用的人力车，停在村委会办公室门口。车上放着一具
尸体，上面盖着白布。白布的一端，还能看见乌黑的长发。这尸体
是从一清早就拉来的，在这里放了一整天了。等着村干部来处理。
围着尸体，人们围了一层又一层。

“没一个来的。”一个瘦削的青年从人群里挤过来。他青黄色的
瘦脸上镶着一双喷射怒火的眼睛，脸颊上的皮肉抽搐着，他不绝口
地骂着：

“叫不来，狗日的侯木青躲了。他算是什么村长！?”

他一边骂，一边拧过身子，翘起嘴，朝着大门外。他还跺着脚，
挥舞着右胳臂。好像村主任就站在大门外。

"闫兴惠也没来?"

一个瘦高个子,黑红脸,灰白头发的五十多岁男人问。

"没来,狗日的坏得很,死活不来!"那个青年回答。

"他妈的……没有本事就别当支书了。当支书办不了事,把人逼死了,他还不管!"

灰白头发的男人又骂。

"我……我,我去……找他,他,他狗日……的,他不敢不、不,不……来!"

忽地一声,一个愣头愣脑、五大三粗的青年将离开檐坎,裤子上带着厚厚的一层灰尘,站起来说。他一边说,一边挥动着紧攥的拳头。他的两眼喷火,脖子上的青筋胀得老高。他越是气愤,说话越是结巴。他吼叫着:

"我,我,我把他,他……他狗日的……的……的扯来!"

这个莽汉子,就是死者的丈夫闫闷闷。极度的悲伤已燃成了满腔的怒火。他已豁出去了,决心同村干部拼个你死我活。他言未落地,弯下腰,从屋檐坎上抠下一块红砖,掂在手中朝外走。

"把闫兴惠抓来!"

"把侯木青抓来!"

"叫他们给埋人!"

"叫他们给说清白!"

"人是他们逼死的!"

群情激昂,吼声震耳欲聋,经久不息。

"闷闷,转来,把人拉到闫兴惠家去!停在他们堂屋里,看他管不管!"

灰白头发的男人叫住了闫闷闷。他就是闷闷的父亲——闫兴昌。

"好!"

"好!"

"拉到支书家去,看他理不理!"

一伙人喝彩这一高招。又是一阵吼叫、闹腾。几个小伙跳到人力车跟前,抓住车把就往院子外拉。人们自动让开一条道。盖着白布的尸体出了大院的门。沸腾的声浪随着人力车波动起伏。公路上又出现了向东涌动奔腾的人流。

江湾村委大院,这座国民党时期的娘娘庙,今日这种喧腾吵闹、人声鼎沸的场面,还是十多年前大集体的时候以阶级斗争为纲,开批判会,开农业学大寨誓师会后首次出现的。

二

嘈杂的人群,簇拥着放着遗体的人力车,来到村党支部书记闫兴惠家门口。

天色更昏暗了,天地间罩上了黑衫。几步之外,辨认不出人的容貌了。道路、场院、房子、树木,失去了本身的光泽,变得朦胧、模糊。只有人力车上死者身上覆盖的裹单,白晃晃的,惹人注目。

"爸爸,快出来,不得了……快!"

闫兴惠的二女儿,看见这么多的人,突然来到自家门前场院,车上放着死人,顿时吓得乱了神。尖起少女的嗓子朝屋内大喊。她一边喊,一边噼噼啪啪地跺着脚。她的喊声带着万分惊慌、凄厉。

"啥事?碎断命的,把人吓死了……"

　　闫兴惠的妻子边嗔怪啐骂，边踏着暗淡的灯光，挪着双脚，从里屋往堂屋门边走。当她从二女儿身子的两侧，看见门外场院里站满了人，又看见人力车上的死人时，不觉打了一个寒噤，"啊"的一声，头晕眼花，血涌脑门，向后倒去。

　　"妈——！"

　　紧随着身后的大女儿兰子急忙向前扑去，扶住了即将跌倒的母亲。

　　"妈——！"

　　小女儿"腾"地一跃，从门槛外跳进来，帮姐姐照护妈妈。

　　闫兴惠从里屋几步蹦到堂屋门前，顾不得昏厥的妻子，跨过门槛，一只手叉着腰，屹立在檐坎上。他什么也没说，双目紧紧地盯着白布覆盖尸体的人力车。他立刻明白了一切：

　　"闷闷给我找事来了！"

　　看热闹的人越来越多。闫兴惠家的青砖小场院里，房左侧的旧宅基地的土场上，房前的空地上，房子右侧邻居家的门前，道路上，屋檐坎上都站满了人。有男有女，有老有少。他们听着、看着，相互交头接耳议论着。

　　党支部书记闫兴惠一家人，如遭青天霹雳，被这突如其来的大祸，震动得目瞪口呆，六神无主……闫兴惠万万没想到闫闷闷父子会这样绝情、无理，要把尸体抬进他家。

　　"闫兴惠，滚开！"

　　"把人抬进去！"

　　"抬！"

　　"抬！"

202

站在人力车周围的人群，高声吼叫着。

几个小伙子，用白布把死者裹好，抱头的抱头，抬脚的抬脚，就像抬白面口袋一样，离开了人力车。被抬的遗体，脚朝前，头朝后，在一片吼叫声中向屋里拥去。

"这是干啥？不行，不行……！"

闫兴惠张开双臂阻拦着即将进门的两个小伙子。

"滚——！"

一声雷吼，闫兴惠的左臂如被钳子钳住一样，一股强大的力把他整个身体甩到几尺之外，跌倒在石檐坎之下。闷闷瞪着血红的眼睛，像抓小鸡一般，把闫兴惠扯到一边。他跨过门坎，腰一弯，双手抓住左门扇，轻轻一抬，卸下了一页门板。身子一转，往堂屋正中走。

"缺德呀……！"

闫兴惠的妻子猛然苏醒过来，见死人要进屋，闷闷下了门，认为这是天大的不吉利，是有意糟蹋人，欺负人，一股怒火从心头升起，她发疯般地向前爬去，抱住了闷闷的腿。并大声咒骂哭嚎着：

"雷抓火烧的，缺德夭寿的……"

"去、去——你、你、你妈的……！"

闷闷把腿往后一弹，哭嚎的女人被甩开。

又一个小伙子卸下另一块门板，与闷闷放的门板拼在一起。死者的遗体被放在堂屋正中。

"妈——！"

"妈——！"

两个女儿同时去拉躺在地上的母亲。闫兴惠的妻子从女儿们的手中挣脱开，在堂屋的泥土地面上又滚又拌。胡乱地蹬弹着两只腿，双脚交错地砸着地面，划着一双胳臂。叫着、闹着：

"天啊，叫人活不成了……雷抓火烧的，缺德断寿的……"

闫兴惠在一伙人的围攻、轰闹中束手无策，万般无耐。在一阵惊吓之后，他壮大了胆量。他想："心里无冷病，不怕吃西瓜。""有理走遍天下，无理寸步难行。"我闫兴惠走得正，行得端，没做过任何对不住人的事。我从一九五七年 Y 县高中毕业返乡，当生产队记工员、会计，到当生产队队长。一九八七年党支部改选，被选为党支部书记，从来没有占过公上的便宜，没欺负过村里任何人。你闫闷闷的媳妇死了，是你们两口子吵嘴，自己喝药死的，又不是我把她逼死的。你们就这样欺负人，无法无天，停尸闹事。我去镇政府，到法院告你们。

他越想心里越亮堂，越想越有了主意，越想越气愤，周身增添了力量。

三

江湾村社教工作组副组长、第二村民小组社教工作队员老秦，准备到闫闷闷家去。闷闷父女俩住在村委会大院。这是他妻子荷子死后，区、镇处理他与村干部纠纷之后，决定安排的。住的村委会两间公房。

上级要求社教队员发扬老八路、土改工作干部的好传统、好作风，与农民群众同吃同住同劳动。上百家门，问百家事，谈百家心。老秦社教进村后，第二天就听到了闷闷不幸的遭遇，对他父女们的艰难生活非常同情、怜悯。老秦召开二组村民会议好几次了。宣传社教意义、目的，指导思想、主要任务、政策原则。家家都去了人，参加了学习。凡是十六岁以上的懂事人口，绝大多数都到了会，可就是不见闷闷。闷闷太忙了。

老秦几次在大路上遇见过他。有时，他扛着锄头，扑踏着烂鞋，在落日的余辉里，蔫蔫地往回走。一个圆脸盘的小女子，比他膝盖高不了多少，扯着闷闷的衣角跟着走。有时，他挑着一担荆笼子，戴顶烂草帽下地去。小女孩缠着他的腿。看来他的日子过得可怜造孽。

老秦曾几次到闷闷家去找他。打算看看他的情况，一起谝一谝，给他讲些社教的政策。可每次去，都是门紧关着，铁将军把门。

现在正是一天中太阳最大、天气最热的时候，人们正在家乘凉。老秦估计闷闷可能在家。是找他的好机会。

他头戴一顶新草帽，穿一件白净的衬衣。在强烈的阳光下，这草帽、衬衣显得格外纯白、洁净，使人干练精神。高档衬衣上的小星光在太阳的照射下闪烁着熠熠银光。灰兰色的涤纶裤子，黑亮的凉皮鞋，白净的丝光袜。他这一身穿戴打扮，叫人看起来挺精神年轻，只有四十岁的年龄，比起实际年龄年轻了近十岁。他一只手提着黑色手提包，一只手拿着一个大蒲扇。他的步子轻快而坚定，心情愉快地走在柏油马路上。

白灼的太阳依然辐射着强烈的光滔。地面、墙壁被照得白花花的，直刺人眼目。飘着几朵白云的蓝天，显得无比高远，浩渺。天地之间，气温酷热，如炕烧饼的铁鏊一般。

老秦自出门走得没有两分钟，夏日的暑蒸热浪，已使他满身汗涔涔的。水田里的藕叶碧绿欲滴，在薰风中摇曳着。粉红色的荷包冒出了许多个。藕田中间的两朵荷花，绽开艳丽的花瓣。像两张少女的笑脸，生机蓬勃，可亲可爱。一对对蜻蜓围着它们嬉戏。"小荷才露尖尖角，早有蜻蜓立上头。"这大热的天气，火毒的太阳，只有藕叶、荷花、茁壮成长的稻秧最称心如意，自由爽快。

此时的景致，触发了老秦的嗜好。他情不自禁地吟出了一首古诗：

> 毕竟西湖六月中，风光不与四时同。
>
> 接天莲叶无穷碧，映日荷花别样红。

老秦穿过马路，通过敞开的大铁门，进了村委会的大院。

这座院落，在江湾村西头。通往县城的柏油公路从大门边一擦而过。这个村委会办公的地方，实际就是过去的娘娘庙。

闫闷闷的住房与村委会办公室是同一排。挨着西边院墙。

这时，在闷闷门前，有几个人正在乘凉闲谝。七尺高的院墙遮住强烈的阳光，投下五六尺宽的阴影。几个人躲在阴影里。

一个高个子男人，约有三十岁，络腮胡子。大概是酷热的缘故，他站在那里，弯着腰，抬起一条腿，正在褪去长裤。留下短裤在身上。小木凳上坐着一个少妇，怀里抱着一个不满岁的小孩。少妇不停地挥动扇子，给小孩扇着凉风。还有两个三四岁的小孩，在院墙根下，叽叽喳喳地说话，用小木棍在地面上挖坑坑。

近门边坐的一个男人，高高的个子，圆圆的脸。黝黑的肤色。头上黑黄色的浅发像鞋刷。额头上有三道横排着的弯弯曲曲的皱纹。两个颧骨显著。一双圆鼓鼓的眼睛，泛着浑浊的光。虽然脸形缺乏丰润，很少光泽，但大致看来，人还算是健康的。厚厚的上下嘴唇，是紫红色的，棱角分明。他站起来，远远招呼老秦。

老秦见他上身穿着绿背心，已褪了色。上面印满了汗渍。下身穿着黄色大裆短裤。被汗水、泥浆糊得花里胡哨。他的双脚穿着用解放鞋鞋底自制的凉鞋。他的双膀双腿，尽是饱满棱角的肌肉。浑身充满力量。他体魄魁梧、雄壮，显然是一个典型的五大三粗的庄稼汉。

老秦看着面前这个憨厚、老诚的小伙子，他早已认识，这就是闫闷闷。会到了闷闷，老秦喜在心里，笑在脸上。

"老、老、老秦，坐、坐！"

闫闷闷轻言细语，热情招呼老秦。他把自己坐的小木凳让给老秦坐，而自己一屁股坐在屋檐坎上。闷闷的脸上虽然未显出欢喜的笑容，但他心里舒舒坦坦、甜滋滋的。

老秦向其他两位寒暄了两句话，开始与闷闷拉家常。

老秦回忆到，见闷闷第一面是在闷闷的母亲家里。

那天中午，天气晴朗，气温凉爽，在宽敞的堂屋里，老秦在闷闷母亲家里吃饭。闷闷也去了，在那要。他父亲闫兴昌陪着老秦吃饭。

"从、从村西、西、西头派饭，咋、咋、咋不派、派我家。我、我、我住在最西、西、西头。派、派、派到我们，不论啥……啥、啥饭，就给……给……做一碗，能吃……吃多少……少……少，又……又……又不是……是没粮食，没……没、没啥做。"

闷闷说话很结巴，用了很大的劲。好像话是从肚子里用劲鼓出来的，不像说出来的。满脸涨红，眼珠子都要爆出来了。

老秦听了闷闷的话，觉得不是滋味，身上一阵燥热，很不自在。他觉得闷闷的话里有抱怨的意思，嫌工作组看不起他，认为社教队员嫌他穷、脏，不往他家派饭。

老秦停住了拈菜的筷子，咽下口里的饭，双眼望了闫兴昌一眼。恰好与闫兴昌的双目对视。一刹那后，各自又转移了目光。老秦是向闫兴昌示意，你也听着，就对闷闷解释，说：

"不是看不起你，你别多意。你一个单帮人，太忙了。两个小孩都太小。你既忙庄稼，又忙家务。经常种地早出晚归，没时间回家吃饭。在你家派饭，对你的农活有很大影响。这是为你体谅着想。你应谅解。啊，对吧？"

老秦话未说完，瞪大眼睛望了望闷闷，嘿嘿笑了两声，又扒了两口饭。

闫兴昌把端碗的手放在左膝盖上，平板着脸轻声说：

"老秦的话对着哩，不是人家看不起，人是单帮人，又跟女子，迟一下，早一下，按不住时候。这你没怪！"

"哎哟，这个碎崽，把奶头咬得好痛。"

少妇突然叫一声，"啪"地一巴掌，打在怀里的小孩屁股上。小孩痛得哭起来。

"你把娃吓得？声小点不行？"

络腮胡子的高个小伙嗔怪着少妇。

老秦被这突然的吵闹惊动了，他停止了回忆。又同闷闷谈着家常，讲些社教的事。

闷闷的有些事情，老秦本来还想问问，但面前坐着这一男一女，不便谈。

这一男一女，是夫妻，是外地人。他们租用了江湾村委会的公房，在后院里办加工厂。他们天天在闷闷这里要。闷闷也常帮他们干活。他们生产的产品是市场上的吃香货，推销到大西北，西南几个省，生意很红火，据说已赚了一大笔钱。

老秦进了闷闷的屋里，双眼扫视着，看了看，屋里的摆设家具。屋里是空洞洞的两间房。用土坯砌了一口锅的灶。一张床，屋角堆了几只尼龙袋子，装着小麦。一张三条脚的小方桌。连一件像样的家具都没有。老秦想到，这个家庭够寒苦了。不觉生出了悲悯之情。

四

为收欠款，闷闷与社教工作组副组长老秦发生过严重冲突。闷闷使老秦呕了一肚气。

仲夏的早晨，太阳还未升出东方的地平线。天气晴朗，天空湛蓝湛蓝的，时而飘过几朵白莲花般的云朵。空气清新潮润，气温凉爽宜人。天地之间的光线平和温柔，没有强烈的光线刺激，没有暑蒸的热气烦燥。万物扬眉吐气，生机勃勃，处于十分融洽协调之中。

勤劳忠厚的村民们与往日一样，不等天大亮都已下地干活了。趁着早晨凉爽，多干些活儿。等中午十二点以后，太阳大了，好在家里休息。

老秦从房东家的一砖到顶的新房走出来，赶闫闷闷未下地，准备将《清收欠款通知单》送给他。老秦上了柏油公路，向西走着。迎面遇到了闫闷闷父女俩。闷闷挑着一担空荆笼子。他一只手拉着一个四岁的小女孩。

小女孩有一张圆圆的脸，宽宽的额头，淡淡的秀眉，眯缝的小眼睛与一个小嘴巴相对照下，像在对人微笑着。藕节般的小胳臂。

穿一件合体的花上衣，北京兰裤子。脚上穿着粉红色的塑料凉鞋。长得聪明伶俐，天真可爱。

老秦认识，她是闷闷的大女儿。闷闷的小女儿，是由闷闷的妈喂养经管着。老秦在闫兴昌家吃饭时，见过的。小女儿今年有两岁，也长得很机灵。

江湾村第二村民小组共有五十四户人家，只有两户不欠组上、村上的款。有五十二户都或多或少地欠村上、组上的。多的有四五百元，少的有两元多。这些款大多数是租用村、组公房的房租、承包地款、教育基金费、公路代金、以劳养武金、历年欠款等。农村社会主义思想教育的第二阶段，一项主要任务是财务整顿，收清各种欠款，巩固和壮大集体经济，以完善双层经营机制。老秦为了完成社教组布置的这项任务，领着二组会计、出纳、党小组组长，除挨家挨户送《告全体村民一封信》外，还送了《清收欠款通知单》。把各家欠什么款、欠款时间、欠款数额分类分项清楚地填写上，送给欠款户手中。五十二个欠款户，老秦他们从午饭后就送起。收款组一边送通知，一边收款。同时还耐心解答村民提出的问题。有时为几元钱，欠款户还要摆出陈芝麻、烂谷子，扯很长很长时间的皮。

白昼悄悄离去，夜晚默默来临。收款组的同志已互相辨认不出面貌、身份了。只能从说话的声音确认出是谁。

他们在夜幕之中，踏着黑路，又走家串户，转了上十家。

收款是从村东头收到村中，从村中收到村西头。只剩最后一家，就是住在村委会大院子的闫闷闷。

当他们几个人的身影出现在村委会大院门口的时候，大铁门紧闭，挂着一个沉沉的大铁锁。

会计失望地说："没事了，走，往倒回走，人都睡了。"

"叫一下。"老秦说。

"都啥时候了，十一点了，叫不答应，明早再说。"女出纳员不耐烦地说。

院内静悄悄地，只听到蟋蟀的叫声。繁闹的村庄早已寂静无声。公路上早已断了汽车、蹦蹦车的影儿。瓦蓝瓦蓝的天空上，皓月挂在中天，稀疏的星光眨着俏皮的眼睛。

老秦又觉得为难了。这一班收款的人马，很不容易聚集到一起。会计来了，党小组组长没来，出纳来了，组长可没来。没有一个小时，五六个人会不拢。就剩闷闷一家，明天早晨大家聚到一起，再来一趟划不来。再说，大家眼下很忙。要是我一个人来，没有收款组这么大的阵容，没有派头。闷闷理不理我？得不得跟我顶牛？

老秦心里很清楚，农村的活一年四季做不完。眼下虽是三伏大热天，家家还是够忙的。红苕地要锄草、翻藤。西瓜地需要白日黑夜地看守，成熟的西瓜要一个一个地从地里摘，一筐一筐地从黄土坡梁上挑回来，一架子车一架子车地拉去卖。脆生生的四季豆，长长的碧绿的豇豆，水灵灵的黄瓜，鲜红饱满的西红柿，需要从菜园里摘回来，再担到十里外镇街上去卖。牛需要拉到田坎，河滩吃青草，猪需要给寻猪草……做不完的活，干不尽的事。为了节省组上其他干部的时间，前一天晚上老秦决定，闫闷闷的《清收欠款通知书》由自己一人送。顺便再与闷闷谈谈心，了解一下情况。

现在，老秦还没到闫闷闷家，半路上就遇到了闷闷。老秦心里很高兴，笑意显于眉眼上。他远远地打招呼：

"哎——，闷闷，我才准备到你家去呀。这么早就下地干活？"

闷闷黑沉着脸，慢腾腾地走着，冷冰冰地甩出一句话：

"啥……啥事？"

"我给你送通知单，你欠组上的几笔款。"

老秦笑笑地解释着。

"我……我不欠……欠、欠谁的钱！"

闷闷板着铁青的面孔，气愤愤地说。信手从老秦手中夺过通知单。他粗略地看了一眼，粗声粗气地说：

"承包……包地……地款？我……我哪里……里包地？"

他肩上挑着担，是两只空荆笼子，口吃得厉害，脖子上的青筋蹦得老高。

老秦一边听着闷闷讲话，一边环视周围。柏油公路北面，宋敏的母亲正在门前场里做活。路南面，宋新强老头在门上翻晒干草。他们都是江湾村二组的村民。老秦想道，我当着别的村民面把《清收欠款通知单》送给你。是我以和善的态度，耐心地给你闷闷做思想工作。有本队的两位老人当面看着，可以做见证。

老秦从衬衣口袋内掏出一叠纸，翻展开，指着闫闷闷的名字，给他做解释：

"一笔是一九九零年上下两季承包河坎边三分六厘水田，算得承包地款。46元8角。一九八九年下半年承包河坎边三分六厘水田，承包款36元。另一笔是九〇年的教育基金，公路代金，以劳养武基金，每人10元1角，你们爷儿三个，共计30元3角。两笔加在一起，共计123元1角。"

闷闷闷声闷气地说："河……河坎边……边的地，不是……承……承包地，是你……给我们大……女儿分……分得口……口粮

212

地……"

老秦和颜悦色地劝导闷闷：

"大部分社员都还了欠款，你把欠款还给组上。这钱收齐，归江湾二组集体。我们都要热爱集体，集体富裕了，也有你的一份呀。"

闷闷听到江湾二组集体，不听便罢，一听江湾二组，气不打一处来，火冒三丈。他怒目圆睁，眼珠子都要爆出来了。双唇抖动，气愤地说：

"我、我、我不是……是二组的人，二组……组……没有我，我，我……我没有二组。"他不等把话说完，将通知单两把扯得粉碎，几乎是照着老秦的脸掷来。碎纸屑如雪片，纷纷飘落。老秦的衣服上、脚面上也落得有纸屑。闷闷把屁股一拧，牵着女儿的手，头也不回地愤愤离去。

老秦被闫闷闷无礼举动给的刺激，从感情上几乎接受不了。受到了一种莫大的侮辱。

老秦想：我是县委一个部门的领导干部。我的部下个个都是有资历有水平的国家干部，我多年来受部下的尊重。别人从未在我面前黑过脸，抬过高声。我一片好心好意，却被你闫闷闷曲解了，当了要要。好心被狗拉去吃了。简直是一个无知之辈。

老秦越想越有气，一股怒火从心头升起。他像被钉住了一样，一动不动地站在公路边。脑海里翻腾着激烈的波澜。

我是社教工作干部，是贯彻执行党的政策，工作做得有理有节，你闷闷要得啥态度？谁还买你的账？全组欠款户都要像你，欠集体的款咋样收回，怎样巩固集体？那还叫搞社教？农村还能坚持社会主义？

"嘀嘀——，呜——"

喇叭嘶鸣，一辆东风卡车风驰电掣般地从老秦身边飞驰过去，他从深思中惊醒。

老秦抬起眼皮，向路北看了看，宋敏的母亲正望着自己。她目光慈祥柔和，好像在劝告自己：老秦呀，你做得对。老秦转过身又看了看路南的宋新强老汉。老秦从这位老人坚毅深沉的面容表情上，已领悟到了宽慰：没呕气，这娃子不识货，别跟他一般见识。路北路南两位老人无声地劝导，老秦心头的怒火熄灭了一多半。

老秦心里叹息道："大人不见小人过。""秀才遇见兵，有理说不清。"闷闷就是这样一个缺少知识，缺乏教养的人。你把他有屁奈何？

老秦低着头一边朝回走，一边仔细琢磨。闷闷不承认河坎边地是承包二组的承包地，是给她大女儿拨的口粮地。他提供的这话，也许是事实。还得调查了解一下。我不能单听会计、党小组组长的一面之词。

五

老秦搞社教进驻二组已一个多月了。现正在进行社教第二阶段。这一阶段要完成三大任务：整顿财务、整顿基层组织、整顿社会秩序。

在第一阶段，老秦按照工作组要求，登门拜访、调查了解。学习宣传，发动群众。尽管村民户数多，居住分散，一、二、三组人户交错混杂，难得弄清。但他还是了解得清清楚楚。不到十天工夫，他对全组五十四户人家，每家有多少人口，户主叫啥名子，几个劳力，大人叫啥名子，小孩叫啥，住公路北还是公路南，每个人的心性脾气，个性特点，全都能说得上来。

一些婆婆媳妇经常在村中间自来水笼头下担水，在水渠边洗衣，在十字路口相遇，叽叽咕咕，议论纷纭：

"咱们组驻队干部老秦好眼水，好记性。他只见过我一面，就知道我叫淑娥。嘿嘿……"

"是的呀，我们兵娃昨天中午在公路上耍，老秦就叫他的名字，说天热暑气蒸人，别热坏了，赶快回去。"

老秦召开二组村民会，已经好几次了。他开会讲话，乡里人都能听懂，也爱听。每次到会的人密密麻麻地挤满三间房，人们也不嫌天热，也不打瞌睡，支起耳朵听。会场上静得很，丢一根针都能听得见。

老秦还同十几家村民一起，修了村南一条大路，到三里外的汉江河滩捡石头，到附近工厂铲煤渣。装拖拉机，卸拖拉机，全是重体力劳动。老秦挥动着锹，和大家一起卖力地干。多年来，春夏秋冬一片水滩的泥泞路，成了平坦的大道。这段路，收获成熟的粮食，过去要两个人担一早晨。现在，只需一个人用辆拉车就拉回去了。只要抽一根烟的时间。

如今，全村几个组的村民，说说笑笑，披着朝霞，拉着装满猪尿粪的人力车下地；欢欢乐乐，踏着夕阳的金辉，从田坝回村。走在平坦的道路上，人们都在反问：要不是社教，那条深水沟一样的泥泞路，不知道要走到何年何月？

老秦同村民能坐到一起，能说到一起，不摆干部架子，不列知识分子的先生势子。老头子在田坎上放牛，他能操起镰刀割青草，与老头子谝闲传。小伙子在储木厂卸车垛木头，他给递工具，搭个手，摆龙门阵。老婆婆在屋檐下阴凉处剁猪草，他同人家谈家长里短，谁家媳妇贤惠，哪家公婆厚道。在菜地里，他帮媳妇们摘豆角、辣子。在西瓜地里，他同小伙子睡草庵，啃干馍，喝凉水，晚上在坡地里喂蚊子。全组的老少都熟悉他，了解他，喜欢他。人们都愿意把自家的、别家的，闫家、王家、韩家……的事都说给他。老秦也成了闷闷母亲家的常客。

　　老秦坐在水泥地面的院子里，喝着茶水，听闷闷母亲谈家常。

　　闷闷的母亲不到五十岁。身体很健壮，像个男子汉。中等个子，宽大敦厚的身派。圆大黝黑的脸庞泛着润泽的红光。圆大的眼睛，黑眼珠闪烁着光泽。额头宽阔饱满，几乎看不出岁月留下的皱纹。嘴唇厚实红润，满口雪白的牙齿。她胸脯宽大，肩宽腰壮，一对乳房，在蓝布大襟衣服下很不安分，像要鼓破衣服冒出来。她的一双胳膊肌肉丰满，手腕上自然显出镯印子。两支手上的十指像竹筒。裤脚下一双腿胫子黑红粗壮，一双肥厚的脚，快要把布鞋撑破了。

　　老秦面对这位不显老面的农村妇女，把她与其丈夫闫兴昌相比，不亚于体派高大、身子骨壮实的丈夫。真是一对典型纯粹的庄稼汉夫妇。

　　闷闷母亲一边同老秦谈家常，一边哄着撒娇淘气的小孙女。这个不到三岁的小女孩，确实应着俗语："啥树下出啥秧子。"个头像四五岁的孩子。天真丰润的小圆脸，白皙中泛着桃花色的光，圆圆光洁的下巴，一双细细而明亮的眼睛。红樱桃般的小嘴巴，秀气的鼻子，花衣花裤紧紧绷在她肥嫩的身上、腿上，更显出她几分的天真、机灵、健康。她围绕着婆婆的膝下，不时地转动她的身子，摆着小胳膊小手，踢踏着腿，红塑料凉鞋"刺啦"着地面。"放安宁些！"闷闷母亲搡打着小孙女，嗔怪地说。又顺手把小孙女紧搂在怀里。

闷闷的母亲是家里的一把好手，里里外外、田间地头、针线茶饭的轻重活都干。她叫程瑛。

程瑛扯了扯小孙女的衣角，对老秦又说：

"造孽呀，女子的妈死的时候，女子才五个月。整个靠我们买奶粉、白糖喂养。一月要几袋奶粉、几斤白糖。两年多，得多少钱呀！头痛脑热看病，月月少不了。两年多了，多不容易呀。要不是我和闷闷的爸爸，这女子难得活，早就没命了。"程瑛熨顺着小孙女的衣襟，两眼睁得大大的，目光呆滞地、潮润润地看着老秦，哽咽着说：

"闷闷媳妇是个老实人，人勤快，过日子知道细密（方言，节约的意思），为了修房，连夜饭都不吃。"

程瑛的眼圈红了，眼角含着泪水，停住了说话，低下了头。

老秦听得很仔细、专注，程瑛的每句话每个字，像钉锤一样打入他心中。他被善良的少妇的品德和美好的形象所感化，心里痛刷刷的。

沉默了片刻，程瑛抬起头，圆睁着眼睛，异常抱怨地说："干部说了话不算。一九八七年冬天搞计划生育。村上干部说的，叫我媳妇去结扎。结扎了，当时就给拨房地基。媳妇听村干部的话，就去结扎了。第三天，闷闷叫村上拨地基，村上干部不承认了。叫去找组上。找了组上，组上又推到村上。就是不划拨。"

程瑛一边说，一边伸开右臂膀，掌心向上，微微抖动手指，她气愤地说：

"哎，老秦，你看气人不气人？后来村上干部又说，写个申请，全二组每家签名盖章，同意划拨，村上就来人给划。好啊，又照他们说的办。"

"那一天，我和闷闷的爸爸都上集卖菜去了。闷闷从清早跑起，挨家挨户叫组上人家往申请上盖章。盖到上午过，才有二十几户。他又一家一家给人说好话，又盖。娃子口说干了，肚子饿了，太阳也偏西了。再跑，腿挪不动了。闷闷回家后，同媳妇荷子吵了几句嘴，荷子喝了药……死……死了。"

程瑛眼泪像喷泉一样，哗哗哗地涌出，话都说不出来了。

老秦越听心情越沉重，像一块大石头压在了心头，他为这推诿扯皮的工作作风而气愤，他为老实巴交的农民而同情。他嘴里、鼻腔里不停地发出"嗯！""嗨……！""不得了"的声音，叹息着，惊讶着。他的黑红的脸上显出愤懑、怜悯、衰凄的复杂表情。

程瑛用手抹了一下酸楚的鼻子。

"婆，婆哎——"小孙女哭丧着脸叫着程瑛，并用小手给程瑛擦眼泪。程瑛一把把小孙女抱起来，放在右腿上，搂入怀里。

"甭哭，我们女儿乖，听话。"程瑛用脸颊蹭小孙女的脸。她又说：

"快得很哟，救都救不急。我们老两口又不在家。要是在屋的话，也会把媳妇劝劝，她不会寻这种短见了。媳妇死得冤呀，太造孽了！"

"不得了，可怜，可怜呀！"

老秦连连摆头，唉声叹气。他为闷闷的忠厚本分的媳妇可怜命运而悲叹、伤感！

后来，老秦还通过组上其他老少男女的述说，对闷闷的情况知道得更清楚了。

闷闷是闫兴昌的大儿子。闷闷结婚以后，得了两个女儿。经组、村、镇、县几级批准，房屋地基的手续，在一九八七年办好的。可是村、组一直把地基划拨不下去。房子修不成。盖房的希望还是被关闭在几片片纸上。闷闷一家四口只有将就着跟父亲一家大小七口人挤在一起。父亲让给了他半间房。

闫兴昌共有四个儿子，两个女儿。闷闷为老大，老二狗娃已经二十几了，订婚已经三年了。冬天就要结婚，最少也得半间作洞房。三儿子也要二十岁了。四儿子的个子好像跟着三个哥哥顺风长，个子即将赶上了。两个女子都是大姑娘了。闫兴昌总共只有三间瓦房。无论如何安排，十几口人的大家庭难得在一起住下去。老两口的睡房，用了半间房。两个黄花闺女占了半间。要是给狗娃半间房作洞房，还有两个小伙就没处睡觉了。

情况紧迫，迫使闷闷一家四口迁出。这就像"树大发权，儿大分家"。

闷闷的房地基手续批下来近一年了，总共三分八厘地。找这个找那个，就是划不出具体地方。这里是连片的水田不能占，那里是几十户人家的责任地难得调整。三间房的地基，得调整五六家的地。说通了东家，西家不换了。说通了王家，李家又不愿意了。按倒葫芦起了瓢。十家有八家都想修房，十家有六家必须修房。

江湾村二组过去土地比较多。一九七一年驻来一个省属大企业，占去二组八十多亩水田旱地。现在每人水田只有一分多一点，旱地五分几。土地奇缺。土地成了大家的命根子。"民以食为天，食以地为本。"吃饭，靠土地长粮食。穿衣，靠土地变卖钱。用钱，靠土地种蔬菜。有土地才有活命的路。

每一寸土地早已成为江湾二组人的命根子了。自己的责任田、自留地、庄基地，每一家人攥得紧紧的，能攥出水来。那怕只有使用权，反正也属于我的。他人想得打破头，拼上命，也不得给你。

二组组长修房，不是这样难场。手续刚批下来，村上的、组上的干部一起，就在"吃大锅饭"时二组的打麦场上给他划拨了地基。组长的手续比闷闷家迟批大半年。组长家修房，既不占自家的承包地、责任地，又不需要向东家向西家求爷爷告奶奶下话兑换地。不到一个月，就像变戏法一样，由批房地基的几片片纸，变成了宽阔高大的三大间两层楼房。它象征着主人的权力和威风，屹立在全二组最注目的中心点上，门前屋后占场宽，左边右边，不挨张，不靠李，还能再修几间房。闷闷想到，组长修房这样容易，指到哪划拨到哪，而我，却这样难办？找组长，组长推到村长。找村长，村长推到组长。

闷闷家的房子还在夜里床上的睡梦里。

闷闷一家人，组上的人都清楚。组长手中有权，掌握着组上的土地、财产一切大权。组长的二嫂子是前任村支书的大女儿当时前任支书正在任，现任支书闫兴惠是换届后的支书，而闷闷一家都是老实巴交的平民百姓。组里的多数人家，都为闷闷气不愤（注：方言，同情，打抱不平。），牙齿咬得咯咯响。

220

六

这天，闷闷起了个大早，双手虔诚地拿着申请书，挨家挨户叫组上盖章。

"王叔，给我盖个章。"闷闷哀求地叫着。

"谁呀！"王家婆婆挪动着一双小脚，从黑暗低矮的伙房走到堂屋，问着来人。

"我要修房，婶婶知道，求求你们盖个章。"

"你王叔上集卖菜去了，光盖。我同你王叔，都是土埋到脖颈的人了，积德行善。今世不行，修行来世。"她又挪着小脚，从内屋取出一个蓝布小圈圈，颤抖着双手，绽开一层又一层，显出一枚木质变黑的印章。

"李姨，给我盖个章"。闷闷乞求着。

"这些老爷们才不得了，谁家修房这样做过，这明明是欺负老实人。"被叫李姨的妇女，又抱怨又同情地说。"光盖。"她转身朝里屋走。"你叔在外工作，我们缺劳力。前些年，分粮分草，这些年收割抢种，你们一家人都很好，给我们帮忙。叫人感激得很。"

"三……三大，你……你，给我盖盖……个章。"闷闷把三叔叫三大。

"霉驴日的不来，我要出门卖菜你来了，黑了着！"（注：方言，即晚上。）闷闷的三大刚挑起两筐茄子，正出院子。不耐烦地推拖着。

"你……盖个……"

221

"少啰嗦!"挑在前头的箩筐撞开了闷闷,过了大门。闷闷瞪着痴呆的眼睛,望着三大的背影。扁担唱着吱呀吱呀儿的歌,悠悠远去。

"德全……全家,给……盖个……章。"

"我们还不是要修房,也有手续。我们的自留地也要修房,不调给你。"德全女人揭明给闷闷说。

"我……把……三郎庙……大……大片……水田调……给你……,盖个……章……"闷闷央求。

"等德全回来了再说!""砰!"木门闭住了,闷闷尴尬地站在门外。

闷闷盖章,不是这有人不在,就是那家不愿意盖。遭人的白眼,受唾沫星淹,听风凉话……从大清早跑起,口说干了,腿跑弯了,脚掌走翻了,才盖了二十几户。"他妈的……从娘肚生下地……地,还还……没做过……这么么……难肠人的事。"闷闷心里骂着。不大一点的申请书,正方形的印,长方形的章子,红砣砣的指纹,密密麻麻盖满了。一片片白纸成了红纸。他又渴又饿,实在走不动了。拖着疲惫的身子,回到自己家。

闷闷出现在门口时,凭气息感觉,荷子知道是闷闷回来了。她穿一件碎绿花的白底花衬衣,一双圆大的眼睛,在双眼皮的弧形线条描绘中,更显少妇的风韵。光润如玉的圆盘面儿,笼罩在愁云悲雾之中,散发着凄苦的秀气。小巧红润的嘴唇紧闭着,把满腹的苦衷、不平深深地埋藏在心的底层。她坐在小木椅上,身子斜靠在墙上,她的头离开墙,回过来朝门口望了一眼,又慢慢转向屋里。一声未吭。

闷闷后脚挪过门槛，背靠着门板，双腿软了，整个身子顺着门板滑下去，屁股塌在草墩上。他眯缝着眼睛，像掉了魂一样，上身靠在门上，搭拉着双手，双腿在地面上划了个八字。

过了一会儿，闷闷好不容易缓上一口气来，少气无力地说："饭……饭……好了吧？"

"……"荷子不理睬。

"给我……舀……碗……凉凉……水！"

"我还不是从地里才回来，谁侍候我哩？"荷子不高兴地朝砖仓跟前走去，提起热水瓶，咕咕咚咚地倒了大半杯子水，抿了一口，是温的，情不自愿地走到闷闷面前，伸出一只手，递过杯子。

"嗲！"

闷闷端起杯子，像往喉管里直接倒一般，咕咚咕咚喝完了。"嘘——"，舒坦地长吐一口气。脸上露出了满意的一笑，额头上的三道波浪式的皱纹不再像平素刀刻般地明晰，出现了少有的平滑光亮。闷闷向温顺的妻子报告着自己的战绩："盖了二十几家，黑了我再跑，全组人就能盖完。"

"红砣砣盖得再多，顶屁用，谁家像我们这样过！凤娃婆娘上午在河坝说了，她们河坎边的地不换给人，还不是仗着自己是组长的势？自家把房修好了，还管别家的？咱们地基划不下，还不是她们在作怪？"

"他……狗日……日的……敢不划？他们……们说得……全全……组人盖章，就就……给拨……"

"人家作弄人哩，你别做睡梦了！"

"他们只有哄你霉脑壳，把管管扎住，再也不出娃子……"闷闷对荷子的抱怨，很不耐烦，以讽刺刻薄的话回击她。

"结扎不结扎，是政策，你还不是也同意我去扎？"

"地基划……划不……不了……只只……两个女……女子……想个……个个……儿子都……都搞……求不成成了……"

"你吃得啥后悔药，又不是我生不出来个娃子，（注：方言，指男孩。）还不是他妈的没房住，穷根扎得深。还不是你们一家老的少的没求用，受人家卡治？"

"放放……你妈的……的屁！我我们……穷，你你……眼睛睛……瞎了了……跟我……我？"

"你眼睛瞎了，你眼睛瞎了！"荷子想到进闷闷家来，一天顺畅日子都没过着，一家十几口人，挤在一个屋里。弟兄姊妹多，没房给闷闷分得。自她跟闷闷结了婚，父母就叫他们分开住，单另起伙。做饭没个灶屋，就在父母家矮小的伙房临时砌了一口锅，睡觉没地方，暂借父亲家半间房。收回的粮食没处装，柴草没处放。从来没大大方方地做过一顿饭，总是想着日子过细密些，修房。修房，白天做活，荷子头脑里想得修房，夜里做梦，也想得是修房。闷闷做粗活，她跟着一起做，闷闷做重活，她没少过一回。两口儿总是系系不离兜笼，同来同往。想到跟自己年龄一般大的那些姑娘，人家哪个不好过，都是宽宽畅畅的瓦房，气气派派的楼房。组上有些人家，旧房一长串，人家还嫌跟不上形势，又修新楼房。同一个组的，同一个村的，有权有势的人家，早晨批手续，下午划地基，第二天就能动工。你闷闷呢？

我到你家来，享得啥福？受得不是罪，遭得不是孽。在外受人的话，憋一肚子气。回到屋里，你又朝我心窝里递刀……我还活什么？她越想越气，越是口头上不饶人。像迫击炮似地，向闷闷轰击。

闷闷动了火，怒眼圆目，脖项的青筋蹦得老高，满脸胀红，骂道：

"瞎瞎……滚……滚你妈……妈的……。"

"你给我说清，我滚到哪去？"荷子像一头发怒的狮子扑来，抓住坐在草墩上的闷闷的领口："你说你说……？"

闷闷被荷子的蛮横更激怒了，扬起右臂，朝荷子脸上狠狠地打了一巴掌。

荷子嚯地一声站起来，手摸着发烫的脸，瞪起铜铃般的双眼，喷射出两束怒火，狠狠地逼视着闷闷。她木然地呆立着、呆立着，像要把地踩穿。

"哇——！"荷子又是一声嚎哭，发疯般地扑向闷闷，咬他的胳膊，撕打他的身体，嚎啕大哭，咒骂着：

"你狼心狗肺的东西还打我？你——你你你，打得下手？我到你屋来，受得不是洋罪。你……哇……我这人活不成了。"

闷闷自知失手，内心惭愧，像刀子搅心，再也无力反抗，任荷子揪打混闹。

"荷子……子，我我错……了，饶了我……我这这一回吧吧！唵？……"闷闷双手攥住荷子的双手，下话地说。

受到天大冤屈的荷子，自尊心受到从未有过的伤害。缺盐少油的日月她能熬过来，再苦再重的活路她能顶过来，别家人欺负辱骂能经受得住，这这这自己的男人把我不当人，多嫌我，狠下心打我，如天塌地陷，咋叫人活？这人还有啥活头……

荷子放开了闷闷，双手挖自己的脸，撕扯衣服，乱蹬着双腿，又在地上乱滚乱拌，像牛一样地吼着……

闷闷颤抖着双手，用双膝在地上走路，向荷子追过来，又撵过去，挡也挡不住，按也按不住。

闷闷抖动着双手和双腿，颤巍巍地站了起来，说："荷……荷子，你没……没呕气……我去叫刘刘家婆……婆，来劝……劝你……"

闷闷手扶住门，脚步向门外迈，回头又望了望在屋内乱滚乱拌的荷子……

闷闷双手搀扶着头发花白的刘婆婆，来到自家门前。刘婆婆佝偻着身子，艰难地向门前走去。

未等过门，闷闷高声叫着："荷荷……子，刘婆婆……婆……劝你……你来了……"闷闷刚过门槛，就愣住了，人呢？堂屋是空的，只见地面白净白净的，一点灰土也没有。闷闷两步跑到内半间屋。刘婆婆挪动着一双小脚，从堂屋门前朝里面走着，嘴里哼哼哼着："荷子，荷子，你女子咋得了？"。

在昏暗的光线中，闷闷见荷子蜷着身子，双手朝前弯曲着胳膊，贴在地上。她的大半个脸枕在地面上，呼吸急促，口吐白沫，脸上痉挛着，翻着白眼，发出微弱的呻吟。

"荷子……"闷闷大叫一声，"咯噔"一声扑向荷子，跪在她面前，把荷子的上身抱在自己怀里。荷子的脑壳耷拉在他的胳膊上。

闷闷觉得眼睛亮些了，比进门时亮多了。他见地上倒着一个瓶子，瓶盖子在桌脚下。

蓦然，全身像电打了一下，一身的血液涌上脑顶，胀得脑顶像要爆炸一般。脊椎骨像万箭齐穿，全身失去知觉，像不存在了一般。就

226

在这一霎那，从头至脚出了冷汗。他惊叫一声："一扫扫……光……"

闷闷身体猛向前倾，伸着右手慌忙把瓶子抓到，举起来一看，哭着叫了一声：

"荷子……!"话未落音，"砰——"瓶子从闷闷手中滑掉，打了个粉碎。他一切都明白了，这是农药"一扫光"，剧毒药，能闹三代。老鼠吃了毒死，狗吃了死老鼠不得活，别的动物吃了这狗的肉命也保不住。人要是手粘到这药水，不洗净就会送命。这瓶农药，他和爸爸家用了两年了，春天拌苞谷种，夏天拌花生种，闹老鼠闹鸦雀子。瓶子里的药水只剩了点底底。一想到这里，闷闷害怕地打颤，一场大祸就会落在头上，这这这，怎么得了。

闷闷又怕又急，失去了主意。眼泪像泉水一般涌了出来。

"呕哇——呕——!"荷子一口紧接一口地呕吐着，喉管里发着干呕。腹部开始出现了异样的痛疼。她用右手狠劲地揉搓着。

刘婆婆听到闷闷惊异的叫声，本来就颤抖的身子更加厉害了，像筛糠一样。她颤颤悠悠地摸着门进了里屋，嘴里"荷子""荷子"地叫着，扑通一声坐在地上。一双枯柴般的手摩挲着荷子的脸、嘴巴，拢着她的头发，攥住荷子冰冷的手。悲悯地说："女子，你啥事不得了结，你瓜得做这事!"

刘婆婆蓦然伸开双腿，整个屁股坐在地面上，她用左手把闷闷一拍，又从闷闷怀里使劲地把荷子抱过来，搂在自己的怀里。她像下命令一样，大声说："麻利叫人! 麻利叫人。"

闷闷如梦初醒，从地上一轱辘爬起来，抬起双腿往外跑。

"快来人哟，不得了哟，荷子喝了毒死了……"

话音一落，左邻右舍的人，院子里做活的人，放下手中的活，一齐朝闷闷家涌来。

"荷子刚才，还好好的，跟我说话来！"

"快给灌解药！"

"往四季青医院送！"

人们七嘴八舌地出着主意。

小伙子明娃眼明手快，把架子车推到堂屋门上来了。人们抱头的抱头，抬脚的抬脚。

刘婆婆叫着："把铺盖抱来，垫在车上。"

一个姑娘"噔噔噔"地抱出荷子床上的大花被，铺在架子车上。

"明娃，快拉上跑！"

一伙人连拉带掀，架子车在小巷子里飞快地向前跑，跨上了公路，朝西飞驰。

荷子的肚子越来越痛，火烧火燎，刀子搅心，她呻吟着，叫喊着，脚手乱划乱蹬打。

"哎哟……痛死了……哎哟，我不得活了……"

我悔呀，好悔，不该喝毒……哎哟……呀……呀呀呀……呀……呀呀呀呀呀……

几个小伙子跑得气喘吁吁，大口大口地喘气，汗水像瓢泼一样，衣裤全部打湿了，紧贴在腰上，屁股上，腿上。

不大一会儿就到了四季青工厂职工医院。

几个白医战士，有男的有女的，忙出忙进，全力以赴地在急救室抢救荷子。

插管子洗胃肠，已来不及了。荷子已奄奄一息。打强心针。所有的措施都用上了。年轻的荷子永远闭上了秀美的眼睛。她安详地躺在病床上，一动也不动，她已经腾云驾雾，遨游太空，到达她所追求的"天堂"去了。

北边的远山完全隐没在乌云中了。像大山、像波涛一般的浓云密雾，向南涌来。雷声隆隆，撕天裂地般地炸响，闪电划破长空，闪烁着晶莹耀眼的光芒。北风肆虐，像万头发怒的雄狮，在山丘上，董坡梁、田野里，公路上乱撞，发出惊天动地的吼声。

天解人意。老天为荷子鸣不平，喊冤。这狂卷猛刮的大风，岂不就是老天发怒吗？这雷鸣、闪电，岂不就是老天为荷子鸣冤屈，喊不平？岂不是为善良荷子的升天鸣鞭炮、放礼花，举行隆重的祭奠？

架子车上盖着白布单，荷子安详地躺在上面，人们簇拥着车子，向江湾村走去。

霎时，大雨倾盆，天公发怒。它要以数千上万条的天河之水，冲刷掉这人间的尘埃迷雾。雨是天泪，泪下如雨。天和地都为荷子的死哭泣。

七

风停了，雨住了，云退天开。初夏，雨后的天空湛蓝湛蓝的，广阔渺远。夕阳西下，从云缝中放射出万道金光。西边的半边天像熊熊燃烧的火滔，红彤彤，金闪闪，无比壮丽。东方的天空边上，架起了一座赤橙黄绿青蓝紫的七彩虹。一头枕在郭家山，一头伸入茫茫的汉江。

架子车停在闷闷家门前。荷子无声无息地躺在上面。一伙人忙碌之后，给荷子洗过了脸，擦了身子，里外换上了新衣衫裤子。闷闷从箱底取出荷子最喜欢的高跟皮鞋，扑通一声跪在荷子的脚前。他一边哭，一边给荷子穿鞋。当闷闷把另一只鞋给荷子蹬上以后，"哇——"地一声，号啕大哭，他以膝盖走路，来到荷子的头部。双手拉着荷子冰冷绵软的手，哭得像个泪人一样。豆大的泪珠，从眼眶一滴紧接一滴地淌。两个颧骨更显突出，额头上的三道波浪式的皱纹更深更显，满腔的悲愁。他哭天抢地地诉说着："荷子，你……你不能死呀，丢、丢下两个小女子，咋那成人？我咋得活人呀！……"不知是过分悲痛，还是多年的夫妻关系情真意切，像奇迹一般，闷闷说话也不结巴了。他一会儿昂起头哭诉，一会儿把头埋在荷子的胸膛低声忏悔。

"荷子，你千不该万不该，不该走这条路啊！我没有对付不住你的地方呀！"

闷闷的脸上布满了泪水、口水串成了线线。

"咱没房住，将就着过吗？天底下没房的人多着呢！荷子呀，你睁开眼睛看看我，你走不得呀，我们爷儿仨离不得你呀……"

闷闷左右、身后站满了人。有的人扯他的胳膊，有的人用手帕捂他嘴，还有从他身后双手抓住他的腋下往起来抱的。总是止不住这位悲恸至极的可怜汉子。

张振中

1991 年 7 月 15 日，创作于社教驻地

记一位村支书

　　成熟的稻谷像一把金钥匙，打开了我下乡调查的大门。学校放农忙假，我才从整日繁忙的教学工作中解脱出来，去百里以外访问一位村党支部书记。这是我数月来的愿望。阳光灿烂，微风习习，秋高气爽。眼见的、耳听的，一切都是那么新奇鲜活。公共汽车把我送到远离县城一百多里的深山腹地。在巴山山脉的一个小山沟的乡政府，正好遇到了他。

　　他叫王振魁，四十六七年纪，中下个头，清瘦的黑红脸，一双炯炯有神的眼睛。着一身青蓝色的制服衣裤。给人一种十分朴实、纯厚的好感。

　　年轻的乡党委副书记，我们党校中专班刚毕业的学员，向王振魁介绍了我的来意。王振魁伸出粗大的双手、一把拉住我，满面春风地说："欢迎，欢迎，请到我们家去做客。"

　　副书记和乡农技员走在前，我居中，王支书推着自行车在后。我怕王支书赶不上徒手走的我们，不停地回过头来看他。王支书却走得很轻松，并不因上着高坡，踏着坑坑洼洼的盘旋山道而落后。不见他喘气，不见淌汗，推着笨重的自行车上坡，若无其事。与我们谈笑自如。脚下是山沟，有深狭的山涧流水。一小块一小块的梯田拾级而上。沉甸甸的谷穗勾着头，在微风中摇曳。荡起一层一层金波。

满山遍岭的树木茂盛，枝叶葱郁。我们走完一段曲折的斜坡山道，又下到一个深谷，过了小桥，上了数丈高的壁陡土坡，进入遮天闭日的松树丛林。透过枝叶的空隙，看到远远的对面山坡上，山腰间有一大片一大片的山地。王支书指给我们说："那几棵大柏树下，有我的一块承包旱地。"副书记问："那不是要过个大沟？""要过，还是走我们刚才过的那道桥，一下一上近十里路。"我心里惊叹着："山里人种地真不容易呀！"

山道曲曲，顺着山脉自北向南的方向，我们继续沿着斜坡往上爬。王支书家在王鲁沟的一条支沟内。他们是黄家营村第三村民小组，二十几户人家零散地住在东边的山坡上。眼前一片开阔的坡地。一块一块成熟的玉米，一块一块油黑油黑的红苕秧子。一层一层的梯田，金黄的稻谷，像一条彩带飘向深沟的脑顶，隐没在苍茫的青山丛林里。

我们从一户又一户人家门前经过。做农活的山民们热情地招呼着："上来了？进屋喝杯茶！"多亲切好客的山里人呀。门前的地坝，都有一墙屋檐高的石坎。坎上是五倍树，一排又一排。坎下是一架又一架的木耳、香菇。全是小碗粗的青钢木。这是山里人得天独厚的自然条件，是大地给山民们的馈赠和厚爱。

王支书一家人，远远地出门迎接我们。平坦坦的水泥场院，一长排红砖青瓦的新房。几个门窗，全用彩色磁砖贴了面。红漆门、玻璃窗。这比平川的机关单位还阔气、漂亮。我们坐在沙发上，看着彩电里的节目。能干的支书内助，很快炒熟一盘新收的花生。"尝尝鲜，不太脆！"姑娘又给我们沏青茶。

我们一边吃着花生，品尝着毛尖茶，一边听着王支书的介绍。

一九六二年，王振魁初中毕业后回乡务农。生产队的干部社员信任他，把几十户人家的经济大权交给他。会计工作干得很出色，大家又推选他当生产队长。粮食增产，工资值在全大队领先。但"文化大革命"的空前运动容不得他。理由是他父亲当过几个月的伪保长。批斗、撤职，严厉冷酷的极左思潮，冷落了他一年又一年。储备粮吃空了，生产队负债日甚一日，群众缺吃少穿，日子难度。社员又想起了前几年的队长。大队干部们斗胆、破例地任用王振魁又当上第三生产队的队长。他领着社员们，顶烈日，冒风雨，战严寒，披星戴月，夜以继日地苦干，劳动日值在全大队最高。最终粮食大丰收，还清了欠债，家家有余粮，手中有活便的钱。为使全大队的生产很快搞上去，像三生产队一样富足，党支部应群众的要求，又推选他当上了村委会主任。一九八四年在全村三十几个党员期望、相信的掌声中，他挑起了村党支部书记的重任，操起了 360 户、1400 口人的大家庭吃喝穿戴用的心。

联产承包责任制极大地调动了村民们的劳动热情和新生活的信心，家家有盼头，人人有希望。一块一块的山地水田，拼尽所有精力，向主人奉献出白米细面。但只是有吃的，那不过是丰富的生活内容中的一项，只是人们诸般愿望中实现了的一个愿望。更重要的是手中有钱用，家庭富裕，过上舒服可心的日子。可是这聚宝盆在哪里？摇钱树，穷山沟里长不长？三百多户人家如何脱贫致富的问题，沉重地压在王振魁的心头。他昼思夜梦，苦想冥求。县、区、乡多种经营发展经济的项目、经验，像一把金钥匙，打开了他心头沉重的铁锁。他攥紧拳头，认准了目标，斩钉截铁地说："干，向山要钱。""靠山吃山，靠水吃水。"古老的民谚拨亮了他的心：我们山里有广阔的山地战场，有满山遍岭的青钢木、桦栗树。点木耳、兴香菇，大搞食用菌生产。他背上干粮，跑到一百多里外的县、区等地，参观、访问，请教科技人员。借钱买回菌种，他领着妻子、三个孩子，砍木棒，打眼孔，点菌种，搭架。沙啦沙啦的锯木声，叮叮咣咣的打眼声，响成一片，响彻在王鲁沟的山谷和天空。他叫来门前屋后的邻居，喊来各村民小组长，招来党员、村干部、党支部委员，看自家种木耳、种香菇的方法。乡亲们，干部们眼睛亮了，心里有了数。王支书的榜样变成了许多家的行动，许多家门前房后搭起了一架又一架的青灰色木架，架起了通向富裕道路的金桥。科学的种子首先在王振魁的门前开了花，他一家五口人的汗水，变成了一箩筐一箩筐的木耳、香菇。多可爱的鲜货呀！木耳，乌黑油亮，片大肉厚，软呼呼，颤鲁鲁的。香菇，活像张开的小雨伞，朵儿大，叶片嫩，使我垂涎欲滴。一九八四年，这是他点种食用菌的第一年，20架木耳，10架香菇，以1500元的人民币报偿了他一家五口人黑明昼夜的辛劳。妻子向来憔悴的脸红润饱满了，孩子们从头到脚一身新。左邻右舍，别组的村民，村干部，纷纷到王支书家来报喜。这个说，自家的木耳摘了十箩筐。那个说，他们的香菇晒了一院坝。一个个笑得合不拢嘴。王振魁的眉头舒展了，脸上显出了幸福的笑容。他高兴的是自家有了致富经，还给许多村民家送去了永远打不破的聚宝盆。他抖擞精神，以清醒明智的头脑，又指挥家家栽上摇钱树——五倍树。他首先在自家门前屋后，坎下，地头，沟边，坡

234

上栽了三百株。这五倍树十分稀奇古怪，只是偏爱王振魁的家乡黄家营的人。方圆几十里丘陵山地才长它。别的地方即使把它热肠快肚地接去，精心服侍，它也不给挂果，传宗接代……

全村三百户人家走向了致富道路。但是还有家底薄、劳动力少的，有傻子、痴呆的，有抱病残废人家的，他们都是特困户，总计37户。他们的衣食住用种都成问题。党支部在全村群众中有无威望，群众是不是信任，关键就在于能不能协助这些特困户也在经济上大翻身。王支书用党性的真挚语言，用全心全意为人民服务的高度责任感，擦亮了支委们的双眼，点燃了全村32名共产党员心头爱的火焰。他们把工作着重点，放在37户特困户的致富上。党支部决定，分派全村32名党员承包特困户，帮助他们从贫穷的困境中跳出来。

王支书包了本组贫困户王清贤。王清贤，五十多岁，欠生产队粮钱、耕牛款累计2100元。沉重的债务压得他喘不过气，伸不直腰。王振魁扛上自家的锄头，到王清贤家干活。帮他家在自留山上种龙须草。帮他在承包田的坎边地头、承包坡上栽五倍树。王振魁带上自家的斧头、锯子、凿子等木匠工具，帮王清贤砍青钢木，锯成一米长的短节。一根一根地打眼，一个孔一个孔地点种木耳、香菇菌种。这些菌种，都是王支书垫上自己的钱给买的。王支书给王清贤家干活，就如给自家干活一样，泼辣、卖力、勤奋、吃苦。当年，王清贤家收入现金700元。笑颜赶走了他多年的愁容，心头沉重的石头搬走了。老子手里欠的账，靠儿子接着还，可能一辈子都还不清。而现在不再担心了。王清贤老汉感动地哭了，滚落着泪水，长时间地拉着王支书的手。在全体党员的带动下，全村掀起了致富竞赛的热潮。到 1989 年，全村销售给国家 21 万斤龙须草。栽植五倍树二万五千株。多种经营收入达 40.5 万元。比 1985 年增长 5 倍。全村人均收入比 1985 年净增 420 元。37 户特困户，户均收入达 2000元以上。全村一半农户，家里有了电视机。37 家特困户，夸咱共产党员是群众的贴心人。全村人过着富裕日子，不忘王支书。

一个塑料袋，内面装着折叠的手帕，胀鼓鼓的。躺在睡房桌上。王振魁面对着家里从未有过的小小怪物，感到蹊跷，等他打开手帕看时，立刻眼花头晕，大汗淋淋，双手抖颤。他震惊、不安。他感到自己的人格遭到了极大的污辱……几十年来党的教育使他绷紧了高度警觉的神经，他看到这个小塑料袋慢慢变成了一头猛兽，张着血红的大口，四爪腾空，向自己扑来，立即会被吞食……他很快明白了这突然降临的小东西。

黄昏时分，他在自家屋内苦口婆心地给本村二组一个村民做思想工作，三个多小时之后，到屋后上厕所。回到屋里突然不见了这个村民。他不告而别。整个一下午的话，能装几车几背篓，没说转这位村民想在承包水田上修房的心。王振魁一路小跑地向山下奔去。以同样的方法，先不作声地将胀鼓鼓的小塑料袋放在那人家的睡房桌上。正在做甜梦的人，没料到会立刻受到一顿严厉的批评。那人取出小塑料袋里的 1000 元人民币，低下了羞愧的头……这一消息，像无数只小鸟飞进王鲁沟的家家户户。全村人的称赞声，汇成了一支颂扬党风好转的赞歌。大小人翘着大拇指骄傲地说："王支书是咱信得过的人！"

有一个村民想批地基修房，给王振魁送了烟、酒、副食。他连夜到那个村民家，退还了这些东西。有一个村民因计划生育被罚款，想减免，给王支书送来好烟好酒，还带来某领导说情。他严辞拒绝。

本村郭家山小组的村民郭王成说："王支书救了他一家五口人。"前些年，他家就一个劳力，穷得连盐都买不起。常常小偷小摸。左邻右舍鄙视多嫌。王支书经常到郭王成家做思想工作。坐在火坑边谈心，蹲在院坝石坎上开导启发。但收效不大，郭王成时而又偷鸡摸狗。王支书细心琢磨之后，瞅准了郭王成毛病的症结——穷。下定决心，帮他剜掉穷根。从王支书自己家到郭王成家，要下一面大坡，过一条深沟，沿山涧小道走一顿饭的时间，又得杵着鼻子上一面陡坡。不论是春暖花开，还是酷暑炎夏、寒冬腊月，王支书或披着黎明的晨雾，或冒着瓢泼大雨，或顶着鹅毛飞雪，或深夜打着竹杆火把，跌跌绊绊地行走在这道一往一返二十多里长的山径上。几年来路上留的他的脚印一直是新鲜的。木耳、香菇、五倍、龙须草，郭王成每年收成的这些农副产品，都凝结着王支书的心血、汗水。郭王成还清了一千五百元的欠账，娶了两个儿媳妇。眼下，他又在筹划着，盖一幢新楼房。

一九八八年六月，孤儿刘水泉、痴呆户翟天福、翟连耀，因天旱粮食减产、生活困难。王支书赶忙给孤儿送了20斤大米。在他的带动下，党员和村组干部们也纷纷捐送。总计有：60斤大米，130斤小麦，300斤洋芋。这些困难户顺利渡过了生活的难关。群众称赞说，还是共产党员风格高，社会主义是劳动人民的阳关大道。

从一九八六年起，王支书为村上拉架农用电网，亲自领导筹款，动员村民备料，组织施工。跑遍了王鲁沟的山山水水，家家户户。到一九八九年彻底完工，整整三年。按有关规定，发给他误工补贴300元。可他只要了一半，硬是将150元交给了村上。一九八九年七月，在给村民办理身份证的工作中，他操了许多心，跑了许多路。村文书把误工补贴的条子开好，亲自送到他家。他却婉言谢绝，一分钱不要。

　　乡党委副书记介绍的王支书事迹，深深感动了我，翻卷的心潮难以平定。这时，我向旁边沙发上坐着的乡党委副书记说："你留我在乡政府多耍几天，帮忙整理王振魁的先进材料，我答应。前几天，汉江区各村支书在党校培训，王振魁介绍了先进事迹。区委书记在大会上说，全区向县委报了两个先进党支部，其中一个就是黄家营村党支部。"年青的乡副书记听到我应承了他的请求，高兴地呵呵笑了："到底是我的好老师！"他很自信地说："材料的题目我已经想好了《记一位优秀的村党支部书记》。"呱呱呱呱，我和农技员高兴地鼓掌，为这个题目叫好。

1990 年 10 月 24 日

附　录

古村新颜

　　注：2019 年 4 月中共洋县县委组织部庆祝建国 70 周年征文活动，评选张振中创作的《古村新颜》为二等奖，并报送到汉中市老干部工作局，又评选这篇文章为优秀作品，并刊入中共陕西省委老干部局、中共汉中市委老干部工作局编辑出版的《难忘的新中国记忆》汉中卷，第 189—192 页。

　　六陵渡村是我的故乡。它是一个古老的自然村落。在洋县县城以西，十五里路程。汉江河自村前从西向东流去，使村子有了沧桑而清秀的气氛。村前有一片平坦广阔的田野。很久以前，这片平坝上，分布了六个陵。这陵是一个大土坨，形似圆馒头。高十多米，直径有二十余米。上面长满绿草小树秧。突兀田地之中，傲视苍穹，恢弘而雄壮。据本县方志学家考证，六个陵产生于战国时期，是望族人户陵墓。刚解放时，田坝里还有两个陵，一个在汉江河和溢水河交汇处，离河口有一里多远。一个在马红铺村前。我们当小娃的时候，冬春经常寻猪草，攀登这两座小山。爬上顶，出一身汗，气喘嘘嘘，有登高望远的快乐感。村前河边，有一个古渡口，常年累月，有一艘两丈长的木船，自清晨到傍晚，来往于汉江河南北两岸，为村里人摆渡。他们或是到大江坝做亲戚归来，或是从南山砍柴扛木头回家。一个渡口，一两千年来，使一河南北两岸人家结为秦晋之好，人脉很旺，生生不息。因此，把村子叫作六陵渡。久而久之，人们把它念讹了，叫"林头"，直到现在，县城西区的人们还是这样地称谓着。

　　我在小时候，即二十世纪五十年代初，村子还分东头和西头两处。东头有小区域的地名，以次序叫胡家"歪"、张家碾道、焦家院子、坡底下、聂家"歪"、官路、张家渠渠、焦家坡坡。村东头有姓聂的、姓胡的、姓张的、姓焦的、姓何的。西头有姓王的、姓袁的、姓聂的、姓程的、姓华的。西头以次序是碑"嗲"（dia）（碑底下）、王家"歪"、袁家"歪"、程家"歪"。

　　村子里有很多庙宇，从东至西，五郎庙、胡家家庙、三官庙、焦家家庙、聂家家庙、何家家庙、娘娘庙、关帝庙。近邻村西，有一个大寺院，老百姓叫它"远门观"。有五六进院落，一二百间房屋。庙前有高大的石旗杆、石牌坊。村子里有一座戏楼，在娘娘庙前，每年过大年时唱戏，看戏人黑压压一大片，十分热闹。

　　村子里有两口池塘，一口在官路，一口在碑"嗲"（dia 碑底下）。村子里有几片水田，是冬水田，一年收一季稻谷。凭天然降雨生长。村东有张家坟园、村前有胡家坟园、聂家坟园。村后（北）有何家坟园，村西有袁家坟园。家庙前有高大的梧桐树，碧绿宽大的树叶，青绿闪光的树皮，散发着清新的气息，高大伟岸的树姿使人凭添一身力量。坟园里有挺拔的柏树、粗壮高大的栎树。

当时，全村有百户人家。房屋全是土木结构，盖着青瓦。张家、焦家、胡家、何家、王家，各有一两户富裕人家，四合院，大楼门。楼门是用青砖建成的，有一丈高，十分气派威风。院子铺着四方砖，屋里有大方桌、条桌、雕刻黑漆椅子。焦家、何家、王家各有一家被土地改革定为地主。村子里房屋坐落得很零乱，各自为政。这家的尿坑对着那家的堂屋。那家的猪圈、牛圈对着这家睡房的窗子。大部分房舍低矮、破旧、残墙断垣。从村东五郎庙旁开始，经过村里，向村西头去，有一条路，多处是巷道形式，供人们过路往来。还有许多交错的小巷道。下雨后，全是稀泥糊浆，人们挽着裤子赤脚走过。

在胡家家庙，办了一个初小，一、二、三年级。两个临时老师上课。当时有三四十个学生。上四、五、六年级，要到两三里外的范坝村天池庵学校去。

村后（北）有一条黄土路，三四尺宽，是从洋县上城固的必经之路。东从马红铺来，西到谢村，经过大寺院"远门观"庙门前。1949年冬天，解放汉中的人民军队在凌晨时就是从这条路上走过的。东头有一口两丈深的水井，水质清凉纯净，水源旺。官路有一口一丈多深的水井。张渠渠有一口水井。关帝庙有一口水井。村前胡家油坊前有一口水井，水特别旺，用水担可提出满桶水。

随着经济的发展，人们生活的改善，在二十年的人民公社时期，村子里新修了土木结构的房子，一般是三四间。各生产队在村子里修了两三米宽的土路。能拉人力车，收割小麦、稻谷庄稼。村里的水井被改造为电力抽水的深机井，向各家各户供上了自来水，修了高大的水塔。村西头，在村委会大院前打了一口深机井，建有高水塔。全村四五百户人家全用着自来水，再也不用拿大盘草绳，拴水桶下到井底，一把一把往上提，一担一担往家挑了。村中间从东到西修了一段宽马路。水泥道路，可行两辆汽车，长约300米。从村北108国道，向村里修了三条路，宽10余米，长300米。二十世纪九十年代，全是黄土路，下雨天直到天晴后三四天里，泥泞稀滑，行走过车十分不便。新世纪初，国家拨款，硬化了道路，直到各家门前，全是水泥路。

全村人都住上了别墅般的楼房，白墙红瓦，宽院子，红漆大铁门。出行一般都是小轿车、摩托车、电动车。夏秋两季收割播种，运输全是汽车、三轮车。村民干农活省力、方便、快捷，心里充满希望，在歌声笑语里劳动。

在人民公社时期，碑"嗲"的乱坟被拆平，修了学校。既有小学，又有初中，方便社员子女上学。真正实现了把学校办到社员群众的家门口。

前几年村学校并到范坝小学。在原学校地址上修建了村委办公大院。两层楼房，几十间房屋，白墙红瓦。大院水泥地面，平坦如砥。有花坛、花圃、健身的活动器材。节假日，在这里举行文艺演出活动，全村人聚集一起，欢声笑语，十分热闹。

现在全村人都过上了丰衣足食的小康生活，村民们生活美满，笑口常开，发自内心地感谢党的好领导、好政策。

解放后，"远门观"的房屋被改造成仓库，洋县西区大部分农民交售的公购粮储存保管在这里。这里挂牌成为谢村粮管所。集加工粮食于一体，供应西区机关单位干部职工及广大居民粮油。改革开放后，放开了粮食油料市场，市民在市场上可以买到粮油。这里的粮站被撤销，房屋地产拍卖给了某冶金企业。公司效益很好。近邻又建了某水泥厂，现代化生产程度高，又有某氮肥厂。这里成了洋县工业园区之一。六陵渡村的许多年轻人在这里上岗就业，职业稳定，收入可观，广大村民受益。

　　我的故乡六陵渡村变化成年轻美丽的新农村了！

洋县老年学学会会员　张振中

2019. 7. 28

创作于洋县财政局家属院

改革开放成就了我

注：2018 年 2 月汉中市文联、汉中市作家协会庆祝改革开放 40 周年征文活动，评张振中创作的作品《改革开放成就了我》为优秀论文，颁发给荣誉证书及奖金，并刊登这篇文章于文学双月刊《衮雪》2018 年第 5 期——《庆祝改革开放 40 周年专辑》。这篇文章又被陕西省民间文艺家协会主办报纸《秦风》转载，题目改为"遇到了好时代"，在 2018 年 12 月 30 日第 3 版。

自 1978 年党的十一届三中全会以来，改革开放的春风吹遍中华大地，改革开放的雷声响彻九州，改革开放的潮流此起彼伏，改革开放的画卷无比壮观，改革开放的喜讯不断传来，改革开放的人和事不断涌现。改革开放的广泛，涉及农业、工业、商业，各个行业。涉及政治、经济、文化、教育、医疗卫生、科技、外交、军工等领域。改革开放的深度涉及体制、机制、法规、内部结构、利益分配等最深层面。改革开放的浪潮一拨紧接一拨，一环紧扣一环。改革开放的红利不断增涨，改革开放的成果，全民共享。

今年是中国共产党实行改革开放政策 40 周年。改革开放是当代中国社会的鲜明特征，是主旋律。改革开放使国家富强，使祖国面貌发生了天翻地覆的变化。改革开放，改变了千千万万人的命运，使千家万户受益。人民生活改善，幸福安康。改革开放是当今中国叫得最响的话语，是出现频率最高的文字，是人们最喜欢听的词语。改革开放是中国当今时代的选择，是中国共产党的英明决策，是亿万人民群众的呼声、意愿。只有社会主义才能救中国，只有改革开放才能发展中国，发展社会主义，发展马克思主义。没有改革开放，就没有中国特色社会主义。没有改革开放，就没有当今中国科学技术的突飞猛进，就没有教育文化事业的飞速发展和繁荣。

改革开放40年来，我个人和我的家庭受到很大的好处，发生了质的变化，辉煌了人生。经济增收，生活改善，精神愉快，政治地位提高，享受到较高荣誉。三个儿女自立家庭，事业有成，收入丰厚，生活美满幸福。

全社会初步形成尊重知识、尊重人才的风气。人民政府从政治上、经济上关心知识分子，提高工资待遇。我家在县城已有两处房屋，200平方米。我和老伴退休后，自2004年开始旅游，足迹到达27个省（市、区），游过1000多个大、中、小城市，全国著名的大山名川，景区圣地。北到黑龙江哈尔滨，南到海南省三亚市，西到青海塔尔寺，东到国际大都市上海。参观过故宫、颐和园、天坛。上过东方明珠上海电视塔，游过豫园、苏州拙政园、寒山寺。到香港徜徉中环路，游澳门看妈祖庙。亲临北京奥运会观竞技，看鸟巢、水立方。到上海世博园游览参观40多天。亲眼见证中华民族举办的两个世纪盛会，实现百年来两个梦想。老两口写了几十本日记，背回几大包资料。从2005年开始创作出大型纪实性游记文学作品《江淮游记》上下册，60万字，于2007年6月由中国文联出版社出版；《北京奥运游记》上下册，54万字，2009年9月由作家出版社出版；

《上海世博会游记》全六卷，150 万字，2015 年 11 月由中国文联出版社出版。到 2017 年 11 月，又创作出版《心灵之歌——张振中诗歌选集》，10 万字，由中国文联出版社出版。

自 2006 年以来，各级党委和政府，省、市、县老科协领导对我关怀爱护，对我做出的成绩和贡献十分关注、重视，给予表彰奖励，热情鼓励，大力支持，授予诸多荣誉，我十分欣慰，感激不尽。

2007 年 12 月陕西省作家协会批准我为会员，颁给会员证。

2008 年汉中市老科协编辑百名先进个人事迹汇编成"银铃奋蹄谱新章"，刊文以"华笔著述颂盛世"为题目，以 1000 多字的内容介绍了我老有所为的事迹。

2011 年 12 月，陕西省民间文艺家协会批准我为会员、颁给证书。

2012 年汉中市民间文艺家协会主办《民间》杂志，在第一期刊载《汉中市民间文化百人榜》，我排名第 18 位。2012 年 10 月洋县老年学学会主办《洋县老年》报，刊登《老有所学，老有所为》10 名会员事迹，我排名第 4 位。

2015 年 10 月 22 日中国散文学会批准我为会员，颁给证书。

2015 年 9 月洋县老科协职称评定委员会评审同意我申报的文史专业教授职称，报汉中市老科协，评审同意后，又报陕西省老科协，经职称评审委员会评审，于同年 12 月获得批准，授予我教授职称，颁发给证书。

2015 年 12 月 23 日洋县老年学学会评张振中为 2015 年先进个人。

2016 年 5 月 27 日，中国民间文艺家协会批准我为会员，颁发给会员证。

2016 年 8 月 12 日，洋县电视台《洋县新闻》报导了我创作《上海世博会游记》全六卷出版发行的消息。

2016 年 9 月，《洋县文艺》刊登了张振中大型文学作品《上海世博会游记》全六卷出版发行和我本人加入中国民间艺术家协会的消息。

2016 年 10 月 9 日，汉中市老科协授予张振中《老有所为、笔耕不辍》优秀作品证书，作品是《江淮游记》上下册、《北京奥运游记》上下册、《上海世博会游记》全六卷。并发〔2016〕14 号文件给各县区老科协进行表彰。

2017 年 5 月陕西省委老干局主办杂志《金秋》于 2017 年 5 月上半月期刊登文章《感恩的心，涌动的情》，介绍了我的事迹和成就。

2014 年 2 月、2017 年 2 月和 2018 年 2 月，洋县老科协分别评我为 2013 年、2016 年和 2017 年优秀会员，颁发给证书。

2018 年 3 月 22 日，中国诗歌学会批准我为会员，4 月 20 日颁发给会员卡。

自 2015 年以来，我数十次获得中国散文网、中国诗书画家网，中国百家文化网等举办的诗歌、散文比赛金奖、一等奖。我偕夫人到北京钓鱼台国宾馆领奖。

在十多册大型文学典籍中刊登我创作的诗歌、散文 20 余篇。

我国已进入新时代，我们又迈步新征程。我决心认真学习领会习近平新时代中国特色社会主义思想，认真学习贯彻党的十九大精神，坚持"两学一做"，永葆共产党员的先进性。争取做到"老有所学，老有所乐，老有所为"，为家乡洋县经济社会的发展出力献策。

2018 年 7 月 3 日　写于古洋州城

2015 年张振中获得荣誉奖项及成绩

一、2015 年 7 月 25 日张振中先生创作的诗歌《鸭绿江岸游览》获得第二届中外诗歌散文邀请赛一等奖和最佳诗歌奖。该活动由中华散文网、北京华夏博学国际文化交流中心举办，世界诗人代表大会中国分会协办。张振中夫妇亲临北京钓鱼台国宾馆颁奖大会并受奖，同与会领导、获奖者合影留念。在北京大学百周年大讲堂参加了诗歌散文创作论坛。

诗歌《鸭绿江岸游览》刊登在国家级出版社图书《当代中外诗歌散文精品集》中。

二、张振中创作的散文《母校汉中大学》获得汉中市"两汉三国·真美汉中"征文活动佳作奖，举办单位是汉中市文化广电新闻出版局、汉中市妇联。颁奖大会于 2015 年 11 月 5 日在汉中市文化馆举行。张振中夫妇亲临会场领奖。

三、张振中创作的散文《母校汉中大学》由《三秦广播电视报·汉中版》刊登，全文 5000 多字，刊于 2015 年 10 月 23 日，第 43 期，第 8 版。

四、张振中创作的散文《朱鹮情》，获得中共洋县县委宣传部 2015 年 10 月举办的"醉美洋县·金秋印象"征文活动优秀奖。

2015 年 12 月 23 日张振中夫妇亲临颁奖大会受奖。会议在洋县书院中学举行。

2015 年 11 月 26 日《三秦广播电视报·汉中版》全文刊登《朱鹮情》一文，在该报第 48 期。此报复印件送洋县朱鹮梨园管委会以备用。

五、2015 年 10 月，中国散文学会批准张振中加入学会，为会员，并发给会员证书。这是中国作家协会所属的学术专业分会，是国家级的学术团体。

六、2015 年 12 月陕西省职称主管部门批准张振中为文史专业教授。

七、2015 年 12 月 23 日洋县老年学学会评张振中为 2015 年先进个人。

八、2015 年 11 月，张振中夫妇历经六年创作的文学巨著《上海世博会游记》全六卷由国家级出版社中国文联出版社出版。

九、汉中市民间艺术家协会刊物《民间》，在 2015 年第 1 期刊登张振中的文章《走过七十个春秋——我的创作之路》，3000 字。

《民间》第 2 期刊登张振中文章《母校汉中大学》，5000 字。

《民间》第 3 期刊登张振中文章《看上海世博会》，6000 字。

《民间》第 4 期刊登张振中散文《朱鹮情》，2500 字。

十、张振中先生 2015 年获得国家级、省级、市级、县级荣誉奖项的消息分别刊登在《陕西理工学院报》、《陕西理工学院网络》、《汉中文艺界》报纸、《洋县文艺》杂志、《洋县老年学通讯》杂志、《洋县老科协工作动态》等。洋县电视台在《洋县新闻》、汉中电视台在《汉中新闻》中四次报道其视频消息。

2016 年张振中获得荣誉奖项及成绩

一、2016 年 2 月，张振中创作的诗歌《我走在东北大地上》《白山市抒怀》获得中华散文网举办的文学艺术征文比赛一等奖。并刊载于中国文化出版社出版的《全国诗歌散文作品选集》。

二、2016 年 2 月，张振中创作的诗歌《纪念党的九四诞辰》《平遥古城》《游青山观有感》获得中华散文网举办的全国诗书画家创作年会一等奖。并入选刊登于中国文化出版社出版的《全国诗书画家作品选》，又入选刊载于中国广播影视出版社出版的《中国时代文艺名家代表作典籍》。

三、2016 年 4 月，张振中创作的散文《朱鹮情》，获得中华散文网举办的第三届"相约北京"全国文学艺术大赛二等奖。并入选中国文化出版社出版的《相约北京——全国文学艺术精品集》。

四、2016 年 5 月 27 日，中国民间文艺家协会批准张振中为会员，颁发给会员证。

五、2016 年 7 月，张振中创作的诗歌《梨花节——洋州的盛典》获得中华散文网举办的第三届中外诗歌散文邀请赛一等奖，并入选刊载于中国广播影视出版社出版的《2016 年中外诗歌散文精品集》。

六、2016 年 7 月开始，张振中创作的大型文学作品《上海世博会游记》全六卷，由中国现代文学馆、陕西省图书馆、汉中市老科协、汉中市档案馆、陕西理工大学校友会、宣传部、中共洋县县委宣传部、洋县老科协、洋县老年学学会、洋县档案馆、洋县县志办等机关单位收藏，并发给《入藏证书》。

七、2016 年 8 月 12 日，洋县电视台《洋县新闻》报导了张振中创作《上海世博会游记》全六卷出版发行的消息。

八、2016 年 9 月，《洋县文艺》刊登了张振中大型文学作品《上海世博会游记》全六卷出版发行和加入中国民间艺术家协会的消息。

九、2016 年 10 月 9 日，汉中市老科协授予张振中《老有所为、笔耕不辍》优秀作品证书，获奖作品是《上海世博会游记》《北京奥运游记》《江淮游记》。并发〔2016〕14 号文件给各级老科协进行表彰。

十、2016 年 11 月，张振中创作的诗歌《武昌起义的枪声》，获得中华散文网举办的"纪念孙中山先生诞辰 150 周年"活动一等奖。并刊载于《第四届"伟人颂·中国梦"全国诗文书画作品集》。

十一、2016 年 11 月，张振中创作出版的《上海世博会游记》全六卷，由陕西省图书馆收藏，并将此作品的手稿也收藏，共计2000 页（16K），两纸箱，颁给《收藏证书》。

十二、2016 年 3 月汉中市民间文艺家协会主办杂志《民间》第1 期，发表张振中创作的散文《春节家宴》及《2015 年张振中获得荣誉证书及成绩》。2016 年 6 月《民间》第 2 期，发表张振中创作的诗歌《梨花节——洋州的盛典》及通讯报道《张振中老有所为》。2016年9月《民间》第3期，发表张振中创作的大型文学作品《上海世博会游记》全六卷之《前言》及相关文章《张振中〈上海世博会游记·前言〉读后》。《民间》第4期刊登张振中著作入藏中国现代文学馆，并颁发给《入藏证书》的消息。其著作是《江淮游记》上下册、《北京奥运游记》上下册、《上海世博会游记》全六卷。

十三、汉中市文联主办的《汉中文艺界》报道《2015年张振中获得荣誉证书及成绩》。

十四、2016年11月，洋县县委、洋县人民政府编辑出版《洋县年鉴（2014—2015)》，刊登张振中创作的散文《朱鹮情》。

十五、洋县老年学学会会刊《洋县老年学通讯》2016年第1期刊登张振中创作的散文《朱鹮情》；第2期刊登张振中创作的诗歌《梨花节——洋州的盛典》。

2017 年张振中获得荣誉奖项及成绩

一、2017 年 3 月 29 日张振中在 2017 年洋县咏梨花颂牡丹诗歌朗诵会上，朗诵自己创作的诗歌《汉中油菜花节》，洋县电视台在《洋县新闻》报道。

二、2017 年 3 月汉中市民间文艺家协会 2017 年第 1 期《民间》杂志发表张振中散文《丁酉年二月二十五日下大雪》5000 字。

三、2017 年 4 月 24 日张振中创作的诗歌《桂花香可人》《芭蕉红花》获得中国诗书画家网、中国散文网举办的第四届"相约北京"全国文学艺术大赛一等奖。两首诗歌刊登于 2017 年 8 月中国文化出版社出版的《相约北京——全国文学艺术精品集》第 4 卷。

四、2017 年 5 月 22 日张振中创作的诗歌《处暑住院》荣获2017 年"东方美"全国诗联书画大赛金奖，并刊载于《东方美——全国诗联书画作品集》（2017 年卷）。大赛由中国百家文化网、北京市写作学会举办。

五、2017 年 5 月陕西省委老干局主办杂志《金秋》于 2017 年 5月上半月期刊登文章《感恩的心，涌动的情》，介绍了张振中的事迹和成就。

六、2017 年 5 月 26 日陕西省簧答谷博物馆收藏张振中著作《江淮游记》上下册，《北京奥运游记》上下册，《上海世博会游记》全六卷，颁发给《收藏证书》。

七、2017 年 7 月 22 日张振中创作的散文《丁酉年正月二十五日下大雪》获得由中国散文网举办的第四届中外诗歌散文邀请赛一等奖，并刊载于中国文化出版社出版的《2017 年中外诗歌散文精品集》。

八、2017 年 6 月汉中市民间文艺家协会主办刊物《民间》第 2 期刊登张振中创作的两首诗歌《汉中油菜花节》《高铁通到家门前》。

九、2017 年 8 月 26 日张振中创作诗歌《高铁通到家门前》，获得中国诗书画家网举办的第五届"伟人颂·中国梦"当代诗文书画大赛一等奖，并刊载于文献书籍《"伟人颂·中国梦"——全国诗文书画作品大典》第 5 卷。由中国文化出版社于 2017 年 10 月出版。

十、2017 年 7 月张振中创作诗歌《纪念党的九四诞辰》《游青山观有感》《平遥古城》刊登于大型文学作品集《中国时代文艺名家代表典籍》，由中国广播影视出版社出版。

十一、2017 年 9 月 8 日张振中创作的诗歌《高铁通到家门口》获得 2017 年"江山颂"全国诗书画印大赛一等奖。该活动由中国百家文化网举办。

十二、2017 年 9 月 23 日张振中创作的诗歌《朱鹮梨园，梦想的摇篮》获得中国诗书画家网等举办的第七届"炎黄杯"当代诗书画印艺术大赛金奖。此诗刊于大型文献《炎黄诗书画印艺术精品集》(第七卷)，于 2017 年 11 月由中国文化出版社出版。

十三、2017 年 7 月张振中创作的诗歌《游洋县》刊登在大型画册《诗画洋县》，由中国民族摄影艺术出版社出版。

十四、2017 年 9 月汉中市民协杂志第 3 期《民间》刊登张振中的文章《做一个行者》。

十五、2017 年 11 月张振中的著作《心灵之歌——张振中诗歌选集》由中国文联出版社出版发行。

十六、2017 年 12 月 2 日张振中创作的诗歌《汉中油菜花节》获得由中国散文网举办的第三届"中华情"全国诗歌散文作品大赛金奖。这首诗刊载于《第三届"中华情"全国诗歌散文作品选集》（2017 年卷），2017 年 12 月由中国文化出版社出版。

十七、2017 年 12 月，汉中市民间文艺家协会季刊《民间》第 4 期刊登张振中创作诗歌《庆祝十九大》。还刊登了张振中创作的诗歌《朱鹮梨园，梦想的摇篮》《汉中油菜花节》分别两次获得中国散文网举办的诗歌散文大赛金奖的消息。

十八、2017 年 12 月 21 日、22 日洋县电视台在《洋县新闻》报道了张振中诗歌选集《心灵之歌——张振中诗歌选集》于中国文联出版社出版的消息。

2018 年张振中获得荣誉奖项及成绩

一、2018 年 2 月，洋县老科协评张振中为 2017 年优秀会员，颁发给证书。

二、2018 年 3 月 16 日，张振中在洋县 2018 年"咏梨花·颂牡丹"诗歌会上朗诵个人创作的诗歌《美丽的洋县》。

三、2018 年 3 月 22 日，中国诗歌学会批准张振中为会员，5 月 20 日颁发给会员证（卡）。中国诗歌学会编辑的《中国新诗——歌谣卷》，封底"2018 年 1—3 季度会员名单"（131 人）中张振中名列其中。

四、2018 年 4 月 28 日，张振中创作的诗歌《庆祝十九大》获得中国散文网、中国诗书画家网举办的"相约北京"全国文学艺术大赛一等奖。此时刊登在《相约北京——全国文学艺术精品集》第 5 卷，2018 年 8 月中国文化出版社出版。

五、2018 年 5 月 28 日，张振中参加陕西理工大学建校 60 周年校庆，给母校赠送个人创作的文学著作：《江淮游记》上下册、《北京奥运会游记》上下册、《上海世博会游记》全六卷、《心灵之歌——张振中诗歌集》。

六、2018 年 3 月 31 日汉中市民协杂志《民间》第 1 期刊登张振中创作出版的《心灵之歌》诗歌集之《序》、诗歌《美丽的洋县》。

七、2018 年 6 月 1 日，张振中创作的诗歌《美丽的洋县》获得中国诗书画家网举办的第九届"羲之杯"全国诗文书画大赛一等奖，在北京全国政协礼堂接受颁奖。这首诗刊登于大型文学典籍《羲之杯——全国诗文书画精品集》第 9 卷，由中国文化出版社于 2018 年 8 月出版。

八、2018 年 4 月，张振中创作的诗歌《汉中油菜花海节》刊载于大型文学典籍《中华情——全国诗歌散文作品选集》，由中国文化出版社出版。

九、2018 年 7 月 14 日张振中创作的诗歌《他带着徽章》荣获第五届中外诗歌散文邀请赛一等奖，颁奖典礼在青海省西宁市中共青海省委党校举行，由中国散文网举办。此首诗刊于《2018 年中外诗歌散文精品集》。

十、2018 年 6 月 23 日张振中创作的诗歌《美丽的洋县》获得由中国百家文化网举办的全国首届百家诗会一等奖。此诗刊登于文献典籍《当代中国诗人精品大观》中，于 2018 年 11 月出版。

十一、2018 年 7 月 13 日，杨理明撰写了《74 岁，张振中满怀激情与命运拼搏》发表于文学网站《汉江》。报道了张振中先进事迹。

十二、2018 年 7 月，中国文化出版社出版《中国新时代文艺名家大辞典》，其中刊载了张振中的简历、事迹、成就。

十三、2018 年 8 月 24 日中国百家文化网举办的"翰墨风华"全国诗书画大展赛评张振中创作的诗歌《庆祝母校 60 华诞》一等奖，颁奖大会在青岛举行。该诗刊于《翰墨风华——全国诗书画精品集》（2018 年卷）中。

2019 年张振中获得荣誉奖项及成绩

一、2019 年 1 月 16 日，洋县老年学会表彰张振中为 2018 年度先进会员，颁给荣誉证书。

二、2019 年 2 月 14 日，洋县老科协评张振中为 2018 年优秀会员，颁发给荣誉证书。

三、2019 年 2 月 14 日收到陕西省民间文艺家协会通知，张振中撰写的散文《遇上了好时代》，发表在协会主办报纸《秦风》上，时间为 2018 年 12 月 1 日第 3 版。

四、2019 年 3 月 13 日，张振中在洋县第十届梨花节诗歌会上朗诵自己创作的诗歌《朱鹮之歌》，在洋县电视台《洋县新闻》报道。3 月 20 日《秦汉文旅》文学网平台发表了这首诗。4 月 7 日《洋州鹮乡》文学网平台又发表了这首诗歌。

五、2019 年 3 月 21 日《洋州鹮乡》文学网络平台发表了张振中创作的诗歌《惊喜七十五岁》。2019 年 4 月 4 日，全国第二届百家诗会评这首诗为一等奖，活动由中国百家文化网举办。这首诗又刊印于文学典籍《当代中国诗人精品大观》第 2 卷，于 2019 年 9 月由中国文化出版社出版发行，并授予张振中"当代诗坛杰出诗人"

荣誉称号。此诗还发表于 2019 年第 2 期《民间》杂志。

六、2019 年 3 月，中国百家文化网组织编辑《中国当代文艺精品鉴赏大全》一书，评选张振中创作的诗歌《庆祝母校六十华诞》为特等奖，授其"礼赞新时代杰出文艺家"荣誉称号，并将此诗收入该书中。

七、2019 年 4 月 1 日，张振中撰写的论文《理想与长寿》呈送洋县老年学学会，参加 2019 年全国老年学学会学术大会。4 月 7 日，洋县《秦汉文旅》文学网络平台在《洋县老年学学会学术论坛》栏目发表了此文。

八、2019 年 4 月 4 日，张振中的文学作品《心灵之歌——张振中诗歌选集》两册，参加中国百家文化网举办的全国第二届百家诗会大赛。

九、2019 年 4 月 8 日，张振中撰写论文《读书可保健》《理想可长寿》两篇，由洋县老年学会评选后，呈送全国老年学会学术大会评奖。

十、2019 年 4 月 10 日，张振中撰写论文《我的饮食保健》，由洋县老年学会评选后，呈送全国老年学会学术大会评奖。

十一、2019 年 4 月 26 日，张振中创作的诗歌《朱鹮之歌》获得第六届"相约北京"全国文学艺术大赛一等奖，由中国散文网举办。此诗刊登于大型文学典籍《全国文学艺术精品集》第 6 卷，2019 年 8 月由中国文化出版社出版。

十二、2019 年 6 月 5 日，张振中响应中宣部、中央文明办等六部委号召，创作《紧跟祖国前进》一文，16000 字，参加《我和我的祖国》征文活动，纪念建国七十周年。又呈送洋县老科协，参加建国 70 周年征文活动。2019 年 6 月 13 日，此文还发表在《秦汉文旅》网络平台。2019 年 6 月 15 日《中华民间文艺》平台发表此文前半部分。

十三、2019 年 6 月 8 日，张振中创作的诗歌《惊喜七十五岁》获得第十届"羲之杯"当代诗书画家邀请赛一等奖，领奖大会于 2019 年 6 月 8 日在北京全国政协礼堂举行。由中国硬笔书法协会举办。此诗刊登于《羲之杯——全国诗书画家精品集》第 10 卷。2019 年 8 月由中国文化出版社出版。

十四、2019 年 7 月 23 日，张振中创作《红日中天》，参加汉中市老科协举办的纪念建国 70 周年网络书画展览。2019 年 6 月 25 日，此作品发表于《鹮乡洋州》公众平台。

十五、2019 年 7 月 30 日，张振中创作的散文《满堂红》《古村新颜》经洋县老年学会评选，报洋县县委组织部庆祝建国 70 周年征文活动组委会。《古村新颜》获汉中市老干局庆祝建国 70 周年征文活动优秀奖。2019 年 10 月 16 日洋县县委组织部庆祝新中国 70 周年征文活动，评《古村新颜》为二等奖，颁发给荣誉证书。2019 年 8 月 31 日《鹮乡洋州》公众号发表了《满堂红》。汉中市民间文艺家协会杂志《民间》在 2019 年第 3 期发表了《满堂红》。2019 年 9 月 8 日《古村新颜》发表于《鹮乡洋州》公众号。

十六、2019 年 8 月 26 日，张振中文学作品《心灵之歌——张振中诗歌选集》由汉中市作协上报陕西作家协会，参加第五届柳青文学奖诗歌类评选。陕西作家协会于 2019 年 9 月 19 日，公布参加第五届柳青文学奖作品名单。《心灵之歌》榜上有名，排在诗歌体裁第 32 位。

十七、2019 年 9 月 15 日，张振中书法《红日中天》获得中国百家文化网举办的 2019 年"四海杯"海内外诗联书画邀请赛金奖，在北京国家会议中心接受颁奖。此书法刊于大型典籍《2019 年"四海杯"海内外诗联书画精品集》，由中国文化出版社于 2019 年 12 月出版。

十八、2019 年 9 月 30 日在开明广场举办"洋县老科协庆祝建国 70 周年暨老科协 30 华诞文艺展演"，受协会委托，张振中撰写文艺展演主持词。

十九、2019 年 4 月 18 日，洋县老科协召开第四届会员代表大会，张振中作为会员代表出席大会。

二十、2019 年 5 月 28 日，张振中作为特邀校友参加了洋县中学成立 90 周年校庆活动，赠送母校礼品：张振中著《江淮游记》上下册 3 套、《北京奥运游记》上下册 3 套、《上海世博会游记》全六卷 3 套、《心灵之歌——张振中诗歌选集》3 册，总计四部 33 册；1964 年洋县中学高三甲班毕业照两张、1965 年洋县中学高三甲班毕业照两张、1965 年洋县中学高三甲班团支部留念照片两张。

二十一、洋县县委、洋县政府主编《洋县年鉴》（2016—2017 年）于 2019 年 8 月出版发行。张振中创作的诗歌《梨花节——洋州的盛典》入选此书籍。

2020 年张振中获得荣誉奖项及成绩

一、2020 年元月 1 日，张振中创作的散文《外婆的翟家桥》发表于网络文学平台《秦汉文旅》，11000 字。

二、2020 年元月 9 日，洋县作家协会公众号平台发表张振中创作的小说作品《我的教师节》，19000 字。

三、2020 年 2 月 3 日，张振中书法三幅《抗疫勇士，民族脊梁》等，发表于汉中市刊物《民间》。2 月 11 日投稿中国散文网"相约北京"征稿。

四、2020 年 2 月 15 日，张振中创作诗歌《人民抗疫战必胜》发表于《秦汉文旅》公众号平台。

五、2020 年 2 月 27—29 日，张振中创作诗歌《蓝》，于 2020 年 3 月 16 日发表于秦汉文旅网络平台。

六、2020 年 3 月 19 日，中共陕西省委老干部局、中共汉中市委老干部工作局编辑出版庆祝建国 70 周年优秀征文集《难忘的新中国记忆》，刊登张振中作品《古村新颜》一文，赠送此书给张振中一册。

七、2020 年 3 月 6 日中国诗书画家网发表张振中创作的诗歌

《惊喜七十五岁》。

八、2020 年 3 月 18 日，中国散文网发表张振中创作的散文《紧跟祖国前进》。

九、2020 年 4 月 5 日，响应中共洋县县委组织部号召，参加"同舟共济，战'疫'战'贫'"主题征文活动，张振中创作的两首诗歌《人民抗疫战必胜》《蓝》参与评选。2020 年 5 月 6 日，评选诗歌《蓝》为三等奖，颁发给获奖证书及奖金。

十、2020 年 4 月，北京华夏国际博学文化中心出版《中华情·全国诗歌散文作品选集》2019 年卷，刊登张振中创作的散文《满堂红》。

十一、2020 年 2 月，洋县老科协评张振中为 2019 年度模范党员，2020 年 5 月 12 日，洋县老科协文教专委召开全体会员会议，为其颁发荣誉证书。

2017 年春节张振中全家福

注：前排左起：外孙女肖玉馨、孙女张羽萱、小孙子张安飞

中排左起：女儿张昭、父亲张振中、母亲梁晓云

后排左起：女婿肖峰、小儿子张大志、小儿媳李惠、大儿媳韩红梅、

长孙张一搏、大儿子张俊